Lucio Anneo Seneca in BUR

Agamennone	L'ira
Apocolocyntosis	Lettere a Lucilio
L'arte di vivere	La provvidenza
La brevità della vita	Questioni naturali
Le consolazioni	Sulla felicità
Edipo	Tieste
Epigrammi	La tranquillità dell'animo
Ercole sul monte Eta	Le Troiane
Le Fenicie	La vita felice
La fermezza del saggio. La vita ritirata	Vizi e virtù dell'animo umano
La follia di Ercole	

Lucio Anneo Seneca

MEDEA FEDRA

Premessa al testo, introduzione e note
di Giuseppe Gilberto Biondi
Traduzione di Alfonso Traina

Testo latino a fronte

CLASSICI GRECI E LATINI

Proprietà letteraria riservata
© 1989 RCS Rizzoli S.p.A., Milano
© 1994 R.C.S. Libri & Grandi Opere S.p.A., Milano
© 1999 RCS Libri S.p.A., Milano

ISBN 978-88-17-16690-4

Titolo originale dell'opera:
Medea, Phaedra

Prima edizione BUR 1989
Diciottesima edizione BUR Classici greci e latini dicembre 2010

Per conoscere il mondo BUR visita il sito **www.bur.eu**

PREMESSA GENERALE

D'accordo con l'Editore, aprendo il presente volume una serie dedicata a Seneca tragico, l'introduzione è «generale» a tutto il teatro oltre che «particolare» alla *Medea* e alla *Fedra*. Essa si articola in due parti: la prima, descrittiva, tende alla informazione di referenti e problemi, la seconda, critica, mira a inquadrare il teatro di Seneca dentro all'ampio movimento storico-culturale della letteratura (e politica) non solo neroniana.

D'accordo col Traduttore si è seguito prevalentemente l'edizione, conservativa, del Giardina (Bologna 1966, anche se per ragioni tipografiche, il testo riprodotto è quello, sempre del Giardina, di Torino 1987), segnalando, nelle note, varianti e congetture (ovviamente le più significative) proposte, in particolare, nell'edizione, innovativa, dello Zwierlein, sì che venissero marcati i punti «critici» del testo.

Si è citato, anche per non appesantire la lettura con infinite note extra-testuali, secondo il sistema «americano», facendo seguire al cognome dell'autore l'anno e il numero delle pagine: per l'indicazione completa si rimanda alla bibliografia finale che è divisa in tre sezioni: la prima comprende (in ordine cronologico) le edizioni e i commenti a) di tutte le tragedie, b) di quelle singole; la seconda (in ordine alfabetico) gli studi generali; la terza le edizioni e gli studi relativi alla *Medea* e alla *Fedra*.

G. G. B.

CRONOLOGIA SENECANA

Ultimi anni a.C. Nasce in Spagna, a Cordova, città di tradizione repubblicana: il padre, Seneca il Retore, appartiene al ceto equestre. Dei due suoi fratelli, il minore, Marco Anneo Mela, sarà il padre del poeta Lucano.

Primi anni dell'era volgare. La famiglia si trasferisce a Roma dove il futuro filosofo riceve i primi insegnamenti dallo stoico Attalo, da Sozione e da Papirio Fabiano, appartenente alla setta stoico-pitagorica dei Sestii, caratterizzata da tendenze ascetiche.

14 d. C. Morte di Augusto e successione di Tiberio.

26 Terminati gli studi, S. si reca in Egitto, presso uno zio materno, governatore di quella provincia.

31 Ritorno dall'Egitto e inizio del *cursus honorum* con la questura.

37-41 Principato di Caligola.

39 Un discorso forense troppo libero (per alcuni troppo bello) di S. irrita Caligola: lo salva dalla morte una amante dell'imperatore indicando nella cagionevole salute dell'oratore i segni di una morte imminente. La malattia doveva essere reale perché lo stesso S. la ricorda nelle *Epistulae ad Lucilium*.

40 (?) Scrive la *Consolatio ad Marciam* (figlia dello

stoico Cremuzio Cordo) cui era morto un figlio. Sono già evidenti i temi esistenziali comuni alle altre due *Consolationes* (caducità e precarietà della vita, inevitabilità e liberazione della morte, ecc.) con una clausola di grande respiro cosmico.

41-54 Principato di Claudio.

41-49 Esilio in Corsica di S. coinvolto dall'imperatrice Messalina, moglie di Claudio, nell'accusa di adulterio con Giulia Livilla, figlia di Germanico e sorella di Caligola, donna fascinosa nonché promotrice di una forte e autorevole opposizione politica all'imperatore.

41-48 Agli anni dell'esilio risalgono, alcune con certezza — pur rimanendo fluida la datazione precisa — altre solo ipoteticamente, non poche opere:
— iniziati forse prima dell'esilio, scritto il terzo libro a distanza dai primi due, ma pubblicati forse solo nel 41, anno della morte di Caligola, sono i tre libri del *De ira*, in cui si studiano i meccanismi delle passioni umane (l'ira viene analizzata in particolare nel libro III) e i rimedi per controllarle. Si può considerare un manuale di psicologia stoica.
— Ai primi anni dell'esilio sembrano appartenere la *Consolatio ad Helviam matrem* (42), che intende tranquillizzare la madre esaltando il valore della vita contemplativa, e la *Consolatio ad Polybium* (43), l'influente liberto di Claudio cui S. si rivolge per consolarlo della morte del fratello e fors'anche per ottenere il ritorno a Roma con adulazioni indirette all'imperatore.

49 Per intervento di Agrippina (divenuta moglie di Claudio), S. ottiene il ritorno dall'esilio a Roma, ove inizia la sua attività di pedagogo del giovane e futuro imperatore Nerone.

49-54 A questi anni di propedeutica senecana al principato neroniano appartengono il *De constantia sapientis* e, forse, il *De brevitate vitae* (che altri però datano intorno al 62).

54 Morte di Claudio e inizio del principato di Nerone: S. scrive, forse anonimamente, la satira menippea (in prosa alternata a versi in vari metri) *Apokolokyntosis* (= *Zucchificazione*, paronomasia di *Apotheosis*) che i codici hanno tramandato col titolo *Ludus de morte Claudii*. È la rivincita del filosofo nei confronti dell'imperatore che lo aveva esiliato e un preparare il terreno al futuro imperatore.

54-59 I primi cinque anni dell'impero neroniano sono fortemente influenzati, in positivo, dalla figura pedagogica e intellettuale di S.: sono forse di questi anni il *De tranquillitate animi* (per altri l'opera è più tarda), il *De clementia*, il *De vita beata* e l'inizio del *De beneficiis*, terminato nel 64.

59 Uccisione di Agrippina da parte di Nerone: da questo momento, se non proprio per questo episodio, i rapporti fra il filosofo e l'imperatore si vanno sempre più deteriorando.

62 Dopo la morte di Burro, con ormai Nerone nelle mani di Poppea, S. si ritira a vita privata, divenuto sempre meno influente come consigliere dell'imperatore.

62-65 Gli anni del ritiro sono caratterizzati da un'intensa attività culturale: *De otio, Naturales quaestiones, Epistulae ad Lucilium, De providentia*, continuazione e conclusione del *De beneficiis*.

65 Suicidio di S., impostogli da Nerone che lo ritiene coinvolto nella «congiura dei Pisoni», di cui S. era forse solo informato. La morte di S. è notoriamente descritta in una delle più suggestive pagine di Tacito (*Ann.* 15,62-64).

? Composizione delle tragedie.

LE TRAGEDIE

HERCULES FURENS (HERCULES IN E)

La prima e l'ultima delle tragedie — nell'ordine del codice E — hanno come protagonista Ercole, l'eroe che nella cultura antica e soprattutto nella filosofia stoica viene a rappresentare il simbolo della *virtus* e del *sapiens* che, come il semidio mitologico, può raggiungere dalla terra (= condizione umana) il cielo (= valori morali conquistati con la *virtus*). Se la trionfalistica vittoria della *virtus* cantata nell'*Oetaeus* continua a far dubitare della paternità senecana di questa tragedia (o al limite considerare frutto della giovinezza per non dire immaturità filosofica di Seneca, tanto è stereotipato non solo psicologicamente ma addirittura dogmaticamente questo Ercole Eteo tutto d'un pezzo da non aver più nulla di umano, e dunque d'eroico), la senecanità del *furens* traspare dalle prime alle ultime parole.

La scena è a Tebe e i personaggi sono Giunone, Anfitrione, Megara, Lico, Ercole e Téseo, Coro di Tebani. La tragedia si apre con un lungo monologo di Giunone (vv. 1-124), invidiosa della gloria che il figlio di Giove e Alcmena si sta procurando con la ultima «fatica» della discesa agli inferi, fatica che gli potrebbe far guadagnare il cielo. Per piegare Ercole, la legittima moglie di Giove si servirà dello stesso Ercole facendolo impazzire e ponendolo così contro se stesso. A questo *incipit* che — come altri di altre tragedie — esprime una forza metapsichica piuttosto che un *aítion* di ordine divino o metafisico, si oppone — anche questo non isolatamente in Seneca tragico — il primo Coro che è un inno alla umiltà e una riprovazione, in un certo senso, alla stessa *virtus* quando, come nel caso di Ercole, può essere narcisistica e trionfalistica. L'azione si svolge — come spesso in Seneca tragico rispetto ai modelli o precedenti greci (nel caso specifico il modello è l'*Eracle* di Euripide) — staticamente: in assenza di Ercole, impegnato nella dodicesima e ultima fatica della discesa agli inferi impostagli da Euristeo, Lico, che ha usurpato il trono di Tebe, chiede con tracotanza di sposare Megara, moglie di Ercole, la quale si rifiuta con ardita fierezza. Ma ecco Ercole tornare con l'amico Teseo, strappato dall'Averno, e uccidere Lico. Durante la preghiera di purificazione a Giove, Ercole impazzisce improvvisamente, subendo così la vendetta di Giunone. In preda alla pazzia, l'eroe uccide moglie e figli (direttamente sulla «scena», come nella *Medea*, in contrasto con gli insegnamenti dell'*Ars poetica* di Orazio). Dopo un lungo sonno purificatore (sonno che rappresenta una laicizzazione, uno psicologhema del mitico Lete) Ercole rinsavisce e, divenuto cosciente dei mali compiuti, vuole uccidersi: lo faranno desistere le preghiere incalzanti dell'amico Teseo e del padre-uomo Anfitrione (allotropo o meglio antitesi del padre-dio Giove). La rinuncia di Ercole al suicidio per amore del vecchio e bisognoso padre Anfitrione segna la conversione dell'eroe stoico tradizionale e quasi superoministico all'eroe stoico senecano, più umile e umano.

TROADES (*TROAS* IN A)

Il titolo è dovuto al Coro, composto appunto da Troiane in attesa di essere deportate dai vincitori greci nella patria dei nemici: il Coro, già dal primo atto, si guadagna il titolo della tragedia svolgendo un ruolo dialogico con Ecuba senza perdere nel prosieguo dell'opera la sua funzione, tipica in Seneca, di voce «fuori campo». E il titolo è anche azzeccato perché protagoniste sono proprio loro: e troiane sono non solo le donne del Coro ma anche le protagoniste principali, Ecuba e Andromaca (altri personaggi di rilievo sono il violento e sanguinario Pirro, l'astuto e diabolico Ulisse, il più saggio, ma per la seconda volta impotente di fronte a Calcante, Agamennone, che contro la propria volontà asseconda alla *religio* il sacrificio, questa volta, di Polissena). La vicenda è ridotta ai minimi termini: sullo scenario dell'incendio di Troia (che nel precedente delle *Troiane* euripidee segue le vicende tragiche individuali mentre qui le precede: ma la tradizione cui Seneca può aver attinto o comunque essersi riferito per la sua tragedia era molto ricca: la *Polissena* e le *Prigioniere* di Sofocle, l'*Ecuba*, oltre alle menzionate *Troiane* di Euripide, e, per quanto riguarda i precedenti arcaici latini, l'*Andromacha Aechmalotis* e la *Hecuba* di Ennio insieme a l'*Astyanax*, la *Hecuba* e le *Troades* di Accio) Ecuba lamenta, insieme al Coro, la sciagura della propria casa e del proprio popolo: ma altri mali attendono le donne di Troia. Per placare gli dei che impediscono la loro partenza, i Greci dovranno immolare la vergine Polissena e il giovinetto Astianatte, figlio di Ettore e Andromaca. Quest'ultima invano cercherà di nasconderlo all'astuzia di Ulisse: così mentre la fanciulla verrà sacrificata, novella Ifigenia, vestita da sposa sulla tomba di Achille, il fanciulletto sarà gettato dalla torre di Troia. L'estremo pianto di Ecuba e la partenza delle Troiane prigioniere sulle navi chiudono questa tragedia che, ricca di richiami anche lucreziani come il bellissimo secondo Coro che è un inno desolato e al contempo catartico sulla mortalità dell'anima (per tacere dei molti punti di contatto fra il sacrificio di Polissena e quello della lucreziana *Iphianassa*), viene a costituire una sorta di *hálosis* universale: un'anti-*Eneide*, ché dalla Troia senecana non parte una nave carica di un grande futuro ma solo navi che esportano il grande lutto della condizione umana.

PHOENISSAE (*THEBAIS* IN A)

Il titolo tramandato da E si giustifica solo a partire dal modello euripideo dal titolo omonimo in cui il Coro è composto da fanciulle fenicie, e dunque straniere, per quanto legate alla città di Tebe dal suo fondatore: il fenicio Cadmo (il fatto che il Coro sia costituito da fanciulle straniere che assistono alla guerra o meglio alla distruzione fratricida di Eteocle e Polinice e più in generale al crollo della famiglia di Edipo può essere connotativo, in Euripide, della distanza che intercorre fra il mondo del potere e il mondo degli umili indifesi. Le giovani non sono fenicie perché «tebane discendenti dal fenicio Cadmo» (Paratore 1956, 87), ma, almeno così ci sembra, vere e proprie straniere a Tebe).

Orbene le *Phoenissae* senecane sono giunte o forse furono composte non solo incompiutamente ma completamente prive del Coro. Lo «stato» di conservazione di questa tragedia si è relativamente concordi nell'attribuirlo alla mano di Seneca e non alla turbolenza della tradizione manoscritta; la discordia regna invece sovrana circa:

a) l'unitarietà della tragedia (c'è chi la considera opera compiuta solo priva dei Cori, chi invece la giudica un assemblaggio provvisorio di due parti o abbozzi);

b) il motivo per cui Seneca non avrebbe compiuto l'opera (e cioè se deliberatamente o traumaticamente, per il suicidio impostogli da Nerone).

Le *Fenicie* di Seneca, infatti, sono composte da due scene principali: la prima è il lungo dialogo fra Edipo cieco, che vuole la morte per i sacrilegi compiuti, e Antigone che, col suo amore pietoso e virtuoso, lo distoglie dal proposito suicida (sicché la scena si conclude in sintonia con il finale dello *Hercules furens*: sia Ercole sia Edipo accettano di vivere per amore l'uno del padre l'altro della figlia, secondo un principio morale ed esistenziale tutto senecano: cfr. *Epist.* 78, 2; una consonanza esiste fra i due eroi entrambi parricidi inconsapevolmente, sicché i loro mali più che compiuti sono subìti). L'altra scena (dopo un diaframma rappresentato prima dal tentativo, fallito, di Antigone di convincere Edipo a portare la pace fra Eteocle e Polinice, poi da un altro, riuscito, con Giocasta) è interamente dominata dal dialogo tra Giocasta e i due figli contendenti: Polinice che proclama il suo diritto al regno, Eteocle che non vi vuole assolutamente rinunciare.

Quest'opera — che a noi pare chiaramente incompiuta (cfr. i vv. 358 sgg. in cui Edipo si isola da Antigone, nascondendosi nel fitto bosco per udire la guerra fratricida che in quest'opera, rimasta verbale, doveva scatenarsi nel finale) — rivela, come sempre, piena mobilità nei confronti dei modelli rappresentati, nel caso specifico, oltre che dalle *Fenicie* di Euripide, anche dall'*Edipo a Colono* di Sofocle, non potendosi tener conto, come per altre tragedie senecane, dei precedenti latini, tutti perduti. La prima parte, il dialogo dell'angosciato ed *heautontimorumenos* Edipo con Antigone si direbbe di ispirazione sofoclea, mentre l'altra parte, quella di Giocasta coi figli belligeranti, ha un chiaro precedente in Euripide. Il risultato, comunque, è un capovolgimento rispetto alle *Fenicie* di Euripide, con un Edipo che precede l'azione tragica, stando al di fuori della città-scena e non dentro come in Euripide. Come sempre, anche in quest'opera incompleta, Seneca, rispetto ai modelli o ai precedenti, interviene iniziando con l'azione tragica già al diapason.

MEDEA E *PHAEDRA* (*INFRA* p. 63)

OEDIPUS

L'*Edipo re* di Sofocle, che Aristotele aveva tanto ammirato fino a prenderla, nel cap. XXVI della *Poetica*, come esempio della superiorità della tragedia rispetto all'*epos* delle stesse *Iliade* e *Odissea*, non sembra aver avuto particolare fortuna nel teatro latino prima di Seneca che forse non ebbe, come per altre tragedie, altri modelli «romani» cui riferirsi. Di qui «la marcata fedeltà alla trama del modello» (Paratore): come in Sofocle la scena è a Tebe, il Coro è di Tebani e personaggi principali Edipo, Giocasta, Creonte, Tiresia, il vecchio di Corinto e il fantasma di Laio. L'azione, assai nota, consiste nella ricerca da parte di Edipo dell'assassino di Laio, causa della pestilenza che colpisce Tebe. Attraverso, prima la profezia di Tiresia, poi la ricostruzione del pastore di Laio, la verità viene scoperta: quel bimbo che Laio, suo padre, fece esporre al pastore sul Citerone per sfuggire al destino di un figlio parricida e incestuoso, quel bimbo consegnato dalla pietà del pastore al re e alla regina di Corinto che egli credette genitori, ignaro uccise da adulto Laio, suo padre naturale, e sposò sua madre Giocasta. Seguono il suicidio di Giocasta (che Seneca colloca sulla scena) e l'autoaccecamento di Edipo. Pochi gli interventi «accidentali» di Seneca: oltre al suicidio di Giocasta a scena aperta viene introdotto il sacrificio che Tiresia interpreta sotto la descrizione della figlia Manto (neopersonaggio senecano) e l'invocazione dell'ombra di Laio. «Sostanziale» invece la novità senecana intorno al personaggio stesso di Edipo, che qui appare in preda all'angoscia, dovuta alla terribile profezia, fin dall'inizio della tragedia, sicché il movimento tragico non è, come in Sofocle, dallo sconosciuto al conosciuto, ma dall'inconscio al conscio, tant'è vero che l'Edipo senecano giunge alla verità quasi autonomamente e gradatamente: cfr. 659 sg. *Et ossa et artus gelidus invasit tremor: / quidquid timebam facere fecisse arguor* pronunciati dallo stesso Edipo a Creonte ancora a metà della vicenda tragica e cfr., in particolare, il dialogo di Edipo con Giocasta ai vv. 764 sgg. in cui l'eroe, in preda al dubbio e a un vago ricordo, chiede alla moglie-madre le circostanze della morte di Laio: esse coincidono esattamente col proprio ricordo. Fino all'agnizione finale soggettività e oggettività corrono in Sofocle contrapposte, in Seneca parallele. Con tutto questo, la caratteristica fondamentale dell'*Edipo* sofocleo, ripetutamente marcata da Aristotele, e cioè il rovesciamento del personaggio e dell'azione, viene completamente a mancare in questo *Edipo* senecano che si configura non figlio della *Tyche* come l'eroe sofocleo, ma figlio (e vittima) della *Psyche*. Ciò che nel teatro greco rimane fuori dell'uomo — appartenga o no al regno degli dei o del caso — Seneca lo interiorizza e lo drammatizza dentro la coscienza e la psicologia.

AGAMEMNON

Il titolo e l'azione indirizzano all'*Agamemnon* di Eschilo: ma più che il modello diretto esso rappresenta — per Seneca, forse — l'archetipo di altri modelli che la tradizione latina offriva, quali l'*Aegisthus* di Livio Andronico e l'*Aegisthus* e la *Clutemnestra* di Accio, a voler tacere quelli forniti dal libro XI delle *Metamorfosi* ovidiane, modello del naufragio della flotta greca, descritto da Euribate ai vv. 421-578. Data la perdita del teatro tragico latino non ci rimane che il confronto con l'*Agamemnon* eschileo (sebbene non manchino, per quanto piccoli, segni di derivazione latina: cfr., per es., il v. 124 in cui Clitennestra dice a se stessa: *te decet maius nefas*, un'espressione che il Tarrant 1976, *ad loc.* collega ad Acc. 200 R^2 *maior mihi moles, maius miscendumst malum*, per quanto in Accio il verso allitterante appartenga, secondo Cic. *Tusc.* 4, 77 che ci ha tramandato il verso, a Tieste) col quale condivide: protagonisti (Clitennestra, Egisto, Agamennone, Cassandra) e trama (Clitennestra insieme a Egisto attendono il ritorno di Agamennone per ucciderlo: tornato l'eroe, uccidono anche Cassandra, che il re vincitore si era portato con sé come concubina). Al modello o, comunque, rispetto all'*Agamemnon* di Eschilo, Seneca apporta grosse novità: la scolta, che nel poeta greco vede e annuncia il ritorno di Agamennone, è sostituita dall'ombra di Tieste che anticipa non solo l'arrivo ma addirittura l'uccisione del re da parte della moglie e di Egisto, figlio e nipote dello stesso Tieste che lo ha generato dall'amplesso incestuoso con la propria figlia; ai pochi personaggi eschilei Seneca aggiunge la nutrice (che — secondo un *cliché* — dà buoni quanto vani consigli alla regina), Elettra, Strofio e — *personae mutae* — Oreste e Pilade; il Coro, che in Eschilo è composto di vecchi Argivi, in Seneca è sdoppiato in donne di Micene e in prigioniere troiane. Se l'ombra di Tieste che preannuncia la morte del re congestiona l'azione che, come sempre in Seneca, comincia al massimo della tensione tragica (come a congestionare la tragedia interviene l'arrivo e la profezia di Cassandra che giunge prima del re), la vera novità risiede nella figura di Clitennestra, dalla spietata e sanguinosa «bipede leonessa» di Eschilo, Seneca trasforma in personaggio conflittuale (cfr. v. 138 *fluctibus variis agor*), divisa fra il senso del pudore da una parte e la sua debolezza di donna, sedotta dal viscido amante Egisto, e di madre, dall'altra: l'accusa contro Agamennone assassino della figlia Ifigenia che Eschilo le fa pronunciare alla fine della tragedia viene anticipata all'inizio, nel dialogo con la nutrice, con accenti che rievocano la celeberrima pagina lucreziana: cfr. v. 166 *cum stetit ad aras ore sacrifico pater*. Nonostante queste attenuanti, lo sbandamento di Clitennestra finirà col cedere alla passione anziché alla ragione e alla *virtus*, in un crescendo verso il furore finale che la porterebbe addirittura all'uccisione del figlio Oreste se questi non venisse salvato, futuro vendicatore del padre, dalla sorella Elettra. Così l'*Agamemnon* che in Eschilo si pone come tesi di una ampia, misteriosa dialettica, non solo tra uomo e uomo ma soprattutto tra uomo e Dio, viene a rappresentare in Seneca il conflitto, intraindividuale, tra bene e male, che scioglie l'uomo da ogni punizione (e consolazione) metafisica per lasciarlo abbandonato al suo furore vincente ed effimero come il furore di Clitennestra, un conflitto che si fa portavoce di un arbitrio che Seneca con strenua, disperata fede stoica continua a credere e a farci credere libero.

THYESTES

Pur essendo stata una delle *fabulae* più scritte e rappresentate del teatro antico, sia greco (Sofocle ed Euripide) sia latino (Accio e Varo), il *Thyestes* di Seneca è l'unica sopravvissuta. E insieme a questa unicità il *Tieste* condivide forse — a voler azzardare o semplicemente esprimere un personale giudizio di valore — anche un primato: di tutto il *corpus* tragico senecano esso continua ad apparirci la più bella per la magistrale giustapposizione e contrapposizione dei *duo fratres*; per l'evoluzione del *furor* di Atreo fino alla sua paranoica altezza *super cunctos*, evoluzione psicologica antifrastica a quella del fratello, per così dire, *ex potenti humilis* e *ex humili sapiens*: bella, soprattutto, per aver strutturato l'*ictus* tragico non — come al solito — nella sacrilega strage narrata dal messaggero, ma nella rallentata, scandita scena dell'agnizione (da parte di Tieste) dei figli — e del fratello — che raggiunge, nel famoso *agnosco fratrem*, il sublime tragico. È la tragedia della incomunicabilità, della incommensurabilità fra la logica, per quanto, diremmo oggi, paranoica, del *furor* sadico di Atreo (sull'aspetto del sadismo di Atreo rimandiamo a Mantovanelli; 1984: cfr. pure la nostra recensione in «Riv. Fil. Istr. Class.» 115, 1987, pp. 99-103) e la logica della *sapientia* che Tieste si è faticosamente guadagnato attraverso l'umiltà che per un re significa soprattutto rinuncia al potere e al regno. Lo scontro fra le due logiche (e le due dimensioni psicologiche) raggiunge il diapason nel *canticum* di Tieste (vv. 920-969) che ad Atreo appare canto demente dovuto all'ebbrezza (cfr. v. 918 sg. *ecce, iam cantus ciet / festasque voces, nec satis menti imperat*) e che al contrario è il momento tragico-lirico in cui Tieste, inconsciamente o profeticamente, esprime un'angoscia e un pianto che neppure lui sa decifrare (cfr. v. 968 sg. *dolor an metus est? an habet lacrimas / magna voluptas?*) ma che il lettore sa bene essere una epifania — irrazionale — del delitto subìto. Nello scavo psicologico dei due *fratres*, Seneca ha percorso: in Atreo la strada dell'odio, del potere e dello sterminio dandoci un *exemplum* poetico di ciò che nei brani in prosa, e in particolare nel *De ira* rimaneva astratto e moralistico; in Tieste il cammino della *sapientia* che trionfa sull'io ma che rimane impotente di fronte al *furor* del tiranno e preda dell'angoscia non per il proprio destino ma per quello dei propri cari. L'ipotesi di riferimenti autobiografici (suggeriti, per es., dal Mantovanelli) che è probabile ma non provabile, sposterebbe la tragedia del *Tieste* dalla *fabula* alla realtà. In ogni caso questa tragedia, oltre alla conquista poetica dei suoi due protagonisti, rimane l'emblema della sconfitta storica, sebbene non personale, della *virtus* e dei valori contro la violenza del potere (e della storia). Che è la tragedia culturale ed esistenziale di Seneca non soltanto tragico.

HERCULES OETAEUS

Pur essendo presente in E, la paternità senecana di questa *cothurnata* è fortemente sospettata da gran parte della critica. Autentica o no, sta di fatto che l'*Ercole Eteo* presenta almeno due anomalie: una, formale, dovuta alla sua estensione (1996 versi, quasi il doppio delle altre); l'altra, contenutistica, consiste nell'ottimismo trionfalistico che trasuda da tutti i pori di quest'Ercole Eteo, così diverso e piatto rispetto agli altri eroi delle altre tragedie senecane e, in particolare, dall'« altro » Ercole, il *furens*, così tipicamente senecano nella sua umile, umana conquista della *virtus*. Una spiegazione potrebbe essere quella di Paratore 1956, 291 per il quale l'*Ercole sull'Eta* rappresenta «una delle prime tragedie di Seneca, come starebbero a indicare la sua prolissità (indizio di giovanile esuberanza ed inesperienza), le palesi contraddizioni che inficiano i caratteri dei due personaggi principali — Ercole e Deianira —, i particolari della struttura tecnica e le caratteristiche metriche e... il sonoro ottimismo della conclusione, che il Seneca più maturo e più disincantato e amaro delle *Troiane*, della *Medea*, della *Fedra* e del *Tieste* non avrebbe certamente sottoscritta.» Oltre a Ercole e Deianira, altri personaggi sono Iole, la nutrice, Alcmena, Illo, Filottete e Lica (che non parla). Il Coro, doppio (come nell'*Agamennone*), è costituito da vergini d'Ecalia e da donne Etoliche. La scena è a Trachine. La vicenda tragica prende le mosse da Deianira la quale, furiosa di gelosia per Iole, che Ercole, dopo la presa di Ecalia, le ha inviato insieme ad altre prigioniere, manda al marito, tramite il servo Lica, un manto intriso del sangue del Centauro Nesso, convinta, dall'inganno dello stesso Centauro morente, che sia un filtro d'amore. Si tratta in realtà di un veleno che inesorabilmente comincia a divorare le carni dell'eroe il quale, dopo aver ordinato al figlio di sposare Iole e dopo aver appreso che Deianira si è uccisa, spontaneamente si offre al rogo che gli è stato eretto sul monte Eta, dove, in presenza della madre Alcmena, muore stoicamente senza lamenti. Mentre Filottete narra l'eroica morte dell'eroe e Alcmena ne piange la scomparsa, appare Ercole dal cielo ad annunciare la propria apoteosi.

OCTAVIA

Assente nel codice E, il più autorevole della tradizione manoscritta di Seneca tragico, l'*Octavia* costituisce l'unico esempio di *fabula praetexta* rimasto illeso dal naufragio del teatro latino. L'argomento non solo è romano ma addirittura appare in scena lo stesso Seneca la qual cosa sarebbe un *unicum* nella storia del teatro antico se si ammettesse la paternità senecana della tragedia: in realtà non è questo l'unico motivo che si porta a detrazione della sua autenticità. La *praetexta*, ambientata nella sede imperiale e datata nel 62 d.C., narra la tragica vicenda di Ottavia, ripudiata dal marito (e fratellastro adottivo) Nerone il quale vuole liberarsi della moglie, che ha sposato per volere della madre Agrippina, per potersi unire a Poppea di cui si è follemente invaghito. Incurante della rivolta del popolo, decisamente schieratosi con Ottavia, sordo ai consigli di Seneca che cerca di dissuaderlo, sprezzando perfino l'ombra di Agrippina che, apparendo sulla scena, predice la morte del figlio imperatore (altro elemento che fa dubitare non poco dell'autenticità della *praetexta*), Nerone dà l'ordine di deportare la moglie nell'isola Pandataria e di ucciderla.

Il problema dell'attribuzione dell'*Octavia* è ancora aperto, soprattutto a causa del Giancotti che, per quanto isolato, ne sostiene la paternità senecana, mentre la stragrande maggioranza degli studiosi pensa a un ammiratore di Seneca, probabilmente vissuto nei primi anni dell'età dei Flavi.

LA TRAGEDIA CONGESTIONATA

MORFOLOGIA DEL TEATRO SENECANO

DIVISIONE IN CINQUE ATTI

Tutte le tragedie di Seneca sono divise in cinque atti. Mentre Aristotele (*ars poet*. 12, 1-3) aveva individuato tre parti nella tragedia classica (prologo, episodio, esodo), Orazio canonizza la divisione della *fabula* in cinque atti (*ars* 189 sg. *Neve minor neu sit quinto productior actu/fabula, quae posci vult et spectanda reponi*) seguendo forse una prassi (e una conseguente teoria) consolidata nella più recente letteratura, dai drammatici e dai grammatici. Chi non vuole marcare eccessivamente la differenza fra teatro greco e teatro latino osserverà che l'*episodio*, di cui parla Aristotele, vale a dire la parte centrale del dramma, venne normalmente ritmata in tre *episodi* (nelle tragedie greche superstiti il loro numero oscilla da due a sei) che, seguenti il *prologo* e seguiti dall'*esodo*, venivano a formare, di fatto, i cinque atti di cui parla Orazio. A ciò si potrebbe aggiungere che la divisione corale nelle commedie di Aristofane suggerirebbe una sorta di divisione in cinque atti. Il fatto però che tale divisione non sia praticata da Plauto e che, per le commedie di Terenzio, appaia più una astrazione dei suoi «grammatici» sta a indicare la seriorità del canone oraziano dei cinque atti: canone che Seneca segue, dogmaticamente o liberamente, vedendovi

— già più classicisticamente che classicamente — una perfetta distribuzione e un perfetto ritmo drammatico.

IL PROLOGO

Contrariamente alla maggior parte dei prologhi delle tragedie greche che offrono le coordinate spazio-temporali precedenti e presupponenti l'azione tragica, i prologhi senecani si collocano sull'orlo del precipizio dell'azione delineando non il retroterra ma l'inizio stesso della tragedia: la quale in Seneca più che intreccio di eventi è scontro di passioni, g e n e r a t e non dai fatti o dall'azione ma, al contrario, g e n e r a n t i fatti e azione. Per questo il prologo, pur essendo "fattualmente" statico (cfr. Anliker 1960, *passim*), è "psichicamente" dinamico e perciò solidale col resto della tragedia, sia che esso si trovi — riprendendo una distinzione dello stesso Anliker — «al di sopra» dell'azione (in tal caso la *persona* non è umana, come Giunone nello *Hercules furens*, o l'ombra di Tantalo nel *Thyestes* e quella di Tieste nell'*Agamemnon*: un precedente è l'apparizione dello spettro di Polidoro nel Prologo dell'*Ecuba* euripidea) o «davanti» all'azione, come l'angoscia di Ecuba nelle *Troades* e quella di Edipo, conscia e autodistruttiva nelle *Phoenissae*, inconscia nell'*Oedipus*. In ogni caso il prologo segna l'inizio della tragedia quando la tensione psichica è già al diapason: emblematici e particolarmente suggestivi i prologhi della *Medea* e della *Fedra*: il primo presenta l'eroina già in preda al *furor* al punto che la sua *rhêsis*, pur nel metro dialogico del senario giambico, ha tutte le caratteristiche stilistiche di una *klêsis*; il secondo la monodia di Ippolito — anomala soluzione che ha fatto non poco discutere: cfr. C. de Meo 1978, 7 sgg. — che isola il personaggio, oggetto dell'amore di Fedra, in una dimensione tutta sua, sottolineata anche dal metro lirico del dimetro anapestico, cui si oppone il monologo di Fedra, nel metro diciamo normale ed esistenziale del senario. Monodia, di Ippolito, e monologo, di Fedra, — che nelle loro antitesi psicologiche e metrico-stilistiche, vengono a costituire un binomio inscindibile — rappresentano, nel loro insieme, il prologo o, quanto meno, il programma di tutta la tragedia che è lo scontro non più — come nell'*Ippolito* di Euripide — di due divinità, Artemide e Afrodite, ma di due opposte psicologie (e passioni), quelle di Ippolito e di Fedra e, nel profondo della psicologia di Fedra, lo scontro del *furor* e della *ratio*. La stessa struttura antitetica si manifesta ancor più chiaramente nel prologo della *Medea*, dove al monologo dell'eroina, tutto concentrato sul suo *furor* e sulla sua invocazione alle forze violente e distruttrici degli dei inferi, si oppone il primo Coro, l'*epithalamion* dedicato agli dei che reggono, legittimamente, il mondo: anche qui il prologo, anziché il *kairós* dell'imminente tragedia, privilegia le forze psichiche che stanno per scatenarsi e divenire *tragoedia*. Questo prologo come gli altri congestiona lo spazio e il tempo della tragedia senecana: che è la tragedia, nell'anima, delle forze morali, rispetto alle quali le forze metafisiche, cosmiche e storiche appaiono non cause mobilitanti ma effetti o metafore e, a volte, semplici casse di risonanza.

IL CORO

Problema controverso rimane quello del rapporto fra Coro e azione. Possiamo schematicamente sintetizzare così la questione: 1) la funzione del Coro senecano, sulla scia, prima di Euripide, poi del teatro ellenistico-romano, tende a trasformarsi da drammatica in lirica (per quanto mai raggiunga la dimensione di semplici intermezzi musicali, i famosi *embolima* di Agatone biasimati da Aristotele in *ars poet*. 18, 7 dove si raccomanda la funzione attoria del Coro che il filosofo vede realizzata in Sofocle e meno in Euripide); 2) ciononostante rimangono funzioni e momenti "drammatici" in cui il Coro dialoga con le *personae* come un attore vero e proprio (secondo l'indirizzo del sopraccitato Aristotele, ripreso da Orazio, *ars* 193 sgg.): cfr., per es., *Med.* 881-887 in cui il Coro dialoga con il *nuntius*; in *Ag.* 589-591 il Coro interloquisce con Cassandra; nell'*Oedipus* il quarto Coro (vv. 911-914) introduce il *nuntius* mentre il quinto (vv. 995-998) annuncia lo stesso Edipo, interloquendo poi col protagonista e con Giocasta nell'ultima scena; nelle *Troades* (la tragedia che prende nome dal Coro di Troiane) il primo Coro risponde agli inviti di Ecuba che vuole piangere i grandi eroi troiani caduti; nel *Thyestes* ai vv. 623 sgg. il Coro interloquisce ancora una volta col messaggero e nella *Phaedra* si unisce a Teseo nel ricomporre le membra di Ippolito; 3) per quanto relativamente numerosi siano questi ultimi casi, rimane vera la tendenza alla "sdrammatizzazione" del Coro: esso, infatti, se da una parte riduce a semplici fossili le sue funzioni dialogiche, dinamiche, sceniche, atrofizzandone l'«agonisticità» che deteneva nell'arcaico teatro greco, dall'altra acquista, con la scena, un rapporto dialettico, para-drammatico, tanto da divenire spesso una voce "fuori campo", una meditazione filosofica o, meglio, morale, che spesso accompagna e commenta l'azione che si sta svolgendo sulla scena (bibliografia ragionata in Biondi 1984, 47 sg., n. 32). Da questo punto di vista non solo per la divisione in cinque atti, ma anche intorno alla funzione del Coro Seneca sembra seguire Orazio di *ars* 193-201. Questa funzione moraleggiante, quasi equilibratrice della *hybris* dei protagonisti viene a toccare, nel secondo e terzo coro della *Medea*, una prospettiva che abbiamo definito teoretica, di particolare rilievo in Seneca poeta e filosofo.

IL DIALOGO

È considerato da molti, e forse non a torto, la parte più debole del teatro senecano a causa delle frequenti sentenziose sticomitie, dei lunghi e spesso contrapposti monologhi, delle amplissime *rhéseis* dei messaggeri, spesse volte spinte fino al più estremo espressionismo, quando non al più macabro realismo. Eppure nel dialogo e più in generale nel senario giambico (senario particolare più vicino al t r i m e t r o giambico greco e oraziano che non al più pesante senario degli arcaici) Seneca ha dato prova di grande escursione, se non poetica, quantomeno retorica e stilistica: dalla *brevitas* delle sticomitie (specchio drammatico del prosatore epigrammatico) dove la retorica è protesa a *convincere* l'interlocutore (ma che nell'insieme si trasforma in prova di tragica incomunicabilità: certe battute come l'*agnosco fratrem* di Tieste sono tra le più sublimi del teatro di tutti i tempi), alla maestosità narrativa di alcune *rhéseis* in cui le componenti paesaggistiche e gli eventi narrati si coordinano in magnificenti descrizioni che — come quella famosa del naufragio di *Ag.* 421-588 — nulla hanno da invidiare ai loro modelli più autorevoli, dagli epici repubblicani a Virgilio, da Ovidio, specie delle *Metamorfosi*, a Lucano. In esse la retorica asiana del *commovere* è impegnata con tutti i suoi mezzi e non senza risultati poetici.

IL CANTICUM

Se è probabile che nella tragedia arcaica latina (e più precisamente in quella delle origini, e cioè in quella di Livio Andronico e Nevio) il Coro — che nella tragedia attica del V secolo aveva avuto un ruolo centrale — perdesse importanza e portanza a favore del *canticum*, vale a dire della monodia lirica dell'attore (sulla derivazione dei *cantica* della commedia, in particolare plautina, dalla massiccia introduzione di monodie nelle tragedie di Livio Andronico cfr. Fraenkel 1960, 307-322), nel teatro di Seneca, data la rilevanza strutturale (divisione degli atti) e quantitativa (impiego di molti versi oltre che di molti metri) occupata dal coro, i *cantica* dei protagonisti — per altro non frequentissimi — rivelano una precisa direzione semiologica che, come nel teatro attico e in fondo anche latino arcaico, coincide con una particolare situazione "psicologica" ed emotiva, in cui il personaggio, varcando la soglia dell'equilibrio psichico, varca pure la soglia del metro dialogato per entrare nel codice del metro lirico: e, in particolare, nel dimetro anapestico, il metro spesso scandito anche da quei cori che, stando alla classificazione del Bishop 1968, 197 sgg., hanno spesso temi catastrofici. Emblematico il *canticum* di Tieste (*Thy.* 920-969) che, collocandosi nel cuore della tragedia in antitesi alla sadica megalomania di Atreo espressa nei vv. 885-919, dice non l'ebbrezza di Tieste preda del vino — come paranoicamente crede Atreo: cfr. 918 sg. *ecce iam cantus ciet / festasque voces, nec satis menti imperat*; ma i *cantica* dovuti al vino sono comici, non tragici — bensì "l'ebbrezza" di Tieste preda di un'angoscia delirante. E delirante è in qualche modo la monodia di Ippolito che funge da prologo alla *Fedra* (vv. 1-84) e che dunque colloca e isola il personaggio, fin dall'inizio, in una dimensione tutta sua, in una immacolata purezza che ha le stesse connotazioni del *furor*, come ha sostenuto recentemente Giancotti. E preda del delirio sono gli altri *cantica* senecani: quello di Andromaca (*Troad.* 705-735), quelli di Medea (*Med.* 740-751; 771-842) e soprattutto quello di Cassandra (*Ag.* 759-774) che seguendo un lungo monologo dell'eroina stessa in senari giambici e precedendo la battuta del Coro sempre in senari, chiuso cioè fra due dialoghi, rivela la connotazione di irrazionalità contenuta nel *canticum* senecano: sia essa l'irrazionalità del *furor*, dell'angoscia o della invasione profetica. Se i metri lirici del Coro creano una dialettica fra temi dialogici e temi cantati, i *cantica* dei personaggi creano una dialettica all'interno del personaggio stesso tra la forza del *logos* e quella del *pathos*. Una dialettica che raggiungerà l'espressione massima nella *Consolatio* di Boezio.

I PERSONAGGI

Se sul numero degli attori (non più di tre, per ogni scena con, al limite, un quarto personaggio muto) Seneca si attiene ancora una volta alle indicazioni oraziane di *ars* 982 (il teatro latino arcaico, specie quello comico, disattende questa norma che invece si mantiene costante nella tragedia greca), nella c o s t r u z i o n e dei personaggi il Cordovano imprime tutta la sua *vis tragica*. La quale soprattutto consiste nell'aver ridotto conflitti interpersonali e intrapersonali in forze e in forme esclusivamente psicologiche; l'intervento divino è relegato solo ai casi in cui va salvaguardata l'innocenza dell'eroe, come appunto avviene nello *Hercules furens*, il cui *furor* non nasce dall'ira individuale ma per intervento esterno di Giunone, gelosa della imminente apoteosi del figlio «naturale» di Giove. Così il personaggio senecano non solo è — come nella tragedia classica o nel romanzo moderno — elemento trainante dell'azione ma azione stessa. Questo centralismo umano e umanistico (che, come sottolineava trent'anni orsono Paratore nella introduzione alla sua versione italiana delle tragedie senecane, fa di Seneca il fondatore del teatro moderno), pur affondando le radici nella stessa *humanitas* latina — di cui il teatro terenziano e in particolare il celebre *homo sum* continua a rappresentare l'emblema più luminoso —, «si articola sempre nel quadro delle più naturali reazioni dell'umana psiche, che ormai all'indagine del moralismo stoico ed epicureo non serbava più alcun mistero» (Paratore 1956, XXIII). E qui tocchiamo un punto nevralgico per la comprensione dei personaggi senecani la cui psicologia non solo non è reale (sull'errata identificazione personaggio/persona e, in particolare, personaggio/psicologia cfr., per es., O. Ducrot e T. Todorov 1972, 246) ma costruita in base ai canoni della psicologia stoica che, dai poli originali *pathos/apátheia*, tendono a dialettizzarsi, in Seneca, attorno all'antitesi *furor* (o, spesso, *fatum*)/*virtus*.

Ciò non toglie che l'intuizione e la genialità di Seneca abbiano toccato corde e dimensioni della psicologia ignote o aldilà degli statuti dottrinari, corde e dimensioni che si sintonizzano anche con modelli più recenti o, se si preferisce, più scientifici della psicologia: in fondo se Freud ha fecondamente letto Shakespeare, questi ha molto "imparato" da Seneca. Tuttavia prima di filtrare Medea, Fedra, Edipo, Atreo attraverso le maglie di Freud, di Jung o d'altri maestri moderni di psicologia sarà quanto meno metodico leggerli con la filigrana della «psicologia», stoica in generale, senecana in particolare, così come possiamo ricavarla dalle opere in prosa e specialmente dal *De ira* e dal *De clementia*. Allo stesso modo prima di considerare la resistenza al delitto di Medea, di Clitemnestra o di altri eroi "negativi" una forma di attenuazione della loro colpa o, addirittura, — come è stato detto di Medea —, una sorta di autopunizione (forme che implicherebbero, in antitesi con l'impalcatura teorica del pensiero senecano, una detrazione del *logos* o una sua equipollenza, sulla scia di Posidonio, con l'*alogon*: per cui v. Pohlenz 1967, 65) sarà bene verificarle con la teoria sempre sostenuta da Seneca della bontà della natura che il *furor* e gli *adfectus* violano dopo che il *logos* ha loro permesso liberamente e comunque coscientemente di impossessarsi della psiche. È per questo che personaggi quali Atreo e Medea si configurano come rovesciamento del *sapiens* stoico (il *logos* accetta di farsi servo del *pathos*): ma è ancora per questo che eroi quali l'Edipo di *Fenicie* ed Ercole di *Hercules furens* dall'inferno psichico cui il fato li ha costretti, attraverso la *pietas* rispettivamente per Antigone e Anfitrione, giungono alla vittoria sul *pathos* e sul *fatum* che li hanno così duramente provati. È anzi questa solida impalcatura stoico-moralistica che ha fatto giudicare "statici", contemporaneamente a torto e a ragione, i personaggi senecani; a ragione, perché il personaggio è spesso (ma non sempre: v. Fedra) dentro a un binario che corre verso la catastrofe o, dalla catastrofe, versò la *virtus*, senza sosta; a torto, perché poche e forse nessuna *persona*, prima di Seneca, era stata tanto analizzata in profondità come questi eroi, il cui esito morale dipende solo da se stessi, da ciò che avviene o lasciano che avvenga dentro di loro. Questi personaggi sono forse statici in estensione e caratterizzazioni umane, ma mossi, fino al diapason, in profondità. Che poi, come recitano, giustamente, le moderne teorie, il personaggio sia sempre di carta, questo è un discorso che ora non ci riguarda. La carta, comunque, è il sangue della letteratura. E della storia.

LE OMBRE DEL TEATRO SENECANO

LA PATERNITÀ

Se le *fabulae* che la tradizione diretta ci ha consegnato come opere di Seneca rappresentano le uniche titolari integre di tutto il teatro tragico latino (che la tradizione indiretta ci permette forse più di immaginare che non ricostruire, attraverso scarsi e scarni brandelli), dense ombre continuano a circondarle, ricoprendone il testo, vessato non più di altri antichi, di fascino e problemi. In primis quello della paternità che oscillando da un minimo di credibilità (l'autore delle *fabulae* che la tradizione vuole di Seneca non è Seneca filosofo: è questo il dubbio che serpeggia anche in un autorevole storico e profondo conoscitore del teatro latino come il Beare) a un massimo di fiducia nella tradizione (è il caso di Francesco Giancotti che difende l'autenticità anche dell'*Octavia*, la *praetexta* tramandataci dal solo codice A e dai più considerata spuria a causa della messa in scena dello stesso Seneca come *persona* e della descrizione della morte di Nerone, troppo simile a quella storica per essere verosimilmente invenzione del filosofo) si è ora assestato, per quanto instabilmente, alla conservazione del codice E, che non contiene l'*Octavia*, ma, per quanto in ordine diverso da A, riporta le altre nove *cothurnatae*, fra cui l'*Hercules Oetaeus*, che una parte non indifferente di studiosi giudica non senecana, anche a causa della sua smodata lunghezza (cfr. per es. Axelson 1967).

LA CRONOLOGIA

Problema più complesso e discusso è quello della cronologia (e diacronia) delle tragedie. La loro composizione potrebbe riferirsi, disseminatamente, a tutto l'arco di Seneca (Herzog 1928) oppure essere circoscritta a un momento particolare quale: 1) l'esilio in Corsica (le tragedie sarebbero state scritte e tenute nel cassetto in attesa di tempi migliori); 2) il periodo neroniano, assecondando la passione per il genere tragico di Nerone il filosofo-pedagogo potrebbe aver scritto la sua opera poetica in funzione psicagogica, additando negli eroi positivi o negativi degli *exempla* rispettivamente da imitare e da evitare (questa ipotesi potrebbe essere confortata da Tacito *Ann.* 14, 52); 3) il ritiro degli ultimi anni a vita privata che gli avrebbe permesso di scrivere, oltre alle ultime opere, anche le tragedie, che in questo caso non sarebbero più p e r ma c o n t r o Nerone. Tale ipotesi comporta che le tragedie non solo fossero, quand'anche semplicemente recitate, destinate al pubblico, ma neanche a circoli elitari privati: esse avrebbero dovuto essere lette clandestinamente (i continui riferimenti ai mali e alle crudeltà del tiranno scritti lontano dall'attività pubblica avrebbero potuto suonare a Nerone come accusa e non già come esortazione pedagogica) oppure tenute nel cassetto: ma per chi?

L'ipotesi più probabile è che Seneca si sia fatto tragediografo per tentare, anche attraverso la via della parola "scandita", l'educazione o la "commozione" del principe verso il bene dell'umanità (sulla funzione pedagogica del *carmen* cfr. *ep*. 33, 6 e Traina 1987[4], 40 e 125 s.)

LA MESSA IN SCENA: GLI EFFETTI SPECIALI DELLA PAROLA

Oltre a il «quando», il «dove» e il «per chi» rimane problematico, nel teatro di Seneca, anche il «come». La stragrande maggioranza degli studiosi è infatti convinta che la *tragoedia rhetorica* (secondo la celebre e fortunata definizione che il Leo diede nelle sue *Observationes criticae*) fosse destinata non alla scena ma alle sale di *recitationes*: così, per es., il Beare 1986, 268, che non tratta minimamente il teatro di Seneca non considerandolo «genuino», vale a dire fatto per il vasto pubblico. Ora fra l'ipotesi della scena pubblica e quella delle *recitationes* (che a noi appare assurda: una cosa è recitare o cantare brani di opere e anche di tragedie, tutt'altra leggere o recitare un'intera tragedia di mille versi e più, dal prologo all'esodo: chissà che noia!) si può sostenere l'ipotesi intermedia di tragedie scritte per rappresentazioni in teatri privati frequenti nella Roma neroniana (cfr. Svet. *Ner*. 21: *dubitavit* (sott. *Nero*) *etiam an privatis spectaculis operam inter scaenicos daret*), con pochi attori e Coro molto mobile, spettacoli che, dato l'alto, aristocratico livello degli spettatori, privilegiava — in antitesi al teatro pubblico — la parola e la psicologia sull'immagine e l'azione (gli «effetti speciali» erano affidati più alla *rhêsis* che alla scenografia).

In ogni caso anche nell'ipotesi di tragedie recitate, le *fabulae* senecane sarebbero sì teatralmente meno genuine ma — senza il bisogno di attenersi, come sostiene lo stesso Beare, ai gusti grossolani e alla scarsa cultura del grande pubblico — risulterebbero ancor più libere e, almeno letterariamente, più spontanee.

LA TRADIZIONE

La tradizione diretta manoscritta ci ha consegnato dieci tragedie attribuite a Lucio Anneo Seneca. Due le classi di codici: una, più autorevole e facente capo al codice *Etruscus* (E o *Laurentianus* 37, 13) dell'XI-XII secolo, contiene nove *cothurnatae* (cioè di argomento greco) nel seguente ordine: *Hercules furens, Troades, Phoenissae, Medea, Phaedra, Oedipus, Agamemnon, Thyestes, Hercules Oetaeus*; l'altra, detta A, rappresenta il consenso di tre codici, P (= *Parisinus Lat.* 8260), C (= *Cantabrigiensis* 406) del sec. XIII e S (= *Escorialensis* III T. 11) del sec. XIV. Questa seconda classe, oltre a ordinare le tragedie *cothurnatae* in modo diverso da E, presenta una decima tragedia, la *praetexta* (di argomento, cioè, romano) *Octavia*, in cui lo stesso Seneca appare come personaggio e che la maggior parte degli studiosi giudica spuria (una delle eccezioni più autorevoli è rappresentata da Francesco Giancotti). Giorgio Pasquali 1974[2] pur non dubitando «che A rappresenti di fronte alla tradizione di E un testo rielaborato sistematicamente per togliergli ogni audacia stilistica, dunque tipicamente interpolato» (p. 127), riconosce che, in particolare, i codici P e C «agevolano grandemente la ricostruzione del capostipite, perché da un lato sono liberi da certe corruttele..., dall'altro non presentano ancora tracce di contaminazione con la tradizione di E» (p. 126 sg.), per concludere che «a parità di condizioni la lezione di E dev'essere preferita; ma solo a parità di condizioni: *lectio difficilior* e *usus scribendi* pesano qui più che autorità di un codice: e dunque, caso quasi puro di recensione aperta» (p. 129).

TRAGOEDIA. ETHOS (ED *EPOS*)
NELL'UMANESIMO SENECANO

Non so se sia davvero esistito — come si chiedeva qualche decennio fa il titolo provocatorio di un saggio famoso — un romanticismo italiano. Di certo è esistito per Seneca tragico, la cui fortuna, europea, cresciuta senza sosta dal XIV al XVIII secolo, si è improvvisamente arrestata anche in Italia, dove, alla detrazione romantica, si è aggiunta, *ad abundantiam*, quella crociana. È tuttora questo, mi pare, il motivo principale per cui da noi, per esempio, le tragedie senecane, pur essendo le uniche superstiti integrali di tutto il teatro latino, non fanno parte delle opere che nei licei si leggono direttamente in lingua, sicché l'astratto — ma nella fattispecie diffusissimo — uomo di media cultura conosce, se mai lo ricorda, quel poco che ha letto nei manuali di storia letteraria, vittima anch'egli della critica romantica e crociana, severissime al riguardo e ancora, direbbe il poeta, «effuse come magnetismo».

Non così per Seneca prosatore che senza soluzione di continuità, almeno dall'epoca moderna, *in primis*, da Montaigne ad ora, continua a costituire uno dei massimi sistemi della *paideia* umanistica: eppure Seneca tragico ha inciso non meno profondamente sulla nostra cultura. Basti considerare l'influsso del

Cordovano su Shakespeare e di questi, oltre che «direttamente» sulla letteratura moderna, anche «indirettamente» su Freud, per cogliere con un solo colpo d'occhio la campata del grande ponte che collega il teatro di Seneca al mondo moderno.

Eppure quell'astratto (e distratto) lettore del solo filosofo Seneca, messo immediatamente in contatto col poeta tragico, può ricevere facilmente l'impressione di un «altro» Seneca, tanta e tale è la distanza che, di primo acchito, sembra intercorrere fra il prosatore che, seguendo la rotta dell'etica, costeggia l'anima umana, per così dire, al riparo dall'irrazionale e il poeta che affonda direttamente lo sguardo nel cuore dell'uomo e del male. E ancor più distante fra i due Seneca potrebbe sembrare lo stile: epigrammatico e confidenziale, «drammatico» e al contempo «diaristico» — come un breviario laico — quello del prosatore; altisonante, turgido, grottesco fino al ripugnante quello del poeta tragico.

Siamo così entrati nel nocciolo della questione critica ed ermeneutica: critica, perché il pregiudizio o meglio il post-giudizio romantico e crociano mina ancora — almeno in Italia — la credibilità poetica delle tragedie senecane, ancora esposte al marchio di opere retoriche, mosse solo nella burrascosa per quanto superficiale tempesta delle parole; ermeneutica, considerata la difficile o quanto meno fluida interpretazione «filosofica» del teatro di Seneca, visto da alcuni come ortodossa, dogmatica «messa in scena» dello stoicismo senecano, da altri (per es. Dingel 1974) quale negazione o correzione in chiave nichilistica del pensiero filosofico espresso nelle opere in prosa (per tacere delle molte allusioni a fatti e referenti storici e biografici).

Abbiamo detto del pensiero filosofico di Seneca prosatore non per mobilitare una sciatta tautologia ma per prospettare fin da ora l'ipotesi, in Seneca tragico, di un pensiero poetico, non *alius* ma *alter* rispetto al dogma (e al cherigma) del filosofo *tout court*: l'ipotesi, insomma, che Seneca poeta abbia espresso un pensiero non eterogeneo rispetto a quello dei *Dialogi*, delle *Epistulae* e delle *Naturales quaestiones* ma omogeneo e, per quanto omogeneo, non mimetico ma "nuovo": esattamente come Lucrezio esprime gli stessi contenuti filosofici di Epicuro ma «il fatto che questa sostanza sia stata trasformata in poesia significa» — per riprendere una osservazione non solo teorica ma esperienziale di T.S. Eliot — «che non siamo più nella stessa dimensione di pensiero» (Cattaui 1964, 78).

IL DUALISMO «SENTIMENTALE» DI SENECA

Proviamo ad affrontare un poco più da vicino il problema che, in ultima analisi, può essere così rappresentato: la bandiera del *logos* che guida l'itinerario filosofico di Seneca prosatore sventola anche nel cielo tempestoso e cupo del poeta tragico? La fede stoica del filosofo è la stessa del poeta?[1]

---

[1] La trattazione, ovviamente sommaria, di questa parte, nella quale si accenna a dogmi della dottrina stoica, non consente di approfondire le varie questioni e di esaminare, in tutta la sua complessità, il pensiero antropologico di Seneca, così come di discutere la relativa bibliografia. Fondamentale risulta comunque sempre il lavoro di Pohlenz 1967 che costituisce costante punto di riferimento per queste pagine; in particolare, per l'evoluzione nella teoria psicologica ad opera della Media Stoa e per le conseguenze sul piano etico (insorgere delle passioni e loro terapia), v. Pohlenz 1967, I, 403 sgg. (Panezio: per cui rimane ancora basilare A. Grilli, *Studi paneziani*, «SIFC» 20 (1957), 31-97), 457 sgg. (Posi-

Diciamo subito che Seneca, in tutte le sue opere in prosa, dalle *Consolationes* dei primi anni alle *Naturales quaestiones* degli ultimi, dai trattati più sistematici come il *De ira* o il *De clementia* alle più 'occasionali' *Epistulae morales*, non ha mai dubitato del *logos*, la forza presente sia nell'universo sia nell'individuo, quella forza che, coltivata con la *voluntas*, in una assidua tensione, conduce l'uomo alla *sapientia*,[2] rendendolo simile a dio. Ma accanto a questa incrollabile certezza un dubbio o meglio una ferita aperta accompagnò, per tutta la vita, l'intelligenza e la coscienza di Seneca: la presenza, nella storia e nell'individuo, del male.

Tutto il pensiero e tutto lo stile di Seneca prosatore muovono dalle tensioni fra due poli: l'oggettività del male e l'oggettività del *logos*. In mezzo l'uomo che, dotato di *ratio*, p u ò, o prevenire gli *adfectus* attraverso l'assiduo esercizio della *virtus* oppure, deliberatamente o per debolezza della *ratio* o della *voluntas*, cedere alla passione. Nel caso di impotenza della *voluntas*, rimane valida l'estrema soluzione della morte. Sarà bene notare che la coscienza che Seneca ha del male (e che il pensiero stoico identificava negli *adfectus*) lo isola non soltanto dal pensie-

---

donio) e, per la trattazione relativa a Seneca, II, 64 sgg. In particolare sulla progressione nel male che culmina nei *morbi* v. *ep.* 75,11 e Scarpat, *La lettera 65 di Seneca*, Brescia 1970[2], 219 sgg.

[2] L'accento posto sulla volontà come elemento necessario e decisivo nel cammino verso la *sapientia* è caratteristica dell'etica senecana; cfr. M. Pohlenz, *Philosophie und Erlebnis in Senecas Dialogen*, «NAWG» 6,1941,55-118 (= *Kleine Schriften*, Hildesheim 1965, I, 384-447), soprattutto l'appendice *Ein römischer Zug in Senecas Denken*; e A. J. Voelke, *L'idée de volonté dans le Stoïcisme*, Paris 1973, 161 sgg. Su questo particolare aspetto etico, della *voluntas* appunto, si basa la tragedia di Fedra (v. *infra*).

ro accademico (compie il male chi ignora il bene) e peripatetico (gli *adfectus* e perfino l'ira possono soccorrere la *virtus*), ma anche dal pensiero dei maestri dello stoicismo.

Crisippo, correggendo in chiave fortemente intellettualistica il pensiero di Zenone, sosteneva che il *logos* e l'affezione non hanno sedi diverse, fino al punto da negare qualsiasi impulso irrazionale involontario nell'uomo: contro tale posizione esasperatamente intellettualistica e astratta reagì fortemente lo stoicismo di mezzo, in particolare Posidonio che — sulla scia di Panezio — suppose, nell'anima, una sede di istinti irrazionali detta appunto *alogon* che, indipendente e autonoma dal *logos*, poteva minacciarne il predominio in modo determinante.

Equidistante sia da Crisippo che presupponeva la presenza del *logos* in qualsiasi moto psichico, sia da Posidonio che, conferendo agli istinti autonomia dal *logos*, rischiava di negare il libero arbitrio, si colloca Seneca che, con la teoria degli stadi preliminari e delle reazioni fisiche involontarie (come l'impallidire, l'arrossire, il tremare, ecc.), pur ammettendo l'origine involontaria delle passioni, riconosce un secondo e fondamentale momento in cui la ragione dà o non dà il suo assenso: nel primo caso il *motus evicit rationem* (*ira* 2, 4, 1 ed è questo il terzo e irreversibile momento della passione), nel secondo è la *ratio* che ha la meglio sul *motus* psichico e non gli permette di trasformarsi in vera e propria affezione.

Da questo punto di vista è illuminante *ep.* 9, 3 *hoc inter nos et illos* (Megarici e Cinici: cfr. Scarpat 1975, 205) *interest: noster sapiens vincit quidem in-*

commodum omne sed sentit, illorum ne sentit quidem. Tutta la psicologia, tutta l'etica, tutta la (benché minima) teoretica senecana del male (e dei mali) si basa sulla dialettica *sentire/vincere* e *sentire/evinci*. Ma il «negativo» che ogni uomo sente, sia che lo vinca sia che lo subisca, che cos'è, dove nasce, perché esiste?

Se non sempre, spesso Seneca alza gli occhi verso il cielo e indica spiegazioni e consolazioni dagli *incommoda* e dal dolore: e spesso nell'infinità e armonia del cosmo trova compensazioni alla meschinità e al disordine storico ed esistenziale. Almeno così nelle *Consolationes* (in particolare *ad Helviam* e *ad Marciam*: per cui v. Traina 1987). Nel *De providentia*, probabilmente una delle ultime opere del filosofo scritta in attesa e forse in preparazione della morte, alla questione posta da Lucilio sul problema mali/provvidenza Seneca all'inizio elude in qualche modo il problema rimandando a una 'eventuale' opera in cui dimostrare il governo cosmico del *logos* e alla fine risponde con un altro problema facendo dire a dio: *quia non poteram vos istis* (*malis*) *subducere, animos vestros adversus omnia armavi* (6,6). Ma se dio non può sottrarre i buoni dai mali, quale forza li genera? Come si vede il *logos*, sia a livello cosmico sia a livello individuale, non potendo eliminare i mali può solo combatterli (se poi l'uomo non vuole combattere può sempre, e con grande facilità, togliersi la vita). Col che Seneca, nonostante sia, in sintonia con la Stoa, filosoficamente monista, rivela «un atteggiamento sentimentalmente dualistico» (Pohlenz 1967, II, 96).

Ebbene questo dualismo, per quanto, secondo il

Pohlenz, sentimentale, ha un fronte che è l'umanità e, in particolare, la storia. Come si sa, infatti, nella concezione storica di Seneca i *mala* finiscono presto con l'intaccare l'intero genere umano per divenire presto male morale (*omnes mali sumus*). A sua volta il fronte del bene e del male si combatte in un'ultima, estrema trincea: il cuore e la coscienza dell'uomo. Di questa guerra le tragedie suonano spesso come il macabro e, anche in caso di vittoria del bene, sempre cruento bollettino.

LA TRAGEDIA CONGESTIONATA

Uno dei tanti luoghi comuni — e non per questo sbagliati — su Seneca è la frammentarietà o, quanto meno, la non sistematicità del suo pensiero. Ma sarebbe grave errore di prospettiva non scorgere nell'opera di Seneca un movimento di pensiero a tutto tondo che investe tutti gli aspetti della cultura, dalla fisica alla teologia, dalla psicologia alla cosmologia: l'amore per la scienza, costante in tutto il suo itinerario intellettuale e culminante nelle *Naturales quaestiones*, dice tutta la tensione epistemologica se non addirittura gnoseologica, vista la tendenza — mutuata dallo stoicismo e dalle filosofie ellenistiche in genere — a trasformare dogmi fisico-scientifici (il *desmós*, l'*ekpýrosis*, ecc.) in dogmi (o metafore) metafisici, secondo un processo che molto somiglia alla cultura moderna e contemporanea: ma contrariamente alla cultura moderna, l'universo senecano ha un centro gravitazionale, un valore che muove, subordinandoli, tutti gli altri valori: la virtù, quella virtù che, come la *charitas* predicata e inneggiata dal suo contemporaneo Paolo di Tarso, è più grande dell'arte e della scienza, della vita e della morte. Ma, contrariamente alla *charitas* di Paolo che è dono gratuito di Dio agli uomini, la *virtus* di Seneca è laica, individuale, solitaria conquista dell'uomo, sì verso Dio, ma senza Dio.

Seneca, dunque, esprimendo fino in fondo la sostanza morale, e moralistica, della cultura latina, si è venuto a trovare infinitamente, drammaticamente isolato sia dall'ormai remota cultura greca che da quella imminente cristiana: così mentre il *logos* greco libera noeticamente l'uomo dal male indicandogli la via del bene e del vero, mentre il *logos* cristiano libera l'uomo sotericamente e dinamicamente facendosi «carne» e perdono, il *logos* senecano non può liberare e salvare l'uomo dal male ma solo indirizzarlo al bene: e solo la *virtus* può raggiungerlo.

Di qui il carattere ethocentrico del pensiero di Seneca. E delle sue tragedie. Così se a muovere il teatro greco è la domanda sul significato, il valore e il destino dell'uomo dentro l'universo (e poco importa, da questo punto di vista, l'escursione della risposta alla domanda: dall'«ottimismo» di Eschilo al «pessimismo» di Euripide), a muovere il teatro senecano non è un problema teorico (risolto dalla «fede» nel *logos*), ma un, anzi il problema morale: la vittoria o il cedimento alla passione. Per questo (riprendendo una pagina scritta in altra sede: Biondi 1984, 31 sg.) «le strutture antitetiche di *furor* e *bona mens* — per riusare una felice e fortunata formula del Giancotti — tendono a instaurarsi non solo in quello che presso Seneca corrisponde al primo atto e che spesso funge da prologo a tutto il resto, ma, soprattutto nei personaggi i quali si pongono o antiteticamente l'un contro l'altro in quanto declinazioni, polari, della *virtus* e del suo contrario (Giasone e Medea; Tieste e Atreo; Andromaca e Ulisse; Cassandra e Clitennestra; ecc.), oppure la vivono in conflitto dentro di loro, o soccombendo alla passione come Fedra, o resistendo, seppure strenuamente, come Ercole in *Hercules furens*.

Già: l'antitesi si rivela una (per non dire la) struttura portante non solo dello stile ma anche e soprattutto del pensiero e della cultura senecana: ma non è forse la stessa morale di Seneca a configurarsi come antitesi? Ciò che nell'opera in prosa è elemento stilistico o tematico, nelle tragedie diventa elemento morfologico, principio strutturale della stessa sostanza tragica che è lo scontro del male col bene in tutte le sue possibili declinazioni: *furor/ratio*; *odium/amor*; passione/virtù e in altre parole morte/vita.

Ma quando diciamo che l'antitesi da elemento semplicemente tematico o estetico diviene, nelle tragedie, elemento strutturale, intendiamo dire che l'equipollenza, dinamica e non già di valore, del bene e del male tende a divenire l'unica cornice o, per meglio dire, l'unica periferia e l'unico centro, senza eziologie e teleologie. Di qui la staticità di azioni e personaggi che, come si sa e come è stato sempre osservato, caratterizza la tragedia di Seneca e che ha spesso offerto il fianco alle più dure detrazioni estetiche: ma la staticità delle tragedie di Seneca, prima di costituire uno scarso risultato artistico, rappresenta un preciso risultato culturale. Responsabile infatti dell'appiattimento e della esasperata concentrazione di fatti e *personae* a noi sembra essere lo stesso espressionismo (e moralismo) che è alla base non solo dell'opera senecana ma di tutta la cultura latina, fin dalle sue origini.

Tuttavia se nella sostanziale fedeltà ai modelli greci la dimensione etica lasciava, nel teatro arcaico, come spazio alla propria originalità, l'effetto della «*Pathetisierung*», divenuta in larga misura la cifra del *vortit barbare* latino, nel teatro di Seneca che, con buona pace di molti, più che fedeltà rivela libertà dai modelli, essa diviene struttura portante, nel senso che intacca non solo la dimensione stilistica e contenutistica ma addirittura quella strutturale e formale come, per esempio nel caso della *Medea*, l'eliminazione del prologo, la trasformazione del monologo, come abbiamo detto, da discorso in preghiera, l'aggiunta dell'*epithalamion*, ecc.: tutto ciò non rappresenta una variante ma una radicale alterità.

La dimensione che, soprattutto, viene alterata e, anzi, tendenzialmente soppressa è la 'profondità' o, per usare una categoria della pittura rinascimentale, la prospettiva. Nella tragedia greca l'uomo, con le sue passioni e le sue azioni, si muove dentro una dimensione che, sia *in praesentia* come la *Dike* di Eschilo, sia in *absentia* come la *Tyche* di Euripide, gli fa da sfondo, da cassa di risonanza: così l'uomo 'tragico' greco si muove dentro un tempo e dentro uno spazio, e per questo, la cultura tragica greca può legittimamente e propriamente definirsi antropocentrica. La tragedia di Seneca — si è detto — tende a perdere la dimensione spazio-temporale sicché azione e personaggi vengono come congestionati dalle uniche forze, morali, che si riducono a tensioni acroniche e atopiche: da questo punto di vista la tragedia di Seneca non si può definire antropocentrica bensì ethocentrica, non solo e non tanto perché il c o n t e n u t o è, come per le opere filosofiche, di ordine prevalentemente morale, ma perché la f o r m a, la struttura, il montaggio rimandano alla funzione prevalente e dominante dei valori etici che mobilitano personaggi e azioni morali dentro cui agiscono.

Significativa, a questo riguardo, l'apparizione incipitaria della furia di Tantalo nel *Tieste* e di quella di Tieste nell'*Agamennone* simbolo di forze morali (negative) che sono l'inizio, il centro e la fine della tragedia: da cui lo spettatore deve allontanarsi non meditando, non in crisi sul piano dei valori ideologici ma di quelli esistenziali. Seneca non si rivolge, o non sembra rivolgersi, al *logos* degli spettatori, ma al loro *pathos*.»

Questo esasperato ethocentrismo, questa estenuata ed estenuante guerra di trincea tra *furor* e *bona mens* non solo comporta l'antitesi come struttura portante della tragedia e le altre caratteristiche morfologiche che abbiamo sopra raccolto nella categoria di «tragedia congestionata» (immediatezza del prologo, staticità di azione e personaggi, dialetticità del coro, ecc.): l'ethocentrismo, infatti, se da una parte elimina la profondità di campo del teatro (e del pensiero) greco, riducendo tutto l'ampio itinerario del percorso ellenico ed ellenistico all'angusta e angosciante polarità *ratio/furor*, dall'altra recupera profondità di analisi e penetrazione psicologica. Il risultato è la creazione di un teatro che è contemporaneamente u m a n i s t i c o e i n f e r n a l e.

TEATRO UMANISTICO E INFERNALE

Quando diciamo teatro umanistico (per cui vedi sopra a proposito dei personaggi) dobbiamo subito precisare che la tendenza a eliminare fattori metafisici o comunque al di fuori della sfera psichica ed esistenziale (emblematico è il caso della *Fedra* in cui il conflitto purezza e passione amorosa, che nell'*Ippolito* di Euripide è capriccio di due divinità, Artemide e Afrodite, viene, prima ridotto a scontro inter-personale di due psicologie, Ippolito e Fedra, poi interiorizzato nel conflitto intra-personale della protagonista: v. *infra*) non significa né professione o propensione a un pessimistico ateismo che per Seneca significherebbe rinuncia alla fede nel *logos*, né una trionfalistica affermazione di centralità della *virtus* nella storia e nel cosmo. L'uomo senecano non è né figlio della Tyche né il padre della storia, ma il Giano bifronte che deve combattere (*militari*) per conquistare il suo volto, o divino o...?

Questa seconda alternativa è il tema principale delle tragedie: la mostruosità cui l'uomo può giungere o per mano della sorte (Ercole ed Edipo) o per propria mano (Medea e Atreo): sia che il *furor* trasformi l'uomo in mostro o che la *virtus* restituisca al mostro un volto umano, la *fabula* senecana rappresenta l'inferno, un inferno collocato non, come quello di Omero di Virgilio di Dante, nelle viscere della terra, ma nelle viscere della psiche.

Così l'umanesimo del teatro senecano non si esaurisce nella eliminazione di soluzioni e interventi metafisici: al movimento orizzontale della dialettica *furor/bona mens* si aggiunge quella verticale della dialettica *humanitas* / anti-*humanitas*. Paradossalmente l'umanesimo di Seneca si plasma a tutto tondo proprio con l'anti-*humanitas* o, se si preferisce, con la *humanitas* in negativo delle sue tragedie. L'istanza terenziana dello *homo sum* — emblematica di tutta la cultura latina — raggiunge il suo pieno compimento con l'itinerario compiuto da Seneca nelle zone psichiche devastate o dal *furor* o dalla sorte.

L'ANTI-*SAPIENTIA*

Seneca filosofo spesso aveva portato esempi di *ratio evicta* dal *furor* (ira o altre passioni) e altrettanto spesso, in sintonia col pensiero stoico, aveva difeso la natura esclusivamente umana dell'affezione, essendo essa il prodotto di un impulso irrazionale e di un consenso del *logos*: ora nelle tragedie Seneca non si cura dei problemi psicologici che portano all'invasione dell'*adfectus*. Se così avesse fatto avrebbe imboccato l'itinerario della tragedia giustificatoria che prevede una incommensurabilità fra evento tragico e responsabilità morale; il giustificazionismo ha bisogno o della *Tyche* di Euripide o della provvidenza manzoniana: in ogni caso di una morale non moralistica. All'opposto della tragedia giustificatoria, quella di Seneca indaga, anzi descrive sommariamente non le motivazioni profonde delle sindromi ma quelle morali e ambientali: esse spesso, per non dire sempre, coincidono con l'ambiente e la logica del potere (Medea, Fedra, Atreo, Clitennestra, Edipo, ecc.).

Quello che interessa maggiormente a Seneca e su cui il poeta si sofferma è il momento drammatico dello scontro *logos/alogon* (o, per dirla con Seneca, della *pars rationalis* con quelle *irrationales*: cfr. *ep.* 92,8; *ira* 2,4,1-2) che precede il momento tragico (come negli *exempla* negativi: Medea, Atreo nel *Tieste*, Clitennestra nell'*Agamennone*) oppure lo segue (come negli eroi 'positivi': Ercole in *Hercules furens*, Edipo nelle *Phoenissae* e fors'anche nell'*Oedipus*; la *Fedra* costituisce un caso particolare di 'doppia' tragedia: v. *infra*). Ebbene quando nel conflitto *pathos/logos* (che spesso Seneca drammatizza attraverso il dialogo del protagonista con un *satelles*: così Medea e Fedra con la nutrice, Atreo con il cortigiano, ecc.) è il *pathos*, il *furor* ad avere la meglio, Seneca mette bene in rilievo come questo avvenga con uno svuotamento, anzi un capovolgimento del *logos*: *sententiae* che racchiudono contenuti e metodi della morale stoica, e che il filosofo spesso utilizza in funzione etico-pedagogica, vengono ri-usate dai protagonisti *capti* dal *furor* a difesa dei propri crimini. Così espressioni del tipo *Fortuna opes auferre non animum potest* di *Med*. 176 oppure *discutiam tibi/tenebras, miseriae sub quibus latitant tuae* pronunciate da Atreo (*Thy*. 896 sg.), che appartengono al formulario del *sapiens*, vengono usate, rispettivamente da Medea e da Atreo, a copertura dei propri delitti. L'anti-*humanitas* ha inizio con l'anti-*sapientia*.

E come i precetti della logica non bastano a trasformare l'uomo in *sapiens*, così l'anti-logica (o la logica dell'*alogon*) non basta a fare dell'*iratus* o del *furiosus* un mostro: è necessaria anche l'anti-*virtus*. E come la *virtus* fa resistere il *sapiens* o il *vir bonus* agli assalti del male, così l'anti-*virtus* deve abbattere, nell'*iratus*, gli ultimi positivi istinti della natura. In tal senso si spiega l'*Anrede*, l'appello concitato che il protagonista in preda al *furor* rivolge al proprio animo per spronarlo al misfatto: cfr. *Med*. 40 sg. *Per vi-*

scera ipsa quaere supplicio viam/si vivis, anime; 51 sg. *accingere ira teque in exitium para/furore toto*; 937 *quid, anime, titubas?*; *Ag.* 108 sg. (Clitennestra) *quid, segnis anime, tuta consilia expetis?/quid fluctuaris?*; 123 sg. *Quid timida loqueris furta et exilium et fugas?/soror ista fecit: te decet maius nefas; Thy.* 283 sg. (Atreo) *Anime, quid rursus times/et ante rem subsidis? audendum est, age; Phaedr.* 592 (con sfumatura diversa perché è l'animo che comanda e non la volontà) *Aude, anime, tempta, perage mandatum tuum.*

Come si vede l'uomo senecano giunge anche all'abisso percorrendo un cammino: il cammino opposto a quello del *sapiens* verso la saggezza. In tal modo l'inferno tragico si configura non come assenza ma come speculare capovolgimento dei valori umani. Di qui al grottesco, al truculento, all'orrido e a tutti i tetri colori che caratterizzano il teatro senecano il passo è breve. L'anti-*humanitas* è anche anti-*natura*.

Non sarà un caso se le tinte che offuscano l'animo senecano siano le medesime che offuscano la "storia" di Lucano, né sarà un caso se i *vitia* che i grammatici e retori antichi attribuirono alla *Pharsalia* e cioè l'uso estenuato di *sententiae*, le eliminazioni di interventi divini e — cosa che riconoscono anche molti moderni — il *tumor* dello stile siano gli stessi che antichi e moderni riconoscono alle tragedie di Seneca. Il confronto con Lucano, suggerito da una massiccia presenza di *loci similes* nei due *auctores* e *cognati*, rimanda a sua volta a più generali tipologie culturali dell'età neroniana, cui afferiscono strettamente anche la *brevitas* e la tendenza all'iperrealismo, spesso sconfinante nell'espressionismo e nel grottesco di un Persio, pure lui sorretto filosoficamente da un serrato moralismo stoico.

Stoicismo e anticlassicismo vengono a configurarsi come il contenuto e la forma della cultura neroniana non senza, credo, una ragione profonda: lo stoicismo — che già con l'ultimo Virgilio e poi attraverso le *Metamorfosi* di Ovidio e, soprattutto, gli *Astronomica* di Manilio viene a rappresentare la filosofia dominante dell'età imperiale contro la supremazia dell'epicureismo nell'età tardorepubblicana e veteroaugustea (Lucrezio, Orazio e "il giovane" Virgilio) — fornisce per così dire l'elemento, il polo i d e a l e e in un certo senso mitico (il *logos* viene a rappresentare, paradossalmente, il *mythos* della cultura stoica) mentre l'anticlassicismo il polo r e a l e, descrittivo di una storia, di una società, di una umanità degradata e degradante.

IDEALE E REALE: *LOGOS* E *ALOGON*

In verità la divaricazione fra ideale (sia esso mitico o filosofico) e reale (storico) era già stata fortemente sentita e culturalmente formalizzata dai rappresentanti letterariamente più significativi dell'età di Cesare: Catullo, nel suo *opus maximum*, il carme 64, contrappone il tempo antico della comunione fra uomini e dei (le nozze del mortale Peleo con la dea Teti) a quello storico in cui gli dei, per la violenza e la nefandezza degli uomini, «più non si lascian toccare dalla chiara luce del giorno», mentre Lucrezio alla crisi storica (*hoc patriai tempore iniquo*, 1,41) risponde o meglio reagisce col filosofema epicureo che per lui rappresenta di certo più un propellente teoretico che etico, più una soluzione intellettuale che morale. Non v'è dubbio che questa divaricazione, questa fuga dal reale verso l'ideale tragga origine — nell'età di Cesare — dalla crisi delle istituzioni, non più mediatrici del rapporto fra individuo e cosmo, fra cittadino e società. Eppure a questo turbinoso vuoto istituzionale viene a corrispondere e in qualche modo a rimediare il pieno potere della parola: è essa che mantenendo, anzi amplificando tutta la sua potenzialità noetica (*convincere*) e dinamica (*commovere*) riesce a intervenire incisivamente sulla politica e sulla storia, per divenire l'elemento equilibratore, la cerniera fra l'ideale astratto degli intellettuali e il concreto storico dei politici. Non è un caso che l'emblema culturale del momento sia il classicismo ciceroniano, cosmo della parola.

La *pax Augusta* riconsolidò e rinsaldò, almeno formalmente, la società e così anche la cultura rinsaldò, almeno formalmente, l'ideale con il reale, il mitico con lo storico, il fisico con il metafisico. Il grande porto di tutte le tensioni culturali precedenti (e in qualche modo seguenti) può essere rappresentato dall'*Eneide* in cui rivive — con estenuato equilibrio instabile — la conciliazione dell'Olimpo con la storia, dell'aldilà con l'aldiqua, dei vincitori coi vinti: Roma si propone come, se non la sintesi, almeno la cornice di tutto l'universo temporale, spaziale e antropico. Così non soltanto dal punto di vista linguistico e stilistico di Eliot ma anche da quello ideologico e psicologico Virgilio può essere il classico per antonomasia.

Ma la *pax Augusta*, garante dell'unione fra cittadino e società, fra filosofia e storia, fra intellettuale e politico, non tardò a rivelare — se mai lo nascose del tutto — il suo tallone d'Achille: le istituzioni, di fatto, erano il principe e il principe, nonostante la maschera degli appellativi *augustus* e *divus*, era un uomo: un solo uomo e solo un uomo.

Non sono sicuro che le ragioni della diffusione dello stoicismo con l'inizio dell'età imperiale siano dovute alla sua componente monistica: tuttavia, come si sa, monismo (o monoteismo) e monarchia sono fortemente correlati e non c'è dubbio che un'opera come gli *Astronomica* di Manilio — con la sua tematica del rapporto fra cielo e terra e dunque fra ordine cosmico e ordine storico (cfr. 5,734 sgg.) — rappresenti se non una copertura politica quantomeno un significativo esempio di quello che Goldmann ha chiamato «omeologia strutturale».

Gli anni seguenti ad Augusto e in particolare i principati di Caligola e Claudio avevano pienamente rivelato quanto precario fosse divenuto il diaframma fra i d e a l e e r e a l e, tra ordine cosmico e ordine storico: tra bene e male. Troppo il potere dell'imperatore e troppo uomo l'imperatore stesso perché fosse garantita l'immanenza del *logos* cosmico nella storia e nella politica. Anzi l'istituzione imperiale cui l'*intellighentsia* anche d'opposizione non sapeva contrapporre nulla di istituzionalmente alternativo (se non forse l'elezione "dal basso" dell'*imperator*), evidenziando il ruolo dominante nella politica e nella storia della psicologia umana comporterà un crescente pessimismo storico (culminante spesso in attesa apocalittica), comune denominatore degli intellettuali imperiali nonché dei primi padri della Chiesa.

I valori non solo non sono prodotti dalla storia — i

cui movimenti vengono sempre più identificati e cercati nella psicologia dei potenti (oltre a Lucano si pensi a Tacito) — ma quando si realizzano hanno valore autonomo o addirittura contrario alla storia stessa. Di qui il dualismo (almeno «sentimentale», come dice il Pohlenz) di Seneca, e di Lucano. Lo stoicismo "garantista" di Manilio postulava un'armonia fra cosmo e politica, fino a scorgere nell'intero universo la stessa *res publica* (5,734) vigente a Roma. Lo stoicismo drammatico e inquieto (ma in questo più ortodosso) di Seneca propone due *res publicae*: quella, reale, degli uomini e quella, ideale, dei sapienti (*ot.* 4,1). Ancor più pessimista, Lucano finirà col veder nella storia non solo la non realizzazione del *logos* ma l'affermazione dell'*alogon*, c o n t r o il quale si affermano i valori (lo scandito riscatto di Pompeo, la titanica resistenza di Catone). Certo questo iperbato, questo scollamento fra ideale filosofico e reale storico si acuì nel momento della «disgrazia» degli Annei (e di altri intellettuali) presso Nerone: non v'è dubbio infatti che sia le opere di Seneca appartenenti al ritiro dalla vita politica sia la «seconda» parte della *Pharsalia* smorzino fino a sterilizzarli, gli ottimismi sulla storia e sul progresso umano che pure larga parte si erano guadagnati nello stoicismo tradizionale.

Tuttavia, ed è questo il punto, t u t t o il pensiero di Seneca e t u t t a la *Pharsalia* sono percorsi da un profondo pessimismo nei riguardi della storia e della società umana: non sono esse a mediare l'individuo coi valori eterni e le leggi cosmico-universali, ma solo la *virtus*, la *virtus* individuale che se incarnata dall'*imperator* può condizionare positivamente il brano di storia affidato al suo governo. Seneca e Lucano collaborano pragmaticamente e intellettualmente con Nerone non in quanto imperatore ma in quanto potenziale incarnazione di valori stoici: e dei suoi contrari. Questo non per giustificare o giudicare il loro operato — cosa che non dobbiamo e non vogliamo — ma per comprendere l'enorme escursione filosofica, morale e stilistica di questi grandi protagonisti (e vittime) intellettuali dell'età neroniana: di questi grandi, filosofi del *logos*, poeti dell'*alogon*.

LA TRAGEDIA COME *EPOS* DELL'ETICA

Per uno strano destino i poemi che hanno fatto grande non solo l'*epos* ma tutta la letteratura latina (solo per ricordare il *De rerum natura*, l'*Eneide* e la *Pharsalia*) sono rimasti incompiuti o quantomeno privati delle ultime volontà dei loro autori, recisi dalla multiforme mano della morte. È difficile dire se la morte fisica abbia fermato la mano di Lucrezio sul rogo dei suoi appestati e quella di Virgilio sulla vita stroncata di Turno che *fugit indignata sub umbras* o non l'*exemplum* omerico della morte letteraria di Ettore che chiude l'*epos* iliadico sui lutti dei vinti. Forse in questo pianto dei e sui vinti, l'*Iliade*, archetipo di tutto l'*epos* occidentale, pose le premesse per i successivi cambiamenti dei "punti di vista" e dell'identità dell'eroe: la *metis* di Ulisse, la *pietas* di Enea, l'*ingenium* di Epicuro. Non sarà a caso, comunque, che la letteratura latina "cominci" con la versione liviana non dell'*Iliade* ma dell'*Odissea*: né a caso a fare incarnare, ottimisticamente, nella storia concreta di Roma i valori della cultura sarà il giovane *epos* latino di Nevio ed Ennio, sintesi armoniosa di ideali iliadici e odissiaci.

E per quanto la frammentarietà dell'*epos* arcaico ci lascia intravvedere la fede, insieme umanistica e politica, di quei poeti nella *res publica* di Roma, per tanto la "incompiutezza" (che non è solo mancanza dell'ultima mano dell'autore) del *De rerum natura* e dell'*Eneide* ci suggerisce la crisi fra cultura e politica, fra *humanitas e societas*, non convincendoci fino in fondo, Lucrezio della sua ataraxia nei confronti di Roma insanguinata, Virgilio della soluzione di Roma augusta e dei suoi sacrifici umani. Troppi i fratelli morti sotto i *templa serena* del sapiente lucreziano, e troppi lungo la storia virgiliana che condurrà alla Roma di Augusto.

Non è certo questa la sede adatta per affrontare il problema del codice epico e delle sue eventuali trasgressioni o modificazioni da parte dell'*epos* latino. Certo è che i sostanziali cambiamenti semantici di fatti e personaggi greci, una volta entrati nell'*epos* romano, sono dovuti in gran parte all'opposizione fra la natura individualistica dell'eroe greco e quella collettivistica, e, dunque, altruistica dell'eroe romano. Questa ricodificazione, di cui forse i pochissimi frammenti di Livio Andronico accennano un suggerimento nella sostituzione dell'epiteto omerico « simile agli dei » con quello più aristocratico (e umanistico) *summus adprimus*, appare più evidente, per esempio, nella figura enniana di Fulvio Nobiliore, eroe decisamente *publicus*. Non sarà inutile osservare, al riguardo, che tale ricodificazione dell'eroe investe anche l'Epicuro lucreziano, connotato, sì, da elementi iliadici (Epicuro, come ha visto Conte, osa guardare in faccia il suo nemico, la *religio*, come appunto un eroe dell'*Iliade*) ma anche odissiaci (il viaggio, e il ritorno, nell'infinito e nello sconosciuto) e, soprattutto, soterici: *unde refert nobis victor quid possit oriri* (1,75) ...*nos exaequat victoria caelo* (1,79).

Riprendendo obsolete, ma, in questo caso, ancora funzionanti categorie potremmo anche dire che se l'eroicità dell'*epos* greco è «in sé», l'eroicità dell'*epos* latino è «fuori di sé». Tutto questo appare evidente — seppure drammaticamente — nell'Enea virgiliano, l'eroe che sacrifica ai valori universali valori e affetti individuali: certo Enea alla fine rimane vincitore ma la sua vittoria non purifica fino in fondo il sangue di Didone e di tutti gli altri vinti o quanto meno non li riduce a unità. La restaurazione politica e culturale di Augusto non riuscirà più a conciliare né le ragioni individualistiche dell'epicureismo e del neoterismo né il lutto delle guerre civili. Se, nonostante tanti lutti individuali (sia di nemici che di amici) e tanti contenuti tragici, l'*Eneide* rimane "geneticamente" *epos* e non ibrido letterario; se nonostante tanti lutti Enea rimane eroe epicamente "statico" e non tragicamente "catastrofico" questo è a causa della sua eroicità «fuori di sé», che lo rende "costantemente" *pius*, sia quando abbandona *invitus* Didone, sia quando uccide, *fervidus*, Turno. L'attributo "costante" *pius* non dissona mai nella varietà dei suoi predicati. È anzi questa costanza dell'epiteto che accomuna Enea ai suoi modelli omerici, al «piè veloce» Achille e al *polytropos* Ulisse. E al suo poeta Virgilio.

È la *pietas* a riconquistare l'unicità del punto di

vista che altrimenti si sarebbe prismaticamente diffranto nelle singole, inconciliabili tragedie di popoli e persone. E come nelle *Georgiche* è il *labor* a tradurre in *pietas* il rapporto uomo-natura, così nell'*Eneide* è la *pietas* a conciliare l'altrimenti conflittuale rapporto uomo-storia. Nell'*Eneide* la *pietas* diventa ago della bilancia, sia per l'individuo che per la storia, fra vittoria e catastrofe, fra *epos* e tragedia.[3]

Ma la *pietas*, fede di Enea, altro non è che la speranza o la illusione — e forse il programma culturale — di Virgilio (e con lui di gran parte della *intellighentsia* augustea) nel principato quale tutore della tradizione culturale morale e civile, in compenso del sacrificio politico delle istituzioni repubblicane. L'abisso storico-politico aperto dalle guerre civili veniva, se non colmato, almeno coperto dalla *pietas* (e dalla *pax*) di Augusto.

La *saevitia* dei successivi *principes* della *gens* Giulio-Claudia trasformarono la speranza degli intellettuali in disperazione e il rapporto storia-uomo rivelò tutta la sua tragicità. Così con la *Pharsalia* la storia divenne catastrofe, l'*epos* tragedia. Ma con Seneca — torno donde sono partito — la tragedia si riaccostò all'*epos*.

LOGOS E *PATHOS*: DOGMATISMO E RETORICA

Si è detto sopra come il monismo dello stoicismo ortodosso tenda, in Seneca e Lucano, al dualismo, pro-

---

[3] Problema vessato quello della tragicità e/o "epicità" dell'*Eneide*. Qui basterà ricordare A. La Penna, *Virgilio e la crisi del mondo antico*, in *Virgilio. Tutte le opere*, Firenze 1956 e G. B. Conte, *Il genere e i suoi confini*, Milano 1984.

prio per la loro visione pessimistica della storia, regno non del *logos* ma dell'*alogon*, la quale finisce non col mediare ma col contrastare il rapporto fra cosmo e individuo . Tale mediazione, non più garantita da istituzioni p o l i t i c h e, è indicata in istituzioni m o r a l i. Ora se la *pietas* di Enea-Augusto poteva salvare epicamente la componente altrimenti tragica dei regesti (e digesti) della storia, la dominante tirannica nei principati di Tiberio, Caligola e Claudio aveva aperto agli intellettuali la voragine politica di Roma. La concentrazione di tutto il potere nelle mani (e nella mente) di un solo uomo fa sì che i problemi politici e storici vengano sempre più a coincidere con la morale e la psicologia dell'imperatore (e in tal senso si muoverà la storiografia di Tacito) ma — ed è questo il punto di Seneca filosofo e poeta — il problema morale tende a non coincidere più, almeno totalmente, con la storia e la politica: in tutto Seneca ma in particolare nelle sue tragedie la guerra che si combatte non è — come nell'*Eneide* e nella *Pharsalia* — la guerra, civile, dentro la società, ma quella, psichica e morale, dentro l'individuo.

Così l'eroe senecano si salva, può salvarsi non n e l l a storia (come gli eroi enniani), non p e r la storia (Enea), non f u o r i dalla storia (come i martiri cristiani) ma n o n o s t a n t e e spesso c o n t r o la storia. L'eroe senecano ritorna a essere eroe individuale, ma non «in sé», come quello omerico, ma «per sé» quale appunto lo stoicismo aveva delineato nella figura di Eracle. Dalle ceneri della tragedia rispunta l'*epos* della morale che si guadagna la dinamicità e la vitalità del «punto di vista» epico nella *virtus*, la quale, contrariamente alla *pietas* di Virgilio che suturava conflitti fra gli uomini e dentro agli uomini, diventa discriminante diaframma fra bene e male, fra vincitori e vinti. Così tutto il teatro di Seneca viene a configurarsi come l'*epos*, la parola che canta la lunga guerra, fatta di tante battaglie, molte vinte e molte altre perse, la lunga guerra che conduce non al trionfo della *virtus* sulla storia — come nell'*epos* enniano — ma alla liberazione della *virtus* dalla storia.

Certo questa componente epica nella morale di Seneca tragico ha finito col pagare un duro prezzo alla cultura: il prezzo del dogmatismo (ovviamente etico e non ideologico) e della retorica. Ma il dogmatismo, che per Jung è una forma di dubbio ipercompensato e che nelle tragedie fa *pendant* con la staticità dei personaggi e dell'azione (e un po' con la morfologia di questo teatro che sopra abbiamo descritto), il dogmatismo non è che la reazione al pessimismo sulla storia — pessimismo che per un intellettuale romano doveva essere particolarmente luttuoso — cui contrapporre titanicamente un valore alternativo e assoluto. Nella morale laica e drammaticamente dualistica di Seneca c'è posto per il peccato non per il perdono.

Anche la retorica — nel senso crociano di scollamento tra *res* e *verba* — tallone d'Achille non solo di Seneca tragico (ancora «esteticamente» bandito dai banchi di scuola), non solo di Seneca prosatore ma un po' di tutta la letteratura latina imperiale, anche la retorica, dicevamo, ci fa scoprire il lato drammatico della cultura neroniana. Abbiamo detto che a mediare il rapporto fra individuo e cosmo non sono più le istituzioni politiche ma quelle morali: e come la parola ciceroniana è funzionale alla politica, così la parola senecana è funzionale all'etica (e alla psicologia). Ma — ed è questo il punto — Seneca sa che all'*ethos* si giunge, lo abbiamo visto sopra, non solo, come sostiene ottimisticamente un po' tutto l'intellettualismo greco, attraverso il l o g o s, ma, soprattutto, attraverso il p a t h o s. La retorica dall'asse del *convincere* si sposta su quello del *commovere*, sicché tendenze espressionistiche e realistiche della cultura arcaica latina, che il classicismo augusteo aveva tenacemente tenuto sotto controllo, riaffiorano carsicamente e la *Pathetisierung*, cifra stilistica del *vortit barbare*, si riafferma come cifra del *vortit poetice* del pensiero stoico.

IL PENSIERO POETICO

Anche lo stile di Seneca prosatore ha — come dice il Norden 1986,318 — qualcosa di «teatrale» tendente al «pathos retorico»; tuttavia nelle *fabulae* il *pathos*, da forma stilistica, diviene contenuto poetico, materia di canto: non solo *schema*, non solo *verbum*, ma anche e soprattutto *res*. Il Pohlenz 1978, 67 ha chiarito come Seneca filosofo (*ira* 2,3,5; 4,1) tenda a trasformare il *pathos* in uno stadio preliminare (impulso) e dunque a distinguerlo dalla affezione vera e propria (*adfectus*) che richiede un libero atto di volontà da parte del *logos*. Il *pathos*, che già il filosofo aveva teorizzato come condizione universale di ogni vivente (*ira* 1,3,6 *habent autem (animalia) similes illis (hominibus) quosdam impulsus*) ma spartiacque, per l'uomo, fra la *virtus* e il *vitium* (*ira* 1,3,7 *nulli nisi homini concessa prudentia est, providen-*

tia, diligentia, cogitatio nec tantum virtutibus humanis animalia sed etiam vitiis prohibita sunt), il *pathos* si configura come il cuore del teatro senecano.

Il "patire" diventa l'appuntamento decisivo di ogni uomo, la vera esperienza universale dei vincitori come dei vinti, delle vittime e dei carnefici, dei mostri e degli eroi. Medea, Fedra, Atreo, Tieste, Edipo, Ercole: tutti i personaggi senecani, pur nella diversità di situazioni iniziali e soluzioni finali, tutti passano attraverso l'esperienza del *pathos*. Questo comune denominatore dell'uomo tragico senecano ci aiuta a rileggere la lezione di Seneca filosofo non come astratto, super-egoico, rarefatto moralismo ma come strenua difesa delle forze che insidiano l'umanità dell'uomo. Il poeta le percorre fino in fondo, giù nelle pieghe più nascoste della paranoica crudeltà di Atreo, della mostruosa ira di Medea, della profonda e dolorosa ferita amorosa di Fedra.

Col suo teatro, poco importa se fatto di gesti o solo di parole, Seneca ha seguito i sentieri e le tane diaboliche dell'*alogon* non per celebrarne la vittoria sull'uomo — come vorrebbe certa parte della critica — ma per riportarne alla luce le spoglie infernali, come il suo Ercole che vittorioso ritorna dall'Ade. Così l'*alogon* del *furor*, dell'*ira*, della *saevitia*, della *libido*, così l'*alogon* torna alla luce: alla luce del *logos*, della *ratio*, della parola.

Per questo il pensiero p o e t i c o di Seneca non costituisce un'alterità rispetto al pensiero f i l o s o f i c o: ne fonda, anzi, la stabilità. L'umanesimo senecano — come ogni umanesimo che si rispetti — non si erige soltanto sull'uomo ideale ma anche e soprattutto su quello reale che, per la cultura antica non meno di quella moderna, si nasconde nelle pieghe dell'anima. L'etica aristocratica di Seneca si coniuga perfettamente con la sua tensione "universale" (*omnes mali sumus*).

Così Seneca approdò all'inferno con le "parole" forse perché i suoi ascoltatori non vi giungessero coi "fatti".

Già: i suoi ascoltatori, giacché — così si pensa — le *fabulae* di Seneca non videro la luce. A rappresentarle coi gesti provvide la storia che trasformò più di una tragedia in realtà. Ma per essere rappresentate "dal vivo" le *cothurnatae* divennero *praetextae* come documenta, più ancora che l'autore dell'*Octavia*, il Tacito degli *Annales*. Come sempre la realtà fu più fantasiosa della letteratura e la vera tragedia senecana fu recitata non nella ma dalla corte neroniana. Quel *furor* che le *fabulae* volevano esorcizzare finì con l'impadronirsi del potere che a sua volta sembrò voler esorcizzare il *logos* dalla storia.

La *comoedia* recitata da Augusto, rivelata presto la sua "finzione scenica", finì per cedere, nell'ultimo principato della *gens* Giulio-Claudia, alla *tragoedia* senecana: che, tuttavia, e paradossalmente, rivelò tutta la sua "finzione storica". Ma di quella *tragoedia*, che andava sempre più caratterizzando il principato neroniano, Seneca non ebbe la regia: né scenica né storica.

MEDEA E *PHAEDRA*

La *Medea* e la *Fedra*, accomunate da parecchi elementi estrinseci (giustapposizione nel codice E; personaggi protagonisti, che danno il titolo alle opere, due donne; un amore non corrisposto come causa dell'azione tragica; la maternità "snaturata" delle due eroine ecc.; affinità che hanno indotto, per es., Herzog 1928, a datare le due opere nello stesso periodo), cantano in realtà due psicologie e due situazioni morali molto diverse e, per alcuni aspetti, opposte. Se Medea incarna la passione, nel caso specifico rappresentata dall'ira, che dopo il "canonico", in Seneca, conflitto col *logos*, si impossessa dell'anima fino a travolgere e stravolgere gli istinti primigeni della natura, Fedra è essa stessa terreno, campo di battaglia dove si scontrano amore e incesto, passione e ragione, fragilità e grandezza d'animo. E come nella *Medea*, il cui personaggio infernale precipita verticalmente verso l'abisso mostruoso dell'io, Seneca nei cori alza gli occhi al cielo per "chiedere" agli dei le ragioni di un misfatto tanto sacrilego, così nella *Fedra* è Fedra stessa che, chiamando come testimoni gli dei che ciò che vuole lei non lo vuole, si colloca nella schiera dei peccatori più "veniali" e più umani dell'umanesimo senecano (e non solo senecano: «se fosse amico il re de l'universo...») fino al punto che il suo poeta sembra volerla sottrarre a quell'inferno cui la costringerebbe il filosofo (anche Dante poeta — e umanamente peccatore — vorrebbe sottrarre Francesca al teologo costretto a lasciarla nella «schiera ov'è Dido»). Seneca con Medea canta il "peccato" più grande, con Fedra quello più piccolo. La differenza tematica fra le due tragedie intacca anche e soprattutto l'aspetto morfologico.

I prologhi, entrambi stilisticamente anomali, a causa dell'andamento cletico-innologico quello della *Medea* e per essere un vero e proprio *canticum* quello della *Fedra*, pur essendo — come spesso — programmatici sono lontanissimi fra loro. Infatti il lungo monologo cletico di Medea individua, nella concitata invocazione agli dei inferi, l'imminente tragedia come quella di un caotico *furor* che deve solo prendere una forma per trasformare Medea persona (moglie e madre) in Medea mostro (cfr. v. 910 *Medea nunc sum*); la prologo-monodia di Ippolito, invece, isola, anche attraverso il metro lirico del dimetro anapestico, l'oggetto dell'amore di Fedra in una dimensione lontana dalla psicologia (e dal metro) degli altri personaggi e in particolare di Fedra, la cui escursione psicologica, poetica e tragica è tutta centralizzata nell'amore incestuoso per questo giovane sublimamente (e un po' disumanamente) casto. E se le due tragedie condividono, specie nell'*incipit*, l'antitesi come figura, starei per dire cromosomica, di tutto Seneca prosatore e poeta (antitesi che si struttura, nella *Medea* fra la *klêsis* dell'eroina agli dei inferi e l'*epithalamion* del primo Coro rivolto agli dei superi, nella *Fedra* fra monodia-psicologia di Ippolito e *rhêsis*-psicologia di Fedra, in prima battuta, e, in seconda, fra monodia di Ippolito rivolta a Diana e primo Coro rivolto a Venere), nello sviluppo dell'azione tragica si articolano, fino a sdoppiarsi entrambe, ma in modo "sintatticamente" opposto.

Mentre infatti la *fabula* di Medea che si realizza sulla scena (reale o presunta poco importa) si sdoppia in quella argonautica (secondo e terzo Coro) che le fa — dal "fuori campo" del Coro — sincronicamente da cornice, fino a che il *nefas* argonautico di Giàsone (contro la divinità della natura) non entra in rotta di collisione con il *furor* di Medea (sicché la seconda tragedia, quella che Bishop 1965 ha chiamato «the odic line» opposta e parallela all'azione rappresentata, diviene una sorta di speculazione teologica o teoretica del *malum*-Medea: Giasone, *pius* con Medea e con i figli, deve però scontare la sua *hybris* di Argonauta), la *fabula* di Fedra si sdoppia in due tragedie, diacronicamente giustapposte: "entrambe" raggiungono l'ictus tragico (e lirico al tempo stesso) nelle confessioni (assenti nell'*Ippolito coronato* di Euripide) di Fedra, la prima direttamente a Ippolito del suo amore, la seconda a Teseo della sua colpa.

Pur modellate sui rispettivi precedenti euripidei, la *Medea* senecana si configura rispetto a quella greca come tragedia teologica (la tragedia comincia e finisce con un riferimento agli dei: *Di coniugales... nullos esse deos*: l'azione e la psicologia di Medea sono antifrastiche a quella del *sapiens* verso i valori), coniugando, con accenti quasi eschilei, il discorso etico (il caos morale di Medea) con quello cosmico (il caos prodotto dal *nefas* argonautico), mentre la *Fedra* riporta quello che in Euripide è capriccio di due divinità (la casta Artemide e la lasciva Afrodite) a conflitto, prima inter-personale (Fedra e Ippolito), poi intra-personale (Fedra contro se stessa), delineandosi come tragedia squisitamente umanistica (Giancotti 1986). Alla sospensione del giudizio etico, conseguente in Euripide alla centralità della *Tyche* nelle vicende umane, Seneca oppone la centralità del *logos* cosmico e individuale: è il *logos* che rende l'uomo padrone, se non del proprio destino — cosa di cui neppure dio è padrone (*prov.* 6,6) — almeno della propria fine. Come nella *Medea* Seneca scruta, nel lontano *nefas* degli Argonauti contro il cosmo, le "ragioni" non del *furor* ma del gesto di Medea (fino ad abbozzare un teologhema di "peccato originale", a salvezza del *logos* cosmico), così nella *Fedra* il poeta costruisce a tutto tondo la sua eroina, percorrendo in lungo e in largo la fragilità e l'audacia, prima della sua tormentata passione poi della sua tormentata *voluntas*, senza mai perderne di vista l'identità che consiste nella perseveranza del suo amore e della sua coscienza. Di questo Seneca ci dà precisi segnali non solo "responsabilizzando" la nutrice ogni qual volta Fedra sarebbe disposta a pagare con la morte la propria colpa, ma conflittualizzandola proprio nel momento più tragico della sua dichiarazione d'amore con quella angosciosa, disperata invocazione agli dei: *Vos testor omnis, caelites, hoc quod volo / me nolle* (604 sg.: v. *infra ad loc.*). È la difesa più profonda e più poetica che mai Seneca abbia fatto della coscienza, attiva e, a lungo termine, vincente (in Fedra come in Edipo ed Ercole), anche quando è serva non dico la vita ma perfino la *voluntas*.

Il conflitto della *ratio* con la passione si interiorizza a tal punto da divenire in Fedra lacerazione della *voluntas* (*quod volo me nolle*), quella *voluntas* che di norma rappresenta in Seneca la grande ancella della *ratio*. Su questo estremo conflitto poggia la "doppia" tragedia di Fedra: la *voluntas* della passione (*quod volo*) che la precipita verso il *crimen* della confessione d'amore a Ippolito, e la *voluntas* della *ratio* (*me nolle*) che la riscatterà fino alla confessione della colpa a Teseo. Con la *Fedra* Seneca ha salvato il salvabile. Da questo punto di vista, forse, la *Fedra*, tragedia della *voluntas*, si configura come la più senecana delle *fabulae* attribuite al filosofo. In Eschilo, come in Sofocle, è colpevole anche chi compie il male inconsapevolmente, esattamente e paradossalmente come nell'etica greca e in gran parte ellenistica è sufficiente la conoscenza del male per impedirlo. Ebbene, per Seneca non solo chi compie il male senza saperlo (Edipo ed Ercole) ma anche chi lo compie senza volerlo è, può essere moralmente riscattabile, come appunto Fedra. Questa è l'attenuante massima dell'etica senecana. Perché, in ogni caso, l'innocenza e la colpevolezza, la salvezza e la dannazione (naturalmente della *humanitas*) giuocano la loro ultima partita dentro l'anima dell'uomo; che rimane solitariamente l'ultimo arbitro della propria morale.

Questa morale laica, con al centro non dico l'uomo ma l'individuo, rappresenta il punto, storicamente, più maturo e al tempo stesso più debole della cultura antica. Più maturo, perché sintetizzava nella psicologia e nella coscienza il conflitto fra le componenti dell'ordine e del disordine, di *Dike* e di *Tyche*, del *logos* e dell'*alogon*, cui spesso la religione e la cultura antica avevano attribuito valore metapsichico (sia nella *Dike* di Eschilo che nella *Tyche* di Euripide l'uomo non è padrone del proprio destino e della propria salvezza): più debole, perché l'uomo antico finì col sentire che le forze dell'irrazionale non solo erano vincenti sulla storia ma anche sull'individuo, totalmente disarmato contro il male che già molti avvertivano (o teorizzavano) come realtà ontologica.

Seneca con la sua fragile Fedra che «non vuole ciò che vuole», agli antipodi della morale intellettualistica, mette il dito in una piaga che fu, anticamente, di Euripide *Med.* 1079 θυμὸς δὲ κρείσσων τῶν ἐμῶν βουλευμάτων (il *thymós* è più forte dei miei propositi)[4] e che, contemporaneamente a Seneca, Paolo di Tarso faceva sua, sebbene in un diverso orizzonte teologico, nella lettera ai Romani (7,19) οὐ γὰρ ὃ θέλω ποιῶ ἀγαθόν, ἀλλὰ ὃ οὐ θέλω κακὸν τοῦτο πράσσω. [«non faccio il bene che voglio, ma commetto proprio il male che non voglio»].

Contrariamente a Euripide che, in polemica antisocratica, lacerando la coscienza (cfr. *Med.* 1078) μανθάνω μὲν οἷα δρᾶν μέλλω[5] κακά («capisco quali mali sto per compiere», oppure «dovrò sopportare») fra θυμός e βουλεύματα propugnava, pessimisticamente, un intellettualismo della coscienza ma

---

[4] Un celebre conflitto che Seneca significativamente trasferisce da Medea a Fedra: la Medea senecana, forse sul solco di una più antica tradizione latina, è connotata troppo negativamente per essere un personaggio "in crisi" e dunque in qualche modo "giustificabile": in lei non è la *ratio* o la *voluntas* che si oppone al *furor*, ma il residuo dei suoi istinti materni.

[5] L, ma il resto della tradizione manoscritta ha τολμήσω difeso, fra altri, da Diller e Di Benedetto.

una lacerazione dell'etica;[6] e contrariamente a S. Paolo il quale *infelix homo* (*Rom.* 7,24) può, ottimisticamente, sciogliere il conflitto nel suo Dio-uomo che lo «liberò da questo corpo di morte», Seneca, isolato sia dal passato sia dal futuro della morale occidentale, continua a credere che l'uomo può riscattarsi dalla morsa del male: anche se alla deriva dalla ragione (*quid possit ratio?*), anche se alla deriva dalla *virtus*, anche alla deriva dalla *voluntas*, purché non alla deriva dalla *humanitas*.

È questo lo spartiacque che divide Medea e Fedra. Così gli dei, mentre fuggono Medea che al colmo della sua anti-*humanitas* raggiunge un'antiapoteosi (*per alta vade spatia sublimi aetheris / testare nullos esse, qua veheris, deos* v. 1027 sg.), accolgono il grido di Fedra e testimoniano che lei «non vuole ciò che vuole».

O, se a testimoniarlo non intervengono gli dei di Fedra, certamente interviene Seneca, che la ascolta e la salva. Ma per questo l'eroina dovette sacrificare la vita al suo filosofo. O al suo poeta?

GIUSEPPE GILBERTO BIONDI

---

[6] Medea è sì perfettamente cosciente, ma del proprio ἔθος e, dunque, dell'impotenza del proprio βούλευμα. Ma testo ed esegesi del passo euripideo sono vessatissimi.

BIBLIOGRAFIA

(Per l'aggiornamento bibliografico si veda pag. 257)

EDIZIONI, COMMENTI E TRADUZIONI ITALIANE

a) *di tutte le tragedie*

Editio Princeps Ferrariensis, c.a. 1484.
M. Herbipolensis, Lipsiae inc. anno.
C. Fernandus, Parisiis inc. anno.
G. B. Marmita, Venetiis 1492.
B. Marmita et D. Caietanus, Venetiis 1493, 1498, 1505, 1510, 1522.
B. Philologus, Florentiae 1506, 1513.
E. Maseriensis, Parisiis 1511.
I. Badius Ascensius, Parisiis 1514.
H. Avantius, Venetiis apud Aldum 1517.
H. Petrus, Basileae 1529, 1541, 1550.
S. Gryphius, Lugduni Batavorum 1536, 1541, 1548, 1554, 1584.
G. Fabricius, Lipsiae 1566.
M. A. Delrius, Antverpiae 1576 - Parisiis 1607; cum novo comment., Paris 1619.
F. Raphelengius et J. Lipsius, Lugduni Batavorum 1588, 1589, 1601.
Q. S. Florens Christianus, cum scholiis, Parisiis 1589.
H. Commelinus, cum animadv. J. Lipsii, Heidelbergae 1589.
Idem, cum J. Gruteri notis, Heidelbergae 1600, 1604.
I. Scaliger et D. Heinsius, Ludguni Batavorum 1611.
I. I. Pontanus, Trag. cum notis, Amstelodami 1619.
P. Scriverius, Lugduni Batavorum 1621, 1651.
T. Farnabius, Lugduni Batavorum 1623, 1625, ecc.
A. Thysius, Lugduni Batavorum 1651.
I. F. Gronovius, Lugduni Batavorum 1661, Amstelodami 1662.

I. Gronovius, Amstelodami 1682.
I. C. Schroeder, cum notis integris J. F. Gronovii et aliorum, Delphis 1728.
Editio Bipontina, Biponti 1785.
F. H. Bothe, Lipsiae 1819, 1834.
T. Baden, Hafniae 1819, Lipsiae 1821.
I. Carey, Londinii 1824.
W. A. Swoboda, Wien 1825-30.
Editio Lemairiana, Parisiis 1829-31.
O. Holtze, Lipsiae 1835, 1872, 1894.
R. Peiper, Lipsiae 1867.
F. Leo, Berolini 1878-79.
G. Richter-R. Peiper, Lipsiae 1902.
F. J. Miller, London-Cambridge 1917.
H. Moricca, Augusta Taurinorum 1917-23, 1947.
L. Herrmann, Paris 1924-26, 1961.
E. Paratore, introd. e versione, Roma 1956.
T. Thomann, Zürich 1961-69.
I. Viansino, Augusta Taurinorum 1965, 1968.
I. C. Giardina, Bologna 1966.
O. Zwierlein, Oxonii 1986.
— Krit. Komm., Stuttgart-Wiesbaden, 1986.
G. Giardina-R. Cuccioli, versione italiana, Torino 1987.

b) *delle singole tragedie (escluse « Medea » e « Phaedra » per cui v.* infra *p. 82)*

« Hercules furens »

H. M. Kingery, *H. f., Troades, Medea,* London 1908 (= Norman 1966).
V. Jr. Ussani, *Nicolai Treveti expositio H. f.*, Roma 1959.
G. Viansino (traduzione e note), Salerno 1973.
F. Caviglia, Roma 1979.

« Troades »

H. M. Kingery, v. *supra ad Hercules furens.*
R. L. D'Alfonso, Roma-Milano 1911 (Genova 1953[3]).
G. Amendola, San Marino 1917.
M. Palma, *Nicola Trevet, commento alle T.*, Roma 1977.
L. R. Vertis, New York 1970 (micr.).

E. Fantham, Princeton 1972.

« Phoenissae »

A. Barchiesi, Padova 1988.

« Oedipus »

Th. H. Sluiter, Diss. Groningen 1941.
J. Van Ijzeren, Leiden 1958.
K. Heldmann, Stuttgart 1974.

« Agamemnon »

R. Giomini, Roma 1956.
P. Meloni, *Nicolai Treveti expositio Ag.*, Sassari 1961.
R. J. Tarrant, Cambridge 1976.

« Thyestes »

C. Marchesi, Roma-Milano 1918.
E. Franceschini, *Il commento di Nicola Trevet al T.*, Milano 1938.
F. Giancotti, Torino 1969 (= 1988², vol I).
R. J. Tarrant, Atlanta 1985.

« Hercules Oetaeus »

P. Meloni, *Nicolai Treveti expositio H. O.*, Roma 1962.

« Octavia »

J. Vürtheim, Leiden 1909.
A. Santoro, Bologna 1917 (1953²).
C. L. Thompson, Boston 1921.
C. Hosius, Bonn 1922.
L. Herrmann, Paris 1927 (= 1967³).
G. Herzog-H. Hauser, Wien-Leipzig 1934.
Th. H. Sluiter, Leiden 1949.
L. Pedroli, *Fabularum Praetextarum quae extant*, Genova 1954.
P. Rizza, Messina-Firenze 1970.
J. A. Segurado e Campos, Lisbona 1972.
G. Bellaira, Torino 1974.
L. Y. Whitman, Bern-Stuttgart 1978.

A.A.V.V., *Aufstieg und Niedergang der römischen Welt*, 32.2, Berlin-New York 1985, pp. 653-1453.

Actas del Congreso internacionál de filosofía (en commemoración de Séneca, en el XIX centenario de su muerte), I, Cordoba 1965; II, Madrid 1966; III, Madrid 1967.

L. Alfonsi, *Note Senecane*, «Aevum» 38, 1964, 382.

K. Anliker, *Prologe und Akteinteilung in Senecas Tragödien*, Diss. Bern-Stuttgart 1960.

R. Argenio, *La vita e la morte nei drammi di Seneca*, «RSC» 17, 1969, 339-348.

— *Due cori di Seneca dalla «Fedra» e dalla «Medea»*, «RSC» 21, 1973, 29-38.

A. Gil Arroyo, *Die Chorlieder in Senecas Tragödien. (Untersuchung zu Senecas Philosophie und Chorthemen)*, Diss. Köln 1979.

E. Auerbach, *Mimesis (Il realismo nella Letteratura Occidentale)*, trad. it., Torino 1956 (= Bern 1946).

B. Axelson, *Korruptelenkult*, Lund 1967.

L. Baldini Moscaldi, *A proposito di Manilio 1, 96-104 e Orazio carm. 1,3, 37-40*, «A&R» 3-4, 1980, 163-166.

A. Barchiesi (a cura di), *Seneca. Le «Fenicie»*, Padova 1988.

H. Bardon, *Mécanisme et stéréotypie dans le style de Sénèque le Rhéteur*, «AC» 12, 1943, 5-24.

— *Il genio latino*, trad. it., Roma 1961 (= Bruxelles 1963).

W. Beare, *I Romani a teatro*, trad. it., Bari 1986 (= London 1964[3]).

M. Bettini, *L'arcobaleno, l'incesto e l'enigma*, «Dioniso» 54, 1983, 137 sgg.

— *Lettura divinatoria di un incesto*, «MD» 12, 1984, 145-164.

G. G. Biondi, *Semantica di cupidus*, Bologna 1979.

— *Mito o mitopoiesi?*, «MD» 5, 1980, 125-144.

— *Il Nefas Argonautico. Mythos e Logos nella Medea di Seneca*, Bologna 1984.

J. D. Bishop, *The choral Odes of Seneca's «Medea»*, «CJ» 60, 1965, 313-316.

— *The Meaning of the choral Metres in Senecan Tragedy*, «RhM» 111, 1968, 197-219.

G. Bonelli, *Il carattere retorico delle tragedie di Seneca*, «Latomus» 37, 1978, 395-418.

P. Boyancé, *Le Stoïcisme à Rome*, in «Assoc. Budé, Actes du VIIe Congrès», Paris 1964, 218-254.

— *L'Humanisme de Sénèque*, in *Actas* (v.), I, Cordoba 1965, 229-245.

G. Braden, *The Rhetoric and Psychology of Power in the Dramas of Seneca*, «Arion» 9, 1970, 15-41.

W. M. Calder, *Originality in Seneca's Troades*, «CPh» 65, 1970, 75-82.

— *The Size of the Chorus in Seneca's Agamemnon*, «CPh» 70, 1975, 32-35.

H. V. Canter, *Rhetorical Elements in the Tragedies of Seneca*, Urbana 1925.

— *The Figure* ἀδύνατον *in Greek and Latin Poetry*, «AJPh» 51, 1930, 32-41.

G. Carlsson, *Die Überlieferung der Seneca-Tragödien. Eine textkritische Untersuchung*, Lund 1926.

— *Zu Senecas Tragödien. Lesungen und Deutungen*, Lund 1929, 39-72.

L. Castiglioni, *La tragedia di Ercole in Euripide ed in Seneca*, «RFIC» 4, 1926, 176-197, 336-362.

G. Cattaui, *Eliot*, Torino 1964.

A. Cattin, *L'âme humaine et la vie future dans les textes lyriques des tragédies de Sénèque*, «Latomus» 15, 1956, 359-365; 544-550.

— *Les thèmes lyriques dans les tragédies de Sénèque*, Neuchâtel 1963.

— *La géographie dans les tragédies de Sénèque*, «Latomus» 22, 1963, 685-703.

F. Caviglia, *L. Anneo Seneca. Il furore di Ercole*, introd., testo, trad. e note a cura di F. Caviglia, Roma 1979.

E. Cesareo, *Le tragedie di Seneca*, Palermo 1932.

G. Chesi, *Cultura e progresso tecnico in Seneca*, «SRIL» 1, 1977, 51-69.

A. Cima, *Intorno alle tragedie di Seneca*, «RFIC» 32, 1904, 237-259.

M. Cini, *Mundus in Seneca tragico. Tradizione e variazione di un poetismo*, «QIFL» 3, 1974, 61-77.

M. Coffey, *Seneca Tragedies including pseudo-Seneca Octavia and Epigrams attrib. to Seneca. Report for the Years 1922-1955*, «Lustrum» 2, 1957, 113-186.

G. B. Conte, *Memoria dei poeti e sistema letterario (Catullo, Virgilio, Ovidio, Lucano)*, Torino 1974.
— *Virgilio. Il genere e i suoi confini*, Milano 1984.
M. Dal Monte Casoni, *Coro e azione nelle tragedie di Seneca*, Napoli 1937.
M. Delcourt, *Archaïsmes religieux dans les tragédies de Sénèque*, «RBPh» 92, 1964, 74-90.
C. de Meo, *Il prologo della «Phaedra» di Seneca*, Bologna 1978.
M. Detienne, *I giardini di Adone*, trad. it., Torino 1975 (= Paris 1972).
— *Dioniso e la pantera profumata*, trad. it., Bari 1981 (= Paris 1977).
— *L'invenzione della mitologia*, trad. it., Torino 1983 (= Paris 1981).
J. Dingel, *Seneca und die Dichtung*, Heidelberg 1974.
— *Der Sohn des Polybos und die Sphinx. Zu den Ödipustragödien des Euripides und des Seneca*, «MH» 27, 1970, 90-96.
E. R. Dodds, *I Greci e l'irrazionale*, trad. it., Firenze 1978[2] (Berkeley 1957).
— *The Ancient Concept of Progress*, Oxford 1973.
O. Ducrot.-T. Todorov, *Dizionario enciclopedico delle scienze e del linguaggio*, trad. it., Milano 1972 (= Paris 1972).
F. Dupont, *Le personnage et son mythe dans les tragédies de Sénèque*, «Assoc. Budé, Actes du IXe Congrès», Rome, 13-18 avril 1973, Paris 1975, 447-458.
F. Egermann, *Seneca als Dichterphilosoph*, «NJbb» 3, 1940, 18-36 (in Lefèvre 1972 (v.), *Senecas Tragödien*, 33-57).
T. S. Eliot, *Sulla poesia e sui poeti*, trad. it., Milano 1975[2] (= Oxford 1957).
— *L'uso della critica e l'uso della poesia* (saggi scelti tradotti), Milano 1974.
E. C. Evans, *A Stoic Aspect of Senecan Drama, Portraiture*, «TAPhA» 81, 1950, 169-184.
E. Fantham, *Virgil's Dido and Seneca's tragic Heroines*, «G&R» 22, 1975, 1-10.
— *L. A. Seneca:Troades*, Princeton 1982.
C. Favez, *Le roi et le tyran chez Sénèque*, «Latomus» 46, 1960, 346-349.
E. M. Forster, *Aspects of the Novel*, New York 1927.
E. Fraenkel, *Kleine Beiträge für klassische Philologie*, voll. 2, Roma 1964.

— *Elementi plautini in Plauto*, trad. it., Firenze 1960 (= Berlin 1922).

F. Frenzel, *Die Prologe der Tragödien Senecas*, Diss. Leipzig-Weida 1914.

W. H. Friedrich, *Untersuchungen zu Senecas dramatischer Technik*, Borna-Leipzig 1933.

— *Euripideisches in der lateinischen Literatur II. Euripides' Herakles und die römische Tragödie*, «Hermes» 69, 1934, 303-310.

— *Vorbild und Neugestaltung. Sechs Kapitel zur Geschichte der Tragödie*, Göttingen 1967, 7-56; 57-87.

M. Gentile, *I fondamenti metafisici della morale di Seneca*, Milano 1932.

A. Ghiselli, *Orazio, Ode 1,1. (Saggio di analisi formale)*, Bologna 1983².

F. Giancotti, *Note alle tragedie di Seneca*, «RFIC» 30, 1952, 149-172.

— *Saggio sulle tragedie di Seneca*, Roma 1953.

— *Poesia e filosofia in Seneca tragico. La «Fedra»*, Torino 1986.

G. Giardina, *Per un inquadramento del teatro di Seneca nella cultura e nella società del suo tempo*, «RCCM» 6, 1964, 171-180.

A. Grilli, *Studi Enniani*, Brescia 1965.

P. Grimal, *Sénèque. (Sa vie, son oeuvre, sa philosophie)*, Paris 1957².

— *Sénèque ou la conscience de l'Empire*, Paris 1978.

M. Hadas, *The Roman Stamp of Seneca's Tragedies*, «AJPh» 60, 1939, 220-231.

E. Hansen, *Die Stellung der Affektreden in den Tragödien des Seneca*, Diss. Berlin 1934.

W. R. Hardie, *Notes on the Tragedies of Seneca*, «CQ» 5, 1911, 108-111.

R. M. Haywood, *Note on Seneca's Hercules furens*, «CJ» 37, 1941/42, 421-424.

— *The Poetry of the Choruses of Seneca's Troades*, «Hommages à M. Renard» I éd. par J. Bibauw, Brüssel 1969.

K. Heldmann, *Untersuchungen zu den Tragödien Senecas*, Wiesbaden 1974.

C. J. Herington, *Senecan Tragedy*, «Arion» 5, 1966, 422-471.

L. Herrmann, *Le théâtre de Sénèque*, Paris 1924.

D. Herzog, *Datierung der Tragödien des Seneca*, «RhM» 77, 1928, 51-104.

B. L. Hijmans, *Drama in Seneca's Stoicism*, «TAPhA» 97, 1966, 237-251.

M. Hoche, *Die Metra des Tragikers Seneca. Ein Beitrag zur lateinischen Metrik*, Halle 1862.

J. B. Hofmann, *La lingua d'uso latina*, trad. it., a cura di L. Ricottilli, Bologna 1980 (= Heidelberg 1964).

A. E. Housman, *M. Manilii Astronomicon liber primus*, Cantabrigiae 1937.

— *Notes on Seneca's Tragedies*, «CQ» 17, 1923, 163-172.

H. D. Jocelyn, *The Tragedies of Ennius*, Cambridge 1967.

U. Knoche, *Senecas Atreus, ein Beispiel*, «Antike» 17, 1941, 60-76 (in Lefèvre 1972 (v.) 58-66).

E. Kofler, *Die Naturbilder und ihre Funktion in der Tragödie des Seneca*, Diss. Innsbruck 1971.

W. Kranz, *Stasimon. Untersuchungen zu Form und Gehalt der griechischen Tragödie*, Berlin 1933.

I. Lana, *Lucio Anneo Seneca*, Torino 1955.

— *Seneca e la poesia*, «Riv. di Estetica» 6, 1961, 377-396 (in A. Traina 1976 (v.), 137-152).

— *L. Anneo Seneca e la posizione degli intellettuali romani di fronte al principato*, Torino 1964.

S. Landman, *Seneca quatenus in mulierum personis effingendis ab exemplaribus Graecis recesserit*, «Eos» 31, 1928, 485-493.

A. La Penna, in A.A.V.V., *Analisi marxista e società antiche*, Roma 1978, 187-200.

— *Fra teatro, poesia e politica romana*, Torino 1979.

M. Lapidge, *A Stoic Metaphor in Late Latin Poetry: the Binding of the Cosmos*, «Latomus» 49, 1963, 817-837.

M. Lebel, *De la Médée d'Euripide*, «Phoenix» 10, 1956, 139-150.

E. Lefèvre, *Senecas Tragödien*, a cura di E. Lefèvre, Darmstadt 1972.

— *Die Schuld des Agamemnon. Das Schicksal des Troia-Siegers in stoischer Sicht*, «Hermes» 101, 1973, 64-91.

F. Leo, *L. Annaei Senecae tragoediae*, rec. et emend. F. Leo, vol. I: *observationes criticas continens*, Berlin 1878.

— *Die Composition der Chorlieder Senecas*, «RhM» 52, 1897, 509-518.

— *Der Monolog im Drama. Ein Beitrag zur griechisch-römischen Poetik*, Berlin 1908.
— *Plautinische Forschungen*, Berlin 1912².
— *Geschichte der römischen Literatur. I. Die archaische Literatur*, Berlin 1958 (= 1913).
C. Lévi-Strauss, *La struttura dei miti*, in *Antropologia strutturale*, trad. it., Milano 1980⁸ (= Paris 1958), 231-261.
W. L. Liebermann, *Studien zu Senecas Tragödien*, Meisenheim am Glan 1974.
A. A. Long, *Problems in Stoicism*, London 1971.
A. O. Lovejoy-G. Boas, *Primitivism and Related Ideas in Antiquity*, Baltimora 1935.
I. N. Madvig, *Adversaria critica in Scriptores Graecos et Latinos*, voll. 3, Hildesheim 1967 (= Hauniae 1871-1884).
I. Mantke, *De Senecae tragici anapaestis*, «Eos» 49, 1957/58, 101-122.
P. Mantovanelli, *Profundus. Studio di campo semantico dal latino arcaico al latino cristiano*, Roma 1981.
— *La metafora del Tieste. Il nodo sadomasochistico nella tragedia senecana del potere tirannico*, Verona 1984.
C. Marchesi, *Il Tieste di L. Anneo Seneca. Saggio critico e traduzione*, Catania 1908.
— *Seneca*, Messina 1940³.
A. M. Marcosignori, *Il concetto di virtus tragica nel teatro di Seneca*, «Aevum» 34, 1960, 217-233.
I. Mariotti, *Tragédie romaine et tragédie grecque: Accius et Euripide*, «MH» 22, 1965, 206-216.
— *Studi Luciliani*, Firenze 1960.
S. Mariotti, *Lezioni su Ennio*, Torino 1963².
B. Marti, *Seneca's Tragedies. A new Interpretation*, «TAPhA» 76, 1945, 216-245.
— *The Prototypes of Seneca's Tragedies*, «CPh» 42, 1947, 1-16.
R. Martinazzoli, *Seneca. (Studio sulla morale ellenica nella esperienza romana)*, Firenze 1945.
W. Marx, *Funktion und Form der Chorlieder in den Senecas Tragoedien*, Köln 1932.
G. Mazzoli, *Seneca e la poesia*, Milano 1970.
C. W. Mendell, *Our Seneca*, New Haven 1941.
H. J. Mette, *Die römische Tragödie und die Neufunde zur griechischen Tragödie (insbesondere für die Jahre 1945-1964)*, «Lustrum» 9, 1964, 5-211.

G. Michaut, *Le génie latin*, Paris 1900.

A. Michel, *Rhétorique, tragédie, philosophie: Sénèque et le sublime*, «GIFC» 21, 1969, 245-257.

A. Minarini, *Q. Orazio Flacco. La satira 1,1*, Bologna 1977.

U. Moricca, *Le tragedie di Seneca*, «RFIC» 46, 1918, 345-352; 411-446; 48, 1920, 74-94; 49, 1921, 101-194.

A. L. Motto, *Guide to the Thought of Lucius Annaeus Seneca*, Amsterdam 1970.

— *L. Seneca*, New York 1973.

L. Mueller, *De re metrica poetarum Latinorum praeter Plautum et Terentium libri septem*, Hildesheim 1967 (= Leipzig 1894).

W. Nestle, *Vom Mythos zum Logos*, Stuttgart 1942^2.

E. Norden, *Agnostos Theos*, (*Untersuchungen zur Formengeschichte religiöser Rede*), Stuttgart 1974^6 (= Leipzig 1923^2).

— *La prosa d'arte antica*, voll. 2, trad. it., Roma 1986 (= Leipzig 1915^3).

— *La letteratura Romana*, trad. it., Bari 1984^2 (= Leipzig 1954^5).

A. Oltramare, *Les origines de la diatribe romaine*, Lousanne 1926.

I. Opelt, *Senecas Konzeption des Tragischen*, in Lefèvre 1972 (v.), 92-128.

W. H. Owen, *Commonplace and dramatic Symbol in Seneca's Tragedies*, «TAPhA» 99, 1968, 291-313.

— *The Excerpta Thuanea and the Form of Seneca's Troades 67-164*, «Hermes» 98, 1970, 361-368.

— *Time and Event in Seneca's Troades*, «WS» 4, 1970, 118-137.

G. Paduano, *La formazione del mondo ideologico e poetico di Euripide*, Pisa 1968.

D. Page, *Euripides Medea*, Oxford 1955^3.

A. Pais, *Il teatro di L. Anneo Seneca*, Torino 1890.

E. Paratore, *L'originalità del teatro di Seneca*, «Dioniso» 20, 1957, 55-74.

— *Storia del teatro latino*, Milano 1957.

— *La tensione drammatica nell'opera di Seneca*, in *Actas* (v.), I, Cordoba 1965, 207-228.

E. Pasoli, *Tre poeti latini espressionisti: Properzio, Persio, Giovenale*, a cura di G. Giardina e R. Cuccioli Melloni, Roma 1982.

G. Pasquali, *Storia della tradizione e critica del testo*, Firenze 1974 (= 1952).

R. Philippson, *Zur Psychology der Stoa*, «RhM» 68, 1937, 140-179.

R. H. Philp, *The manuscript Tradition of Seneca's Tragedies*, «CQ» 18, 1968, 150-179.

M. Piot, *Hercule chez les poètes du 1er siècle après Jésus-Christ*, «REL» 43, 1965, 342-358.

M. Pohlenz, *Philosophie und Erlebnis in Senacas Dialogen*, «NAWG» 6, 1941, 55-118 (= *Kleine Schriften*, I, 384-447).

— *Kleine Schriften*, voll. 2, Hildesheim 1965.

— *La Stoa. (Storia di un movimento spirituale)*, trad. it., voll. 2, Firenze 1967 (= Göttingen 1959²).

N. T. Pratt jr., *Dramatic Suspense in Seneca and in his Greek Precursors*, Diss. Princeton 1939.

— *The Stoic Base of Senecan Drama*, «TAPhA» 79, 1948, 1-11.

— *Tragedy and Moralism. Euripides and Seneca*, in «Comparative Literature», Carbondale 1961, 189-203.

— *Major Systems of figurative Language in Senecan Melodrama*, «TAPhA» 94, 1963, 199-234.

C. Questa, *Sui folia Ambrosiana di Seneca tragico*, «RCCM» 19, 1977, 675-681.

O. Regenbogen, *Schmerz und Tod in den Tragödien Senecas*, Darmstadt, 1963.

G. Richter, *Die Komposition der Chorlieder in den Tragödien des Seneca*, «RhM» 19, 1864, 360-379 e 521-527.

[— *Kritische Untersuchungen zu Senecas Tragödien (Die Komp. der anap. cantica)*, Iena 1899.]

W. Richter, *Seneca und die Sklaven*, «Gymnasium» 65, 1958, 196-218 (trad. it. in Traina 1976 (v.), 68-90).

— *Lucius Annaeus Seneca, Das Problem der Bildung in seiner Philosophie*, München 1939.

M. Rozelaar, *Seneca*, Amsterdam 1976.

G. Runchina, *Tecnica drammatica e retorica nelle tragedie di Seneca*, «AFLC» 28, 1960, 163-324.

A. Sarri, *Quaedam de Graecorum tragoediae et Senecae choris quaestiones*, «RCCM» 4, 1962, 366-370.

W. Schadewaldt, *Monolog und Selbstgespräch*, Berlin, Zürich, Dublin 1926.

G. Scarpat, *Il pensiero religioso di Seneca e l'ambiente ebraico e cristiano*, Brescia 1983³.

— L. Anneo Seneca, *Lettere a Lucilio. Libro primo*, Brescia 1975.

C. Segal, *Boundary Violation and the Landscape of the Self in Senecan Tragedy*, «A&A» 29, 1983, 172-187.

B. Seidler, *Studien zur Wortstellung in den Tragödien Senecas*, Diss. Wien 1955.

A. Setaioli, *Esegesi virgiliana in Seneca*, «SIFC» 37, 1965, 133-156.

B. Snell, *Die Entdeckung des Geistes*, Hamburg 1955³, 258-298.

L. Spitzer, *Critica stilistica e semantica storica* (saggi scelti tradotti), Bari 1966.

E. Spring, *The Problem of Evil in Seneca*, «The Classical Weekly» 16, 1922/23, 51-53.

W. B. Stanford, *Ambiguity in Greek Literature*, Oxford 1939.

R. B. Steele, *Some Roman Elements in the Tragedies of Seneca*, «AJPh» 43, 1922, 1-32.

W. Steidle, *Bemerkungen zu Senecas Tragödien*, «Philologus» 96, 1944, 250-264.

V. Tandoi, *Albinovano Pedone e la retorica giulio-claudia delle conquiste*, «SIFC» 36, 1964, 129-168.

R. J. Tarrant, *Seneca: Agamemnon*, Cambridge 1976.

— *Senecan Drama and its Antecedents*, «HSPh» 82, 1978, 213-243.

S. Timpanaro, *Un nuovo commento all'«Hercules furens» di Seneca nel quadro della critica recente*, «A&R» 26, 1981, 113-141.

A. Traina, *Vortit barbare. (Le traduzioni poetiche da Livio Andronico a Cicerone)*, Roma 1974².

— *Seneca. Letture critiche*, Milano 1976.

— *Poeti latini (e neolatini). Note e saggi filologici*, Bologna 1986².

— *Poeti latini (e neolatini)*, II, Bologna 1981.

— *Lo stile "drammatico" del filosofo Seneca*, Bologna 1987⁴.

— (a cura di), *Lucio Anneo Seneca. Le Consolazioni*, Milano 1987.

G. Uscatescu, *Seneca autore drammatico attuale*, «Dioniso» 41, 1967, 103-132.

J. P. Vernant, *Mito e pensiero presso i greci*, trad. it., Torino 1978² (= Paris 1965).

O. Zwierlein, *Die Rezitationsdramen Senecas*, Meisenheim am Glan 1966.

— *Kritisches und Exegetisches zu den Tragödien Senecas. Bemerkungen anlässlich einer neuen Ausgabe*, «Philologus» 113, 1969, 254-267.

— *Weiteres zum Seneca Tragicus* (II) «WJA» 4, 1978, 148-150.

[— *Prolegomena zu einer krit. Ausgabe der Trag. Senecas*, in «Abhandlungen der Akademie der Wissensch. u. Literatur», Mainz 1983.]

MEDEA

Edizioni e studi

C. Barone, *L. A. Seneca, Medea, Fedra, Tieste*, trad. di V. Faggi, Milano 1979.

C. Beck, *Medea, Tragedy of Seneca*, Cambridge and Boston 1834.

C. Blitzen, *The Senecan and Euripidean Medea. A Comparison*, «CB» 52, 1976, 86-90.

W. Braun, *Die Medea des Seneca*, «RhM» 32, 1877, 68-85.

R. A. Browne, *Medea-Interpretations*, «Studies in honour of G. Norwood», «Phoenix», Suppl. 1, Toronto 1952, 76-79.

C. C. Bushnell, *A Note on Seneca Medea 378-382*, «TAPhA» 33, 1902, VII-VIII.

E. Cesareo, *La Medea di Seneca*, «Dioniso» 7, 1932/33, 251-260.

A. Cima, *La «Medea» di Seneca e la «Medea» di Ovidio*, «A&R» 7, 1904, 224-229.

— *Ancora la «Medea» di Seneca e la «Medea» di Ovidio*, «A & R» 11, 1908, 64-68.

H. L. Cleasby, *The Medea of Seneca*, «HSPh» 18, 1907, 39-71.

C. D. N. Costa, *Seneca. Medea*, Oxford 1973.

V. D'Agostino, *I cori nella Medea di Seneca*, «RSC» 3, 1955, 32-44.

P. H. Damsté, *Seneca fatidicus*, «Mn» 46, 1918, 134.

— *Ad Senecae Medeam*, «Mn» 46, 1918, 403-414.

F. Della Corte, *Il secondo verso delle Metamorfosi*, «Studia florentina Alexandro Ronconi sexagenario oblata», Roma 1970.

— *La Medea di Ovidio*, «SCO» 19/20, 1970/71, 85-89.

K. v. Fritz, *Die Entwicklung der Iason-Medea Sage und die Medea des Euripides*, in K. v. Fritz, *Antike und moderne Tragödie*, Berlin 1962, 322-429, 486-494.

B. Gentili, *L'ultimo atto della Medea di Seneca*, «Maia» 6, 1953, 43-51.

W. R. Hardie, *The Doom of the Argonauts, Medea 607-669*, «Journal of Philology» 33, 1914, 95-101.

A. Hempelmann, *Senecas Medea als eigenständiges Kunstwerk*, Diss. Kiel 1960.

D. Henry-B. Walker, *Loss of Identity: Medea superest? A Study of Seneca's Medea*, «CPh» 62, 1967, 169-181.

Ch. K. Kapnukajas, *Die Nachahmungstechnik Senecas in den Chorliedern des Hercules Furens und der Medea*, Diss. Borna-Leipzig 1930.

H. M. Kingery, *Three Tragedies of Seneca. Hercules furens, Troades, Medea*, with an introd. and notes by H. M. Kingery, New York 1908.

Ch. Knapp, *Notes on Seneca's Medea*, «TAPhA» 33, 1902, VIII-X; «CR» 17, 1903, 44-47.

W. Kullmann, *Medeas Entwicklung bei Seneca*, in «Forschungen zur römischen Literatur», Wiesbaden 1970, 158-167.

G. Lawall, *Seneca's Medea. The elusive Triumph of Civilization* in «Arktouros», in «Hellenic Studies presented to Bernard M. W. Knox on the Occasion of his 65th Birthday», Berlin 1979, 419-426.

N. I. Lyons, *Figures of Speech in Seneca's Medea*, «CQ» 35, 1941/1942, 256-257.

G. Maurach, *Jason und Medea bei Seneca*, «A&A» 12, 1966, 125-140.

G. Monaco, *Sul prologo della Medea di Ennio*, «SIFC» 24, 1950, 250-253.

W. Poetscher, *Dolor und malum in Senecas Medea*, «GB» 6, 1977, 53-66.

P. Rajna, *La Medea di L. A. Seneca esaminata*, Piacenza 1873.

R. Rambaux, *Le mythe de Médée d'Euripide à Anouilh ou l'originalité psychologique de la Médée de Sénèque*, «Latomus» 31, 1972, 1010-1036.

C. Segal, *Nomen sacrum Medea and other Names in Senecan Tragedy*, «Maia» 34, 1982, 241-246.

E. Valenti, *Medea, Fedra*, Barcelona 1950.

G. Viansino, *L. A. S. Medea*. Analisi traduzione e note, Salerno 1975.

Edizioni e studi

A.A.V.V., *Atti delle giornate di studio su «Fedra»*, Torino 7-9 maggio 1984, a cura di R. Uglione, Torino 1985.

C. de Meo, *Il prologo della Phaedra di Seneca*, introd., testo e comm. a cura di C. de Meo, Bologna 1978.

J. Dingel, ΙΠΠΟΛΥΤΟΣ ΞΙΦΟΥΛΚΟΣ. *Zu Senecas Phaedra und dem ersten Hippolytos des Euripides*, «Hermes» 98, 1970,44-56.

F. Giancotti, *Poesia e filosofia in Seneca tragico. La "Fedra"*, Torino 1986.

R. Giomini, *Saggio sulla «Phaedra» di Seneca*, Roma 1955.

— *Phaedra*, Roma 1968².

P. Grimal, *L'originalité de Sénèque dans la tragédie de Phèdre*, «REL» 41, 1963, 297-314.

— *L. Annaei Senecae Phaedra*, éd., introd. et comm. de P. Grimal, Paris 1965.

K. Kunst, *Seneca. «Phaedra»*, Wien 1924.

E. Lefèvre, *Quid possit ratio? Senecas Phaedra als stoiches Drama*, «WS» 3, 1969, 131-160.

U. Moricca, *Le fonti della Fedra di Seneca*, «SIFC» 21, 1915, 158-224.

G. Petrone, *La scrittura tragica dell'irrazionale. Note di lettura al teatro di Seneca*, Palermo 1984.

E. Valenti, *Fedra*, v. *supra ad Med.*

G. Viansino, *La Fedra di Seneca*, Napoli 1968.

O. Zwierlein, *Senecas Phaedra und ihre Vorbilden*, Stuttgart 1987.

NOTA DEL TRADUTTORE

Le due traduzioni hanno origine e destinazione diversa. Quella della *Fedra* fu fatta, a cura dell'*Istituto Nazionale del Dramma Antico*, per la rappresentazione di tale tragedia, tenuta a Segesta nell'estate del 1983, e pubblicata a Siracusa nello stesso anno. Nella prefazione scrivevo: «Raramente un traduttore ha la coscienza tranquilla; ancor più raramente, se è un filologo, che sa di dover rendere conto della sua traduzione. Ma sa anche che, nella varia gamma delle traduzioni, quella filologica e quella teatrale stanno al polo opposto. L'una è, per così dire, spaziale, si affianca al testo e aiuta a interpretarlo, magari con l'aggiunta di note. L'altra, invece, affidata alla irripetibile temporalità della dizione, "deve" sostituirsi al testo, e può quindi contare solo su se stessa, sulla forza espressiva e comunicativa della propria organizzazione linguistica». La ripubblico (per gentile concessione dell'INDA) con lievissimi ritocchi.

La traduzione della *Medea*, fatta per il presente volume, si concede meno libertà, ma non dimentica che la sua finalità è divulgativa prima che esegetica. Nel 1908 Concetto Marchesi così presentava la sua versione del *Tieste* senecano: «La... fatica [del tradurre] oggi s'impone non tanto al vantaggio degl'interpreti, quanto ai bisogni della cultura classica, che vuol essere sottratta alla sterilità della sua clausura filologica». Parole ancora attuali, e forse più di allora.

Ho seguito, d'accordo col Curatore, l'edizione critica — molto, talvolta troppo conservativa — di G. C. Giardina (Bologna 1966: per la maggior parte del mio lavoro non era disponibile quella di O. Zwierlein, Oxford 1986). I luoghi, dove me ne sono allontanato, sono indicati nelle note.

A. T.

MEDEA

DRAMATIS PERSONAE

MEDEA
CHORUS
NUTRIX

CREO
IASON
NUNTIUS

PERSONAGGI

MEDEA
CORO
NUTRICE

CREONTE
GIÀSONE
NUNZIO

ME. Di coniugales tuque genialis tori,
     Lucina. custos quaeque domituram freta
     Tiphyn novam frenare docuisti ratem,
     et tu, profundi saeve dominator maris,
5   clarumque Titan dividens orbi diem,
     tacitisque praebens conscium sacris iubar
     Hecate triformis, quosque iuravit mihi
     deos Iason, quosque Medeae magis
     fas est precari: noctis aeternae chaos,
10   aversa superis regna manesque impios
     dominumque regni tristis et dominam fide
     meliore raptam, voce non fausta precor.
     Nunc, nunc adeste, sceleris ultrices deae,
     crinem solutis squalidae serpentibus,

MEDEA   Dei delle nozze e tu, Lucina,[1] custode del talamo, e tu che insegnasti[2] a Tifi[3] il governo della nuova nave, futura domatrice dei flutti, e tu, tremendo signore dell'abisso marino, e tu, Titano[4] che impartisci al mondo la luce del giorno, e tu che offri il complice tuo raggio ai riti segreti, Ecate[5] triforme, e voi, numi sui quali mi giurò fede Giàsone e che è più giusto sia Medea a invocare: caos della notte eterna, regni avversi al cielo, ombre empie, sovrano del cupo regno, sovrana rapita da un amante più fedele, voi prego con infausta voce. Ora, ora siate presenti, dee vendicatrici dei delitti,[6] irte le chiome di serpenti, con

---

[1] Giunone nel ruolo di protettrice delle partorienti (da *lux*: «che dà alla luce») occupa un posto di rilievo negli *dei coniugales*. Il monologo di Medea, nonostante il metro «dialogato», ha connotazioni stilistiche decisamente innologiche: il suo discorso è una preghiera «nera» cui si opporrà quella «bianca» del coro (vv. 56 sgg.).

[2] Pallade Atena che secondo la tradizione aveva costruito la nave Argo: cfr. Catullo 64, 8 sg.

[3] È il pilota della nave Argo, cui S. attribuisce particolare rilievo nella *Medea* (cfr. vv. 318 sgg. e 617 sgg.) in alternativa a Giàsone, capo dell'impresa argonautica.

[4] Il Sole, discendente del Titano Iperìone.

[5] Divinità primitiva e trina (*triformis*), essendo associata a divinità appartenenti ai tre regni: la luna (il cielo), Diana (la terra) e Proserpina (gli inferi). Ecate viene invocata da Didone in Verg. *Aen.* 4, 511, un episodio che certamente è nell'orizzonte di questo monologo. Ma un po' tutta Didone è una filigrana di Medea: v. al v. 394.

[6] Le Erinni, dee della vendetta, anch'esse invocate da Didone (Verg. *Aen.* 4, 473).

15 atram cruentis manibus amplexae facem,
    adeste, thalamis horridae quondam meis
    quales stetistis: coniugi letum novae
    letumque socero et regiae stirpi date.
    Mihi peius aliquid, quod precer sponso malum:
20 vivat. Per urbes erret ignotas egens
    exul pavens invisus incerti laris;
    me coniugem optet, limen alienum expetat
    iam notus hospes, quoque non aliud queam
    peius precari, liberos similes patri
25 similesque matri – parta iam, parta ultio est:
    peperi. Querelas verbaque in cassum sero?
    Non ibo in hostes? Manibus excutiam faces
    caeloque lucem – spectat hoc nostri sator
    Sol generis, et spectatur, et curru insidens
30 per solita puri spatia decurrit poli?
    Non redit in ortus et remetitur diem?
    Da, da per auras curribus patriis vehi,
    committe habenas, genitor, et flagrantibus
    ignifera loris tribue moderari iuga:
35 gemino Corinthos litori opponens moras
    cremata flammis maria committat duo.
    Hoc restat unum, pronubam thalamo feram
    ut ipsa pinum postque sacrificas preces
    caedam dicatis victimas altaribus.
40 Per viscera ipsa quaere supplicio viam,
    si vivis, anime, si quid antiqui tibi
    remanet vigoris; pelle femineos metus
    et inhospitalem Caucasum mente indue.
    Quodcumque vidit Pontus aut Phasis nefas,
45 videbit Isthmos. Effera ignota horrida,

la face fumosa nelle mani insanguinate, siate presenti, orride come allora alle mie nozze: date morte alla nuova sposa, morte al suocero e alla stirpe regale. A me qualcosa di peggio da augurare al mio sposo:[7] viva, vada ramingo per città straniere, privo di tutto, esule, pauroso, odiato, senza certa dimora; varchi altrui soglie, ospite già noto, brami me in moglie e — che potrei augurargli di peggio? — figli simili al padre e simili alla madre. Pronta, già pronta è la vendetta: ha figli. Lamenti e parole spargo invano? Non muoverò contro i nemici? Toglierò alle mani le torce e la luce al cielo. Vede questo spettacolo il Sole,[8] capostipite della nostra razza, ed è veduto, e sul suo cocchio percorre come sempre il puro spazio del cielo? Non torna a oriente e non ritesse il giorno? Concedimi di volare per l'aria sul tuo cocchio avito, dammi le briglie, padre, lasciami guidare con le redini ardenti la pariglia di fuoco: e l'istmo di Corinto, incenerito, non frapponga più ostacoli ai due mari. Resta solo che sia io a portare la fiaccola di pino al corteo nuziale e, dopo le preghiere di rito, a colpire la vittima sull'ara consacrata. Attraverso le stesse viscere cerca la via della vendetta, se sei vivo, cuore, se ti resta un poco dell'antico vigore; scaccia le paure da donna, fatti dentro selvaggio come il Caucaso.[9] Qualunque scempio vide il Ponto[10] e il Fasi,[11] lo vedrà l'Istmo.[12] Feroci inaudi-

---

[7] Il verso tràdito è variamente emendato a causa della «durezza» semantica e sintattica. Ma i rimedi finora proposti (anche il *num* di Axelson accolto dallo Zwierlein, d'ora in poi = Zw.) si sono rivelati — è proprio il caso di dirlo — peggiori del male.

[8] Eeta, padre di Medea, era figlio del Sole e di Persa.

[9] La regione barbarica fra il Mar Caspio e il Mar Nero (= *Pontus Euxinus*): quest'ultimo bagnava la Colchide (a sua volta attraversata dal fiume Fasi), patria di Medea.

[10] Il *Pontus Euxinus*, l'odierno Mar Nero.

[11] Fiume che attraversa la Colchide, la regione bagnata dal Mar Nero (Ponto Eusino), patria di Medea (v. n. prec.).

[12] L'istmo di Corinto, la città presso la quale erano giunti Giàsone e Medea e in cui si sta svolgendo l'azione tragica.

		tremenda caelo pariter ac terris mala
		mens intus agitat: vulnera et caedem et vagum
		funus per artus – levia memoravi nimis:
		haec virgo feci; gravior exurgat dolor:
50		maiora iam me scelera post partus decent.
		Accingere ira teque in exitium para
		furore toto. Paria narrentur tua
		repudia thalamis: quo virum linques modo?
		Hoc quo secuta es. Rumpe iam segnes moras:
55		quae scelere parta est, scelere linquenda est domus.
	CHO.	Ad regum thalamos numine prospero
		qui caelum superi quique regunt fretum
		adsint cum populis rite faventibus.
		Primum sceptriferis colla Tonantibus
60		taurus celsa ferat tergore candido;
		Lucinam nivei femina corporis
		intemptata iugo placet, et asperi
		Martis sanguineas quae cohibet manus,
		quae dat belligeris foedera gentibus
65		et cornu retinet divite copiam,
		donetur tenera mitior hostia.
		Et tu, qui facibus legitimis ades,
		noctem discutiens auspice dextera
		huc incede gradu marcidus ebrio,
70		praecingens roseo tempora vinculo.
		Et tu quae, gemini praevia temporis,

ti orrendi mali, da far tremare insieme cielo e terra, agita il mio pensiero: ferite e stragi e tanti funerali quante le membra...[13] Ma ho ricordato cose troppo lievi: le feci da ragazza. Sorga un rancore più micidiale: maggiori misfatti ci vogliono dopo il parto. Ármati d'ira e prepárati all'eccidio con tutto il tuo furore. Si dirà che il tuo ripudio fu pari alle tue nozze. Come lascerai il marito? Come lo hai seguito. Rompi, suvvia, gli indugi, non tardare: la famiglia, acquisita col delitto, col delitto va lasciata.

CORO   Alle nozze regali[14] assistano propizi gli dei del cielo e del mare, assieme al popolo bene augurante. Primo ai sovrani del tuono[15] porga il collo possente un toro dal candido tergo; plachi Lucina[16] una femmina di un bianco di neve, non tocca dal giogo; alla dea più mite, che trattiene le mani sanguinose di Marte, che dà patti ai popoli in guerra e racchiude l'abbondanza nella cornucopia, si dia una vittima tenera. E tu, che presiedi alle nozze[17] legittime, squarciando la notte con fausta mano, vieni qui, con passo malfermo di ebro, cingendo le tempie di rose. E tu, battistrada del giorno e della notte,[18] stella sempre in ri-

---

[13] Allusione al fratello di Medea, Absirto, che l'eroina uccise e, a pezzi, abbandonò in mare per rallentare il padre Eeta che stava inseguendo la figlia fuggitiva con Giasone, predatore del vello d'oro. L'episodio del fratello Absirto ritorna con insistenza nella *Medea* di Seneca.

[14] Questa preghiera, «buona», agli dei *superi* si oppone a quella, «cattiva», di Medea agli dei *inferi* del monologo iniziale.

[15] *Tonans* è epiteto di Giove: al plurale qui indica la coppia Giove e Giunone come modello — divino — del potere legittimo.

[16] Cfr. al v. 2. A Ecate triforme invocata da Medea al v. 7, si oppone l'invocazione del Coro alla «trinità» della pace nella forma della fertilità, Lucina, dell'amore, Venere (v. 62 sg.), e della ricchezza, la Cornucopia del v. 65.

[17] È il dio Imeneo, protettore delle giuste nozze, invocato da Catullo nei celebri cc. 61 e 62.

[18] Espero, la stella che, prima, brilla la sera e, ultima, il mattino. L'invocazione a Espero è un luogo comune degli epitalami.

> tarde, stella, redis semper amantibus:
> te matres, avide te cupiunt nurus
> quamprimum radios spargere lucidos.

75 Vincit virgineus decor
longe Cecropias nurus,
et quas Taygeti iugis
exercet iuvenum modo
muris quod caret oppidum,
80 et quas Aonius latex
Alpheosque sacer lavat.
Si forma velit aspici,
cedent Aesonio duci
proles fulminis improbi
85 aptat qui iuga tigribus,
nec non, qui tripodas movet,
frater virginis asperae;
cedet Castore cum suo
Pollux caestibus aptior.
90 Sic, sic, caelicolae, precor,
vincat femina coniuges,
vir longe superet viros.

Haec cum femineo constitit in choro,
unius facies praenitet omnibus.
95 Sic cum sole perit sidereus decor,
et densi latitant Pleiadum greges,
cum Phoebe solidum lumine non suo
orbem circuitis cornibus alligat.
Ostro sic niveus puniceo color
100 perfusus rubuit, sic nitidum iubar
pastor luce nova roscidus aspicit.
Ereptus thalamis Phasidis horridi,
effrenae solitus pectora coniugis
invita trepidus prendere dextera,
105 felix Aeoliam corripe virginem

tardo per gli amanti, le madri, le giovani spose sono impazienti di vederti irraggiare il tuo lume.

La bellezza della vergine vince di molto le ragazze di Cécrope,[19] e quelle che la città senza mura affatica, al pari dei giovani, sui dorsi del Taigeto,[20] e quelle che si bagnano nelle acque dell'Aonia[21] e nel sacro Alfeo.[22] Se tenesse al suo aspetto, l'eroe Esonide[23] non sarebbe inferiore al figlio della folgore maligna, che aggioga le tigri,[24] non a chi scuote il tripode, il fratello della ruvida vergine,[25] non a Pollùce, abile al pugno, col suo Càstore. Così, così, celesti, vi prego, lei vinca le spose, lui superi di molto i mariti.

Quando lei troneggia nel coro delle donne, un solo volto brilla su tutti. Così col sole si perde la vaghezza delle stelle, e il fitto ammasso delle Pléiadi[26] si cela quando la luna salda i suoi corni in un disco di luce non sua. Così il candore della neve si tinge di porpora, così tra la rugiada dell'alba il pastore scorge il bagliore del sole.

Strappato al letto del barbaro Fasi,[27] tu che solevi stringere tremando, con mano riluttante, il petto di una moglie senza freni, prendi felice la vergine eolia:[28] ora per la pri-

---

[19] Ateniesi: da Cécrope, il mitico primo re di Atene.
[20] Il celebre monte di Sparta, spesso — non qui — associato alla cruenta tradizione spartana di gettarvi i bambini nati malformi.
[21] Della Beozia: da Aone, mitico eroe locale.
[22] Il fiume maggiore del Peloponneso.
[23] Giàsone, figlio di Esone.
[24] Il dio Bacco, figlio di Giove e Sémele.
[25] Apollo, fratello di Diana, dea della caccia.
[26] La costellazione delle Pleiadi, le sette sorelle di Atlante.
[27] V. alla n. 11.
[28] Creùsa, promessa sposa di Giàsone, è detta eolia poiché Sìsifo, figlio di Eolo, fu il fondatore di Corinto.

nunc primum soceris, sponse, volentibus.
Concesso, iuvenes, ludite iurgio,
hinc illinc, iuvenes, mittite carmina:
rara est in dominos iusta licentia.

110   Candida thyrsigeri   proles generosa Lyaei,
multifidam iam tempus erat succendere pinum:
excute sollemnem digitis marcentibus ignem.
Festa dicax fundat convicia fescenninus,
solvat turba iocos – tacitis eat illa tenebris,
115   si qua peregrino nubit fugitiva marito.

MEDEA, NUTRIX.

ME.   Occidimus, aures pepulit hymenaeus meas.
Vix ipsa tantum, vix adhuc credo malum.
Hoc facere Iason potuit, erepto patre
patria atque regno sedibus solam exteris
120   deserere durus? Merita contempsit mea
qui scelere flammas viderat vinci et mare?
Adeone credit omne consumptum nefas?
Incerta vecors mente non sana feror
partes in omnes; unde me ulcisci queam?
125   Utinam esset illi frater! Est coniunx: in hanc
ferrum exigatur. Hoc meis satis est malis?
Si quod Pelasgae, si quod urbes barbarae
novere facinus quod tuae ignorent manus,
nunc est parandum. Scelera te hortentur tua
130   et cuncta redeant: inclitum regni decus
raptum et nefandae virginis parvus comes
divisus ense, funus ingestum patri

ma volta ti sposi col consenso dei suoceri. Divertitevi, giovani, a scambiarvi i lazzi concessi: di rado è lecita verso i padroni la libertà di parola.

Fulgida, nobile prole di Liéo,[29] il portatore del tirso, era tempo di accendere la fiaccola dentellata: agita il fuoco di rito con le languide dita. Il salace fescennino spanda insulti festosi, la folla dia la stura agli scherzi — lei se ne vada tra silenzio e tenebre, chi ha sposato fuggiasca[30] un marito straniero.

MEDEA, NUTRICE

MEDEA È finita: il canto nuziale ferisce le mie orecchie. Io stento ancora, stento a credere a un male così grande. Questo ha potuto fare Giàsone? Togliermi padre patria regno e poi lasciarmi sola in terra straniera, cuore di pietra? Non ha tenuto conto dei miei meriti, lui che mi ha vista vincere le fiamme e il mare col delitto? Crede proprio che abbia dato fondo a ogni crimine? Dubbio e follia travolge la mia mente. Come vendicarmi? Magari avesse un fratello![31] Ma ha una moglie: colpiscila. Basta questo ai miei mali? Se c'è un misfatto noto alle città greche[32] e barbare, e ignoto alle tue mani, questo è il tempo di ordirlo. T'incoraggino i tuoi delitti, ti tornino tutti alla mente: la gloria e il lustro del regno rapiti; il piccolo compagno della vergine esecranda fatto a pezzi dalla spada; i suoi resti sotto gli occhi del padre disseminati per il ma-

---

[29] Bacco, spesso chiamato *Lyaeus* (da *lýein*, «colui che scioglie dagli affanni») nella letteratura latina.
[30] Lo Zw. preferisce *furtiva*, congetturato dallo *Heinsius*.
[31] Così Medea potrebbe ucciderlo come ha ucciso il proprio fratello Absirto.
[32] Dette *Pelasgae* da una tribù preellenica (i Pelasgi, appunto) di origine incerta. È oppositivo di «barbare».

  sparsumque ponto corpus et Peliae senis
decocta aeno membra: funestum impie
135 quam saepe fudi sanguinem, et nullum scelus
irata feci: saevit infelix amor.
  Quid tamen Iason potuit, alieni arbitri
iurisque factus? Debuit ferro obvium
offerre pectus – melius, a melius, dolor
140 furiose, loquere. Si potest, vivat meus,
ut fuit, Iason; si minus, vivat tamen
memorque nostri muneri parcat meo.
Culpa est Creontis tota, qui sceptro impotens
coniugia solvit quique genetricem abstrahit
145 natis et arto pignore astrictam fidem
dirimit: petatur, solus hic poenas luat
quas debet. Alto cinere cumulabo domum;
videbit atrum verticem flammis agi
Malea longas navibus flectens moras.
150 NU. Sile, obsecro, questusque secreto abditos
manda dolori. Gravia quisquis vulnera
patiente et aequo mutus animo pertulit,
referre potuit: ira quae tegitur nocet;
professa perdunt odia vindictae locum.
155 ME. Levis est dolor qui capere consilium potest
et clepere sese: magna non latitant mala.
Libet ire contra.
 NU.   Siste furialem impetum,
alumna: vix te tacita defendit quies.
 ME. Fortuna fortes metuit, ignavos premit.

re;[33] le membra del vecchio Pélia bollite nel paiolo.[34] Quante volte questa empia mano ha sparso sangue e morte! E non ho commesso alcun delitto in preda all'ira: ma ora sento la furia di un amore infelice.

Ma che poteva Giàsone, schiavo dell'altrui volere? Doveva offrire il petto al ferro... Ah! non dire così, folle dolore! Se è possibile, Giàsone viva, ora come allora, mio; se no, viva comunque e si ricordi il dono che gli ho fatto. La colpa è tutta di Creonte, il despota che scioglie nozze, strappa la madre ai figli, rompe un legame consacrato da tali pegni: sia lui il bersaglio, paghi solo lui quello che deve. Ridurrò il palazzo a un mucchio di cenere: il vortice di fiamme e fumo si vedrà fin dal capo Maléa, che costringe le navi a lunghi giri.

NUTRICE[35]   Taci, ti prego, soffri nel tuo cuore. Chi sopporta in silenzio e con pazienza i colpi ricevuti, può ricambiarli: pericolosa è l'ira che si cela; l'odio palese perde la facoltà di vendicarsi.

MEDEA   Lieve è il dolore in grado di ragionare e di dissimularsi: i grandi mali sono senza velo. Mi va di uscire allo scoperto.

NUTRICE   Calma la tua furia irruente, figlia: appena ti difendono il silenzio e la quiete.

MEDEA   La fortuna teme i coraggiosi, schiaccia i vili.[36]

---

[33] V. alla n. 13.

[34] Pélia, zio paterno di Giàsone e suo «mandante» alla conquista del vello d'oro, non volle cedere il regno, come pattuito, al ritorno del nipote. Medea indusse le figlie di Pélia a bruciare in un paiolo le membra del padre convincendole che, in tal modo, egli avrebbe riacquistato la giovinezza. Sulla morte di Pélia (oltre ai vv. 666 sgg.) v. anche ai vv. 201, 257 e 276.

[35] Il *logos*, prima di cedere totalmente all'ira, fa sentire in qualche modo la sua voce a Medea. Ha inizio così il dialogo con la nutrice che più avanti si articolerà in brevi sticomatie (per cui v. *Introduzione*, p. 26 sg.).

[36] Su queste e altre massime di Medea che rovesciano il contenuto morale in funzione di una anti-*sapientia*: cfr. *Introduzione*, p. 47.

160 NU. Tunc est probanda, si locum virtus habet.
ME. Numquam potest non esse virtuti locus.
NU. Spes nulla rebus monstrat adflictis viam.
ME. Qui nil potest sperare, desperet nihil.
NU. Abiere Colchi, coniugis nulla est fides
165   nihilque superest opibus e tantis tibi.
ME. Medea superest, hic mare et terras vides
ferrumque et ignes et deos et fulmina.
NU. Rex est timendus.
ME.   Rex meus fuerat pater.
NU. Non metuis arma?

ME.   Sint licet terra edita.
NU. Moriere.
ME.   Cupio.
NU.   Profuge.
170 ME.   Paenituit fugae.
NU. Medea –
ME.   Fiam.
NU.   Mater es.
ME.   Cui sim vides.
NU. Profugere dubitas?
ME.   Fugiam, at ulciscar prius.
NU. Vindex sequetur.
ME.   Forsan inveniam moras.
NU. Compesce verba, parce iam, demens, minis
175   animosque minue: tempori aptari decet.
ME. Fortuna opes auferre, non animum potest.
Sed cuius ictu regius cardo strepit?
Ipse est Pelasgo tumidus imperio Creo.

NUTRICE   Buono è il coraggio solo se a suo tempo.

MEDEA   Può mai mancare il tempo del coraggio?

NUTRICE   Non c'è speranza, tutto è compromesso.

MEDEA   Chi non ha più nulla da sperare, non disperi di nulla.

NUTRICE   La Colchide [37] è lontana, di tuo marito non ti puoi fidare, del tuo potere non resta più nulla.

MEDEA   Resta Medea: in lei c'è mare e cielo, e ferro e fuoco, i fulmini e gli dei.

NUTRICE   Un re fa paura.

MEDEA   Era re anche mio padre.

NUTRICE   Non ne temi le armi?

MEDEA   Neanche se spuntate dalla terra.

NUTRICE   Morirai.

MEDEA   Me lo auguro.

NUTRICE   Fuggi.

MEDEA   Non l'avessi fatto.

NUTRICE   Medea...

MEDEA   Lo sarò.[38]

NUTRICE   Sei madre.

MEDEA   Vedi per chi.

NUTRICE   Esiti a fuggire?

MEDEA   Fuggirò, ma prima la vendetta.

NUTRICE   T'inseguirà il castigo.

MEDEA   Troverò forse come ritardarlo.

NUTRICE   Frena le parole, pazza, rinunzia alle minacce, modera la tua esasperazione: bisogna adattarsi alle circostanze.

MEDEA   La fortuna può togliermi il potere, l'animo no. Ma chi fa cigolare la porta della reggia? È lui, il tronfio sovrano dei Pelasgi, Creonte.

---

[37] V. al v. 431.
[38] Questa battuta fa *pendant* con quella del v. 910 *Nunc Medea sum*: la tipica congestione della tragedia senecana si gioca, nella *Medea*, su e fra questi due poli.

CREO, MEDEA.

CR. Medea, Colchi noxium Aeetae genus,
180 nondum meis exportat e regnis pedem?
Molitur aliquid: nota fraus, nota est manus.
Cui parcet illa quemve securum sinet?
Abolere propere pessimam ferro luem
equidem parabam: precibus evicit gener.
185 Concessa vita est, liberet fines metu
abeatque tuta. Fert gradum contra ferox
minaxque nostros propius affatus petit.
Arcete, famuli, tactu et accessu procul,
iubete sileat. Regium imperium pati
190 aliquando discat. Vade veloci via
monstrumque saevum horribile iamdudum avehe.
ME. Quod crimen aut quae culpa multatur fuga?
CR. Quae causa pellat, innocens mulier rogat.
ME. Si iudicas, cognosce; si regnas, iube.
195 CR. Aequum atque iniquum regis imperium feras.
ME. Iniqua numquam regna perpetuo manent.
CR. I, querere Colchis.
ME.   Redeo: qui avexit, ferat.
CR. Vox constituto sera decreto venit.
ME. Qui statuit aliquid parte inaudita altera,
200 aequum licet statuerit, haud aequus fuit.
CR. Auditus a te Pelia supplicium tulit?
sed fare, causae detur egregiae locus.
ME. Difficile quam sit animum ab ira flectere
iam concitatum quamque regale hoc putet
205 sceptris superbas quisquis admovit manus,
qua coepit ire, regia didici mea.
Quamvis enim sim clade miseranda obruta,
expulsa supplex sola deserta, undique

CREONTE Medea, la criminale figlia del colco Eéta,[39] non porta ancora il piede fuori dal mio regno? Trama qualche inganno: è nota la sua perfidia, nota la sua mano. Chi risparmierà, chi lascerà in pace? Mi affrettavo a distruggere col ferro questa peste: ho ceduto alle preghiere di mio genero.[40] Le ho concesso la vita, liberi il paese dal timore e se ne vada al sicuro. Mi viene incontro, altera, e cerca minacciosa di parlarmi. Fermatela, servi, non mi tocchi e non si accosti, fatela tacere. Impari una buona volta a ubbidire a un re. (*A Medea*) Vattene via veloce: liberaci finalmente da questo mostro orribile e spietato.

MEDEA Per quale delitto, quale colpa mi si inflige l'esilio?

CREONTE Chiede la causa, l'innocente.

MEDEA Se sei giudice, processa, se re, comanda.

CREONTE Giusto o ingiusto, rasségnati all'ordine di un re.

MEDEA Non sono duraturi, i regni ingiusti.

CREONTE Va' a protestare dai Colchi.

MEDEA Ci torno: se mi riporta chi mi portò via.

CREONTE Tardo è il reclamo a causa giudicata.

MEDEA Chi emette una sentenza senza ascoltare l'altra parte, anche se la sentenza è giusta, non è stato giusto.

CREONTE Fu ascoltato Pélia[41] prima del supplizio? Ma parla, si dia luogo a una causa così buona.

MEDEA Com'è difficile piegare l'animo già in preda all'ira, come crede che non tornare sui suoi passi sia agire da re, chiunque regge con mano superba lo scettro! L'ho imparato nella mia reggia. La sventura mi ha ridotto in questo misero stato, esule, supplice, sola, abbandonata, in

---

[39] Padre, appunto, di Medea.
[40] L'intercessione di Giàsone per Medea è uno dei preludi alla «positività» del personaggio senecano rispetto a quello euripideo.
[41] V. al v. 133.

afflicta, quondam nobili fulsi patre
avoque clarum Sole deduxi genus.
Quodcumque placidis flexibus Phasis   rigat
Pontusque quidquid Scythicus a tergo videt,
palustribus qua maria dulcescunt aquis,
armata peltis quidquid exterret cohors
inclusa ripis vidua Thermodontiis,
hoc omne noster genitor   imperio regit.
Generosa, felix, decore regali potens
fulsi: petebant tunc meos thalamos proci,
qui nunc petuntur. Rapida fortuna ac levis
praecepsque regno eripuit, exilio dedit.
Confide regnis, cum levis magnas opes
huc ferat et illuc casus – hoc reges habent
magnificum et ingens, nulla quod rapiat dies:
prodesse miseris, supplices fido lare
protegere. Solum hoc Colchico regno extuli,
decus illud ingens, Graeciae florem inclitum,
praesidia Achivae gentis et prolem deum
servasse memet. Munus est Orpheus   meum,
qui saxa cantu mulcet et silvas trahit,
geminumque munus Castor et Pollux meum est
satique Borea   quique trans Pontum quoque
summota Lynceus lumine immisso videt,
omnesque Minyae: nam ducum taceo ducem,

un mare di mali; ma un tempo mi dava lustro la nobiltà di mio padre, il mio sangue discende dal Sole.[42] Tutta la terra che bagna il Fasi[43] nei suoi lenti giri, che si vede alle spalle il Ponto scitico,[44] dove l'acqua del mare s'impaluda, tutta la terra chiusa fra le rive del Termodonte,[45] che teme le guerriere senza maschi, tutto questo è dominio di mio padre. Nobiltà, fortuna, regalità, potenza mi aureolavano: mi cercavano allora pretendenti che ora altri cerca. Rapinosa e volubile, la sorte mi ha tolto il regno, mi ha dato l'esilio. Fìdati del regno, se il capriccio del caso ha in sua balia il più grande potere! Questo hanno i re di grande e di magnifico, che il tempo non può estorcere: aiutare gli infelici, dare ai supplici asilo e protezione. Questo solo ho portato dalla Colchide: l'onore e il fiore della Grecia, il sostegno della razza achiva, prole di dei, io, io l'ho salvata.[46] Mio dono è Orfeo,[47] che spetra le rocce col canto e muove le foreste; duplice mio dono Càstore e Pollùce, e i figli di Bòrea[48] e Linceo,[49] occhio che vede le cose lontane anche oltre il mare, e tutti gli Argonauti.[50] Taccio il capo dei ca-

---

[42] V. al v. 29.

[43] V. al v. 44.

[44] È il Ponto Eusino (v. la n. 10) qui detto scitico dagli Sciti, anticamente considerati l'ultima popolazione a settentrione.

[45] L'odierno fiume Terme della Turchia che sfocia nel Mar Nero: per gli antichi segnava il territorio delle Amazzoni. Con imprecisione geografica Seneca lo colloca vicino alla Colchide.

[46] Medea avoca a sé il merito di aver salvato e riportato in Grecia gli Argonauti. Questa *rhesis* di Medea è una apologia dialetticamente perfetta.

[47] Alla presenza di Orfeo nell'impresa argonautica Seneca, nella *Medea*, dà particolare rilievo (cfr. vv. 348 sgg.; 355 sgg. e 625 sgg.) in quanto simbolo della poesia e della stessa civiltà. Qui la barbara Medea si proclama salvatrice della grecità e della cultura.

[48] Calais e Zete, evocati anche al v. 634: *Aquilone natos*. Letterariamente famosi per aver salvato Fìneo dalle Arpie: cfr. Ap. Rhod. 2,240 sgg. e Ov. *met.* 6,716.

[49] Aveva la vista più acuta di tutti.

[50] Qui detti *Minyae* come in Pindaro (P. 4, 69), che li associa a una antica tribù tessala, e in Apollonio (1, 229 sgg.) che fa discendere molti Argonauti dalle figlie di Minyas, re di Orcómeno.

```
                pro quo nihil debetur: hunc nulli imputo;
235             vobis revexi ceteros, unum mihi.
                Incesse nunc et cuncta flagitia ingere.
                Fatebor: obici crimen hoc solum potest,
                Argo reversa. Virgini placeat pudor
                paterque placeat: tota cum ducibus ruet
240             Pelasga tellus, hic tuus primum gener
                tauri ferocis   ore flagranti occidet.
                Fortuna causam quae volet nostram premat,
                non paenitet servasse tot regum decus.
                Quodcumque culpa praemium ex omni tuli,
245             hoc est penes te. Si pacet, damna ream;
                sed redde crimen. Sum nocens, fateor, Creo;
                talem sciebas esse, cum genua attigi
                fidemque supplex praesidis dextra peti;
                terra hac miseriis angulum ac sedem rogo
250             latebrasque viles: urbe si pelli placet,
                detur remotus aliquis in regnis locus.
         CR.    Non esse me qui sceptra violentus geram
                nec qui superbo miserias calcem pede,
                testatus equidem videor haud clare parum
255             generum exulem legendo et afflictum et gravi
                terrore pavidum, quippe quem poenae expetit
                letoque Acastus   regna Thessalica optinens.
                Senio trementem debili atque aevo gravem
                patrem peremptum queritur et caesi senis
260             discissa membra, cum dolo captae tuo
                piae sorores impium auderent nefas
                Potest Iason, si tuam causam amoves,
                suam tueri: nullus innocuum cruor
                contaminavit, afuit ferro manus
265             proculque vestro purus a coetu stetit.
                Tu, tu malorum machinatrix facinorum,
                cui feminae nequitia ad audenda omnia,
```

pi: per lui nulla mi è dovuto, non lo addebito a nessuno. Gli altri li ho riportati per voi, uno solo per me. Ora scagliami addosso tutti i miei delitti: li confesserò. Una sola accusa mi si può rivolgere: il ritorno di Argo. Prevalga nella vergine il pudore e il pensiero del padre, e sarà la fine per tutta la terra Pelasga ed i suoi capi, e tuo genero per primo cadrà sotto le narici fiammeggianti del toro feroce. Qualunque sorte attenda la mia causa, non mi pento di aver salvato tanto splendore di re.[51] Ogni frutto di tutte le mie colpe è in tua mano.[51 bis] Se così vuoi, condanna l'accusata, ma rendimi il movente del delitto. Sono colpevole, lo confesso, Creonte: sapevi che lo ero, quando toccai le tue ginocchia e con mano di supplice ti chiesi difesa e protezione; in questa terra[52] imploro un rifugio nascosto, un'umile dimora: se hai deciso di bandirmi dalla tua città, mi sia concesso almeno un angolo sperduto del tuo regno.

CREONTE   Io non sono un tiranno che calpesta superbo la sventura: l'ho mostrato, mi sembra, chiaramente scegliendo per genero un esule, uno sventurato in preda al terrore. Reclama la sua morte Acasto, il re dei Téssali, per punire l'uccisione del padre, tremulo di vecchiezza, grave d'anni, fatto a pezzi quando per tuo inganno le pie sorelle osarono un empio delitto. Giàsone può, se tieni separata la tua causa, sostenere la sua: la sua mano non si è macchiata di sangue, si è astenuta dal ferro, è rimasta pura, fuori della vostra congrega. Tu, tu, macchinatrice di misfatti, che hai la perfidia di una donna e l'energia di un

---

[51] I vv. 241-242 sono espunti dallo Zw.
[51 bis] Codici ed editori sono divisi fra *dextra* (Zw.) e *dextrae* (Giardina).
[52] *Terra hac* è lezione dei *recentiores* accolta anche dallo Zw.: Giardina segue il suggerimento *te iam* dello Henneberger.

    robur virile est, nulla famae memoria,
    egredere, purga regna, letales simul
270   tecum aufer herbas, libera cives metu,
    alia sedens tellure sollicita deos.
 ME. Profugere cogis? Redde fugienti ratem
    vel redde comitem – fugere cur solam iubes?
    Non sola veni. Bella si metuis pati,
275   utrumque regno pelle. Cur sontes duos
    distinguis? Illi Pelia, non nobis iacet;
    fugam, rapinas adice, desertum patrem
    lacerumque fratrem, quidquid etiam nunc novas
    docet maritus coniuges, non est meum:
280   totiens nocens sum facta, sed numquam mihi.
 CR. Iam exisse decuit. Quid seris fando moras?
 ME. Supplex recedens illud extremum precor,
    ne culpa natos matris insontes trahat.
 CR. Vade: hos paterno ut genitor excipiam sinu.
285 ME. Per ego auspicatos regii thalami toros,
    per spes futuras perque regnorum status,
    Fortuna varia dubia quos agitat vice,
    precor, brevem largire fugienti moram,
    dum extrema natis mater infigo oscula,
    fortasse moriens.
290 CR.   Fraudibus tempus petis.

uomo per osare l'inosabile, e nessun pensiero della tua reputazione, parti di qui, purifica il mio regno, porta via con te le erbe mortali,[53] libera i cittadini dal timore, va' in altri luoghi a molestare gli dei.

MEDEA   Mi costringi alla fuga? Rendimi la nave o il compagno: perché vuoi che fugga sola? Non sono giunta sola. Se temi guerre, bandisci dal tuo regno tutt'e due. Perché distingui fra due colpevoli? Per lui è morto Pélia, non per me. Aggiungi la fuga, i furti, il padre abbandonato, il fratello smembrato,[54] tutto ciò che il marito insegna alla nuova moglie: non è cosa mia. Tante volte ho peccato, mai per me.

CREONTE   Dovevi già esser via. Perché questi indugi di parole?

MEDEA   Me ne vado con un'ultima preghiera: la colpa della madre non ricada sui figli innocenti.

CREONTE   Va' pure: li accoglierò fra le mie braccia, come un padre.

MEDEA   Per i lieti auspici delle nozze regali, per le speranze del domani, per le vicende dei regni sempre in balia di una mobile sorte, concedimi, ti prego, un breve indugio, quanto basta per dare ai figli miei gli ultimi baci della loro madre, forse prima che muoia.

CREONTE   Chiedi tempo per inganni.

---

[53] La connotazione della magia è presente anche nella *Medea* di Euripide: Seneca, soprattutto ai vv. 705 sgg., la amplifica per condannare, oltre alla sua eroina, una prassi estremamente diffusa nella Roma imperiale. L'occultismo viene presentato come una forma di *nefas*.
[54] V. la n. 13.

ME. Quae fraus timeri tempore exiguo potest?
CR. Nullum ad nocendum tempus angustum est malis.
ME. Parumne miserae temporis lacrimis negas?
CR. Etsi repugnat precibus infixus timor,
295 unus parando dabitur exilio dies.
ME. Nimis est, recidas aliquid ex isto licet:
et ipsa propero.
CR.   Capite supplicium lues,
clarum priusquam Phoebus attollat diem
nisi cedis Isthmo. Sacra me thalami vocant,
300 vocat precari festus Hymenaeo dies.
CHO.   Audax nimium qui freta primus
rate tam fragili perfida rupit
terrasque suas post terga videns
animam levibus credidit auris,
305 dubioque secans aequora cursu
potuit tenui fidere ligno
inter vitae mortisque vias
nimium gracili limite ducto.
Nondum quisquam sidera norat,
310 stellisque quibus pingitur aether
non erat usus, nondum pluvias
Hyadas   poterat vitare ratis,

MEDEA   Che inganno può temersi in poco tempo?
CREONTE   Basta anche poco tempo a chi vuol nuocere.
MEDEA   Rifiuti a un'infelice un attimo di pianto?
CREONTE   Benché il timore nel mio petto dica no alle tue preghiere, ti sarà concesso un giorno per prepararti all'esilio.
MEDEA   È anche troppo, puoi toglierne una parte. Anch'io ho fretta.
CREONTE   Pagherai con la vita, se non lasci l'Istmo prima che Febo riporti la luce del giorno. Mi chiama la cerimonia nuziale, mi chiama a pregare il giorno sacro a Imeneo.
CORO[55]   Troppo ardì chi per primo[56] con nave così fragile ruppe i flutti malfidi, chi lasciando alle spalle la sua terra affidò la vita al capriccio dei venti, chi solcando il mare aperto[57] con incerta rotta ebbe fiducia in un legno sottile, confine troppo gracile tra le vie della vita e della morte. Ancora nessuno conosceva le costellazioni, né sapeva servirsi degli astri che ricamano il cielo, ancora la nave non poteva evitare le Iadi piovose,[58] non le luci della

---

[55] Seneca finora ha già fornito al lettore gli elementi per scolpare Giàsone nei confronti di Medea: eppure, proprio nel momento in cui Creonte concede all'eroina il tempo per organizzare — come ben sapeva il lettore antico — la propria vendetta, inaspettatamente il Coro denuncia l'impresa argonautica, guidata da Giàsone anche se voluta da Pélia, come *nefas* contro l'ordine cosmico. Così il personaggio di Giàsone si sdoppia: pur essendo *pius* con Medea e con i figli (come apparirà senza equivoci nel suo monologo: vv. 431-446), egli si è macchiato contro gli dei. Anche l'uomo *pius* può essere «originariamente» colpevole.

[56] Può essere Tifi (cfr. vv. 318 sgg.) oppure, più verosimilmente, Giàsone, altrove, come qui, evocato con una frase relativa (v. 596 *mare qui subegit*). In ogni caso Seneca distingue fra Tifi, che ha infranto la fisicità del cosmo, e Giàsone, che ne ha violato la divinità.

[57] Leo espunge i vv. 305-306 considerandoli una dittografia dei vv. 301-302: se mai ne rappresentano una amplificazione semantica.

[58] Sorelle di Iante, mutate in stelle che fanno parte della costellazione del Toro. Sorgono in maggio e sono considerate apportatrici di piogge.

                non Oleniae   lumina caprae,
            nec quae sequitur flectitque senex
315   Arctica tardus plaustra Bootes.
            nondum Boreas, nondum Zephyrus
            nomen habebant.
                Ausus Tiphys pandere vasto
            carbasa ponto legesque novas
320   scribere ventis: nunc lina sinu
            tendere toto, nunc prolato
            pede transversos captare notos,
            nunc antemnas medio tutas
            ponere malo, nunc in summo
325   religare loco, cum iam totos
            avidus nimium navita flatus
            optat et alto rubicunda tremunt
            sipara velo.
                Candida nostri saecula patres
330   videre procul fraude remota.
            Sua quisque piger litora tangens
            patrioque senex factus in arvo,
            parvo dives, nisi quas tulerat
            natale solum, non norat opes.
335   Bene dissaepti foedera mundi
            traxit in unum Thessala pinus
            iussitque pati verbera pontum,
            partemque metus fieri nostri
            mare sepositum.
            Dedit illa graves improba poenas

capra d'Óleno,[59] non il carro artico[60] che segue e volta il lento Boote,[61] ancora né Bòrea né Zefiro[62] avevano un nome.

Tifi ardì spiegare le vele sull'immenso mare e dare nuove leggi ai venti: ora tendere le funi per tutta l'ampiezza delle vele, ora, allentata la scotta, imprigionare i venti trasversali, ora assicurare a mezz'albero le antenne, ora legarle alla cima, quando il marinaio insaziabile vuole tutto l'impeto dei venti: palpita in alto come un rosso drappo il parrocchetto.

Fu un'età d'innocenza, senza inganni, quella dei nostri padri. Ognuno radeva pigramente la propria costa o invecchiava nel proprio campo, ricco del poco, non conoscendo altri beni che quelli del suolo natio. Le parti del mondo disgiunte da provvide leggi unificò[63] la nave téssala[64] e costrinse il mare a subire la sferza, e il mare lontano fu parte delle nostre paure. Ma pagò un caro prezzo, la

---

[59] Amaltea, la ninfa che nutrì di latte il piccolo Giove, fu trasformata in costellazione, detta *Olenia capra*, secondo alcuni perché ritenuta talvolta figlia di Óleno (che però stando alla tradizione più diffusa è figlio di Giove!), secondo altri, e più credibilmente, dalla città di Ólenos, in Acaia, dove fu allattato Giove.

[60] *Attica* di E, accolta da molti editori e, recentemente, dallo Zw. è a ben vedere *facilior* rispetto ad *Arctica* di A. A quanto osservato in Biondi 1984,99 sg., vorrei aggiungere che anche a favore di *Arctica* può intervenire Verg. *georg*. 1, 137 *navita tum stellis numeros et nomina fecit / Pleiades, Hyadas, claramque Lycaonis Arcton*, il passo virgiliano a monte del nostro.

[61] Dal greco *boótes* che significa «bovaro»: chiamato anche *Arcturus*, dalla stella maggiore che fa parte della costellazione. È detto *tardus* per la lentezza impiegata a porsi, astronomicamente, in posizione perpendicolare.

[62] Due venti apportatori, rispettivamente, del freddo e del caldo.

[63] Nel magma indifferenziato del *chaos*: ha valore negativo.

[64] Argo fu costruita con gli alberi del monte Pelio, in Tessaglia.

> 340 per tam longos ducta timores,
> cum duo montes, claustra profundi,
> hinc atque illinc subito impulsu
> velut aetherio gemerent sonitu,
> spargeret arces nubesque ipsas
> 345 mare deprensum.
> Palluit audax Tiphys et omnes
> labente manu misit habenas,
> Orpheus tacuit torpente lyra
> ipsaque vocem perdidit Argo.
> 350 Quid cum Siculi virgo Pelori,
> rabidos utero succincta canes,
> omnes pariter solvit hiatus?
> Quis non totos horruit artus
> totiens uno latrante malo?
> 355 Quid cum Ausonium dirae pestes
> voce canora mare mulcerent,
> cum Pieria resonans cithara
> Thracius Orpheus solitam cantu
> retinere rates paene coegit
> 360 Sirena sequi? Quod fuit huius
> pretium cursus? Aurea pellis
> maiusque mari Medea malum,
> merces prima digna carina.

Nunc iam cessit pontus et omnes

trista, passando per lunghi timori quando i due monti,⁶⁵ barriere dello stretto, cozzarono di colpo fra loro con fragore di tuono e il mare, preso in mezzo, schizzò spruzzando le cime⁶⁶ e le nuvole. Impallidì Tifi, l'ardito, e la barra gli sfuggì di mano, ammutolì Orfeo e la sua lira, anche Argo perse la voce.⁶⁷ E quando la vergine del siculo Peloro,⁶⁸ che ha una cintura di cani rabbiosi, ne spalancò insieme tutte le gole? Chi non sentì senza brividi i mille latrati di un unico mostro? E quando la voce melodiosa delle fatali maliarde cullava il mare Ausonio,⁶⁹ e il trace Orfeo col suono della cetra⁷⁰ per poco non costrinse a seguirlo⁷¹ la Sirena, solita a trattenere le navi col canto? Quale fu il prezzo di un tale viaggio? Il vello d'oro, e Medea male maggiore del mare, guadagno degno della prima prora.

Ora il mare si è arreso e subisce ogni legge: non ci vuole

---

⁶⁵ Sono le Simplegadi, le isole galleggianti che spesso si urtavano fra di loro. L'episodio occupa il primo verso della *Medea* di Euripide: «Mai la nave Argo avesse trasvolato le Simplegadi azzurre...». Ma ciò che in Euripide è impresa grandiosa e inizio delle pene di Medea, in Seneca diventa evento sacrilego e causa prima della punizione di Giàsone.

⁶⁶ Il passo corrotto (E legge *astris* che non dà senso, A *astra* che è *contra metrum*) è variamente emendato: *arces* è congettura del Leo, accolta anche dallo Zw. Giardina che anche nella edizione del 1987 conserva *astra* mi attribuisce (Biondi 1984, 119) il primato di aver sollevato dubbi sullo iato del v. 342 e sull'*anceps* finale del v. 344 (p. 50): ma, come riferivo nel commento, tali dubbi hanno mobilitato molti altri studiosi prima di me, dal Leo al Tarrant, dal Kingery alla Fantham; di qui le varie congetture, in prevalenza spondaiche in minor quantità dattiliche, ma mai trocaiche, dei molti studiosi che sono intervenuti sul passo.

⁶⁷ La nave Argo, secondo la tradizione, poteva vaticinare dalla prua.

⁶⁸ Scilla, il mostro che terrorizzava il Peloro, il promontorio a nord-est della Sicilia.

⁶⁹ Indica il mare italico. Propriamente le sirene abitavano un'isola vicino a Scilla e Cariddi.

⁷⁰ Detta *Pieria*, dalla omonima regione della Grecia settentrionale vicina al monte Olimpo, regione che indica, letterariamente, la poesia.

⁷¹ L'episodio, tratto da Apoll. Rh. 4, 891 sgg., è «intensificato» dal potere di Orfeo che quasi costringe la Sirena a seguirlo.

365   patitur leges: non Palladia
    compacta manu regum referens
    inclita remos quaeritur Argo –
    quaelibet altum cumba pererrat;
    terminus omnis motus et urbes
370   muros terra posuere nova,
    nil qua fuerat sede reliquit
    pervius orbis:
    Indus gelidum potat Araxen,
    Albin Persae Rhenumque bibunt —
375   venient annis saecula seris,
    quibus Oceanus vincula rerum
    laxet et ingens pateat tellus
    Tethysque novos detegat orbes
    nec sit terris ultima Thule.

NUTRIX, MEDEA.

380 NU. Alumna, celerem quo rapis tectis pedem?
   Resiste et iras comprime ac retine impetum.
    Incerta qualis entheos gressus tulit
   cum iam recepto maenas insanit deo
   Pindi nivalis vertice aut Nysae iugis,
385 talis recursat huc et huc motu effero,
   furoris ore signa lymphati gerens.
   Flammata facies spiritum ex alto citat,
   proclamat, oculos uberi fletu rigat,
   renidet: omnis specimen affectus capit.
390 Haeret: minatur aestuat queritur gemit.
   Quo pondus animi verget? Ubi ponet minas?

più un'Argo, fabbrica di Pàllade,[72] con una ciurma di re: qualunque scafo lo attraversa. Non ci sono più confini, le città hanno posto le mura in nuove terre, niente è rimasto al posto di prima, tutto il mondo è una strada. L'indiano si disseta al gelido Arasse,[73] i Persiani bevono l'Elba e il Reno. Giorno verrà, alla fine dei tempi,[74] che l'Oceano scioglierà le catene del mondo, si aprirà la terra,[75] Teti svelerà nuovi mondi e non ci sarà più un'ultima Tule.[76]

NUTRICE, MEDEA

NUTRICE Figlia, dove porti il piede veloce fuori del palazzo? Fermati, domina l'ira, frena l'irruenza.

Come la ménade furente vaga senza meta, quando è invasa dal dio, sulla vetta nevosa del Pindo o sulle balze del Niso,[77] così corre qua e là selvaggiamente, recando in volto i segni del delirio. La faccia è in fiamme, il respiro affannoso, grida, si scioglie in pianto, scoppia a ridere: passa per tutta la gamma degli stati d'animo. Ecco, ora è ferma: minaccia, smania, si lamenta, geme. Dove traboccherà la piena del suo cuore?[77 bis] Dove andranno a cadere le minacce?

---

[72] Secondo la tradizione la nave Argo fu costruita da Atena: v. n. 2.
[73] L'antico Aras, fiume dell'Armenia. Al caos cosmico prodotto da Argo (vv. 335 sgg.) segue la descrizione del caos antropico, sicché l'*adynaton* di Verg. *ecl.* 1, 60 sgg. si trasforma, caoticamente, appunto, in realtà.
[74] *Annis... seris*, infatti, non allude vagamente a un tempo futuro, ma alla fine dei tempi. La prospettiva è apocalittica.
[75] Generalmente commentatori e traduttori interpretano *ingens* come attributo di *tellus*: «si aprirà una grande terra» (alcuni credono addirittura a una profezia della scoperta dell'America!). Intenderei *ingens* predicativo: «e smisurata si estenderà la terra». Cfr. Biondi 1984, *ad loc.*
[76] Il confine a nord delle terre emerse: forse l'odierna Islanda.
[77] Due località dove si radunavano gli accoliti di Bacco: tuttavia mentre il Pindo è notoriamente il monte più grande della Tessaglia, il Niso è variamente localizzato, dalla Tessaglia all'India.
[77 bis] *Animi* è lezione di E (Zw.), *istud* quella di A (Giardina).

Ubi se iste fluctus franget? Exundat furor.
Non facile secum versat aut medium scelus;
se vincet: irae novimus veteris notas.
395 Magnum aliquid instat, efferum immane impium:
vultum furoris cerno. Di fallant metum!

ME. Si quaeris odio, misera, quem statuas modum,
imitare amorem. Regias egone ut faces
inulta patiar? Segnis hic ibit dies,
400 tanto petitus ambitu, tanto datus?
Dum terra caelum media libratum feret
nitidusque certas mundus evolvet vices
numerusque harenis derit et solem dies,
noctem sequentur astra, dum siccas polus
405 versabit Arctos, flumina in pontum cadent,
numquam meus cessabit in poenas furor
crescetque semper – quae ferarum immanitas,
quae Scylla, quae Charybdis Ausonium mare
Siculumque sorbens quaeve anhelantem premens
410 Titana tantis Aetna fervebit minis?
Non rapidus amnis, non procellosum mare
Pontusve Coro saevus aut vis ignium
adiuta flatu possit inhibere impetum
irasque nostras: sternam et evertam omnia.
415   Timuit Creontem ac bella Thessalici ducis?
Amor timere neminem verus potest.
Sed cesserit coactus et dederit manus:
adire certe et coniugem extremo alloqui
sermone potuit – hoc quoque extimuit ferox;
420 laxare certe tempus immitis fugae
genero licebat – liberis unus dies
datus est duobus. Non queror tempus breve:
multum patebit. Faciet, hic faciet dies

Dove si frangeranno i flutti di una furia senza argini? Non è un delitto dei soliti quello che tra sé medita: supererà se stessa. Conosco i segni dell'antica rabbia.[78] C'è qualcosa che incombe di enorme, di feroce, di barbaro, di empio: ha il volto di una Furia. Possano gli dei smentire i miei timori!

MEDEA Ti chiedi, sventurata, il limite da porre all'odio tuo? Lo stesso che al tuo amore. Lascerò impunite le nozze regali? Passerò nell'inerzia questo giorno chiesto e concesso con tanta fatica? Sinché la terra al centro sosterrà il cielo in equilibrio, e la volta luminosa regolerà il corso degli astri, e la sabbia non avrà numero, e il giorno verrà dietro al sole, le stelle alla notte, sinché le Orse ruoteranno asciutte intorno al polo, e i fiumi scenderanno al mare, mai il mio furore si stancherà di chiedere vendetta, ma crescerà sempre. Quale ferocia di fiera, quale Scilla, quale Cariddi che inghiotte le onde dell'Italia e della Sicilia,[79] quale Etna che pesa sul Titano ansante,[80] ribollirà di simili minacce? Non fiume in piena, non mare in tempesta, o soffio di maestrale sui marosi, o impeto di fuoco alimentato dal vento potrebbe bloccare il corso della nostra furia:[81] metterò sottosopra cielo e terra.

Temeva Creonte e la guerra del re téssalo? Il vero amore non teme nessuno. Sia pur stato costretto a cedere e ad arrendersi: poteva almeno parlare per l'ultima volta a sua moglie. Anche di questo ha avuto paura, l'eroe. Poteva almeno differire l'ora amara dell'esilio, lui, genero del re: concesso un solo giorno per due figli! Il tempo è breve, ma non mi lamento: sarà anche troppo. Questo giorno farà, sì,

---

[78] Reminiscenza della Didone virgiliana: v. al v. 7.
[79] V. ai vv. 350 sgg.
[80] Encélado (che in realtà era non un Titano ma un Gigante), in seguito alla sconfitta che gli dei inflissero ai Giganti, fu posto sotto l'Etna, le cui eruzioni sarebbero dovute, appunto, alle contorsioni dello stesso Encélado: cfr. Verg. *Aen.* 3, 578 sgg.
[81] Lo stesso argomento è cantato dal Coro ai vv. 579 sgg.

               quod nullus umquam taceat – invadam deos
               et cuncta quatiam.
425 NU.   Recipe turbatum malis,
               era, pectus, animum mitiga.
     ME.   Sola est quies,
               mecum ruina cuncta si video obruta:
               mecum omnia abeant. Trahere, cum pereas, libet.
     NU. Quam multa sint timenda, si perstas, vide:
430   nemo potentes aggredi tutus potest.

IASON, MEDEA.

     IA.   O dura fata semper et sortem asperam,
               cum saevit et cum parcit ex aequo malam!
               Remedia quotiens invenit nobis deus
               periculis peiora: si vellem fidem
435   praestare meritis coniugis, leto fuit
               caput offerendum; si mori nollem, fide
               misero carendum. Non timor vicit fidem,
               sed trepida pietas: quippe sequeretur necem
               proles parentum. Sancta si caelum incolis
440   Iustitia, numen invoco ac testor tuum:
               nati patrem vicere. Quin ipsam quoque,
               etsi ferox est corde nec patiens iugi,
               consulere natis malle quam thalamis reor.
               Constituit animus precibus iratam aggredi.
445   Atque ecce, viso memet exiluit, furit,
               fert odia prae se: totus in vultu est dolor.
     ME. Fugimus, Iason: fugimus – hoc non est novum,
               mutare sedes; causa fugiendi nova est:
               pro te solebam fugere. Discedo, exeo.
450   penatibus profugere quam cogis tuis:

farà quello che mai nessuno tacerà. Aggredirò gli dei, farò crollare il mondo.

NUTRICE Recupera la mente ottenebrata dalle sventure, signora, calma il tuo cuore.

MEDEA La mia pace è solo vedere tutto in rovina con me. Vada tutto in malora con me. È bello travolgere altri nella propria caduta.

NUTRICE Considera quanto hai da temere, se ti ostini: nessuno, se attacca un potente, è al sicuro.

MEDEA, GIÀSONE

GIÀSONE Duro sempre destino, sorte avversa, egualmente maligna quando colpisce e quando risparmia! Quante volte la divinità trova per noi rimedi peggiori dei mali: se volevo esser fedele a una moglie che lo merita, dovevo espormi alla morte; se non volevo morire, non c'era che il tradimento. Non fu il timore a vincere la fedeltà, ma l'amor paterno:[82] i figli seguirebbero la sorte dei genitori. T'invoco, santa Giustizia, se dimori in cielo, sii tu mia testimonia: furono i figli a vincere il padre. Anche lei, penso, benché abbia un cuore indomito e selvaggio, preferirebbe i figli al matrimonio. Tenterò di placare con preghiere la sua ira. Ma ecco, alla mia vista ha sussultato, s'agita, spira odio: il volto esprime tutto il suo furore.

MEDEA Vado in esilio, Giàsone, in esilio; non è cosa nuova cambiar luogo, è nuova la ragione dell'esilio: lo facevo per te. Me ne vado, parto: sei tu che mi costringi a lasciare la tua casa. E a chi mi rimandi? Tornerò al Fasi,

---

[82] L'amore per i figli, che Giàsone esprime in questo monologo, se da un lato suona come ironia tragica (Giàsone subirà proprio quello che ha cercato di evitare), dall'altro serve a mostrare fino in fondo la *pietas* dell'eroe, novello Enea.

ad quos remittis? Phasin et Colchos petam
patriumque regnum quaeque fraternus cruor
perfudit arva? Quas peti terras iubes?
Quae maria monstras? Pontici fauces freti
455 per quas revexi nobilem regum manum
adulterum secuta per Symplegadas?
Parvamne Iolcon, Thessala an Tempe petam?
Quascumque aperui tibi vias, clausi mihi –
quo me remittis? Exuli exilium imperas
460 nec das. Eatur. Regius iussit gener:
nihil recuso. Dira supplicia ingere:
merui. Cruentis paelicem poenis premat
regalis ira, vinculis oneret manus
clausamque saxo noctis aeternae obruat:
465 minora meritis patiar – ingratum caput,
revolvat animus igneos tauri halitus
interque saevos gentis indomitae metus
armifero in arvo flammeum Aeetae pecus,
hostisque subiti tela, cum iussu meo
470 terrigena miles mutua caede occidit;
adice expetita spolia Phrixei arietis
somnoque iussum lumina ignoto dare
insomne monstrum, traditum fratrem neci

ai Colchi, al regno di mio padre, ai campi bagnati di sangue fraterno? Che terre vuoi che cerchi? Che mari mi mostri? Lo stretto del Bosforo, che ho fatto attraversare a una schiera di re, seguendo un amante attraverso le Simplégadi?[83] Sarà mia meta Iolco[84] o la tessala Tempe?[85] Ogni via che ti ho aperta, l'ho chiusa a me. Dove mi rimandi? Ordini a un'esule l'esilio senza darglielo: si vada. L'ha comandato il genero del re: non contesto. Infliggimi terribili torture: le ho meritate. L'ira del re si abbatta sulla concubina con castighi di sangue, carichi le sue mani di catene, la seppellisca viva nella prigione di una notte eterna: soffrirò meno del dovuto. Mostro d'ingratitudine, ripensa all'alito infuocato del toro,[86] al bestiame fiammeggiante[87] di Eéta laggiù nel campo fertile d'armi, fra il terrore d'un popolo indomabile, ripensa ai proiettili di un nemico improvviso, quando per mio comando i guerrieri nati dalla terra si uccisero tra loro; aggiungi l'agognato vello dell'ariete di Frisso, il mostro insonne costretto al sonno per la prima volta, il fratello smembrato[88] — un solo de-

---

[83] Le isole cozzanti che la nave Argo aveva attraversato «all'andata» non senza traumi. V. alla n. 65.

[84] I codici leggono concordemente *parvam*, lezione che contrasta con la tradizione e in particolare con quella omerica che definisce Iolco «ampia» e «solida». Pur essendo quello degli epiteti «ornanti» terreno semanticamente instabile, segnaliamo la congettura *patruam* dello Zw. e *pergam* di Russel presso Costa 1973, *ad loc*.

[85] La valle amena della Tessaglia che viene a indicare tutta la Grecia nella sua bellezza.

[86] Medea sta enumerando la serie di aiuti resi a Giàsone (e dunque a tutta la spedizione argonautica) che, per conquistare il vello d'oro, dovette soggiogare due tori che sputavano fiamme per potere arare il campo di Marte dove, seminati alcuni denti di serpenti, balzarono uomini armati che, per intervento di Medea, si uccisero tra di loro. Giàsone, poi, riuscì a sottrarre il vello d'oro custodito da un orrendo drago, assopito dall'arte magica di Medea.

[87] I vv. 467-68, concisi e al contempo pletorici, furono espunti dal Leo.

[88] Ennesimo riferimento al fratello Absirto (cfr. anche n. 35) e al re Pelia fatto a pezzi. V. rispettivamente al v. 47 e al v. 135.

et scelere in uno non semel factum scelus,
475 iussasque natas fraude deceptas mea
secare membra non revicturi senis:
aliena quaerens regna, deserui mea:
per spes tuorum liberum et certum larem,
per victa monstra, per manus, pro te quibus
480 numquam peperci, perque praeteritos metus,
per caelum et undas, coniugi testes mei,
miserere, redde supplici felix vicem.
Ex opibus illis, quas procul raptas Scythae
usque a perustis Indiae populis agunt,
485 quas quia referta vix domus gazas capit,
ornamus auro nemora, nil exul tuli
nisi fratris artus: hos quoque impendi tibi;
tibi patria cessit, tibi pater frater pudor –
hac dote nupsi. Redde fugienti sua.

490 IA. Perimere cum te vellet infestus Creo,
lacrimis meis evictus exilium dedit.
ME. Poenam putabam: munus, ut video, est fuga.
IA. Dum licet abire, profuge teque hinc eripe:
gravis ira regum est semper.
ME.   Hoc suades mihi,
495 praestas Creusae: paelicem invisam amoves.
IA. Medea amores obicit?
ME.   Et caedem et dolos.
IA. Obicere tandem quod potes crimen mihi?
ME. Quodcumque feci.
IA.   Restat hoc unum insuper,
tuis ut etiam sceleribus fiam nocens.
500 ME. Tua illa, tua sunt illa: cui prodest scelus
is fecit – omnes coniugem infamem arguant,
solus tuere, solus insontem voca:
tibi innocens sit quisquis est pro te nocens.

litto in tante rate! —, le figlie persuase[89] dal mio inganno a fare a pezzi il vecchio genitore, nell'illusione di risuscitarlo: in cerca di regni altrui ho abbandonato il mio.[90] Per i figli in cui speri, per il tetto ormai sicuro, per i mostri vinti, per queste mani che non ho mai risparmiate a tuo vantaggio, per i terrori del passato, per il cielo e il mare, testimoni delle mie nozze, abbi pietà, ascolta in cambio, tu felice, le mie suppliche. Delle ricchezze che gli Sciti predano sin dai lontani popoli dell'India bruciati dal sole — tesori che la reggia non contiene, tanto che orniamo d'oro le foreste —, nulla ho portato nell'esilio tranne le membra di mio fratello, e anche queste lo ho usate per te: a te ho sacrificato la patria, a te il padre il fratello il pudore. Questa è la dote con cui t'ho sposato: rendi il suo a chi va in esilio.

GIÀSONE Creonte ti era ostile, voleva la tua morte: grazie alle mie lacrime ti ha concesso l'esilio.

MEDEA Lo credevo un castigo: vedo che è un regalo.

GIÀSONE Finché lo puoi, mettiti in salvo, vattene: non è mai lieve l'ira di un sovrano.

MEDEA Mi dai un consiglio utile a Creùsa, allontanando una rivale odiata.

GIÀSONE Medea mi rinfaccia l'amore?

MEDEA E gli assassinii e gli inganni.

GIÀSONE Ma insomma che crimine puoi rinfacciarmi?

MEDEA Tutti quelli che ho commesso.

GIÀSONE Resta solo che sia colpevole anche dei tuoi delitti.

MEDEA Sono tuoi, sono tuoi: compie il delitto chi ne trae vantaggio. Tutti dicono infame la tua donna? Sii tu solo a difenderla, a proclamarla innocente: per te dev'essere incolpevole chiunque ha commesso una colpa per te.

---

[89] A *iussasque* dei codici lo Zw. preferisce la congettura *ausasque* dello *Heinsius*, ora raccolta anche da Giardina 1987.

[90] Il v. 477, che il Leo pospose al 487, viene espunto dallo Zw.

IA.   Ingrata vita est cuius acceptae pudet.
505 ME.   Retinenda non est cuius acceptae pudet.
IA.   Quin potius ira concitum pectus doma,
placare natis.
ME.   Abdico eiuro abnuo –
meis Creusa liberis fratres dabit?
IA.   Regina natis exulum, afflictis potens.
510 ME.   Ne veniat umquam tam malus miseris dies,
qui prole foeda misceat prolem inclitam,
Phoebi nepotes Sisyphi nepotibus.
IA.   Quid, misera, meque teque in exitium trahis?
Abscede, quaeso.
ME.   Supplicem audivit Creo.
IA.   Quid facere possim, loquere.
515 ME.   Pro me? Vel scelus.
IA.   Hinc rex et illinc –
ME.   Est et his maior metus:
Medea. Nos † confligere. Certemus sine,
sit pretium Iason.
IA.   Cedo defessus malis.
et ipsa casus saepe iam expertos time.
520 ME.   Fortuna semper omnis infra me stetit.
IA.   Acastus instat.
ME.   Propior est hostis Creo:
utrumque profuge. Non ut in socerum manus
armes nec ut te caede cognata inquines
Medea cogit: innocens mecum fuge.

GIÀSONE Pesa la vita, se si ha vergogna di averla ricevuta.

MEDEA E perché conservarla, se si ha vergogna di averla ricevuta?

GIÀSONE Doma piuttosto l'ira del tuo cuore: plàcati per i tuoi figli.

MEDEA Ci rinunzio, li rifiuto, li rinnego: Creùsa darà fratelli ai miei figli?

GIÀSONE Li darà una regina a figli di esuli, una potente a degli sventurati.

MEDEA Non venga mai un giorno così nero che mescoli una razza illustre con una razza ignominiosa, i nipoti di Febo coi nipoti di Sìsifo.[91]

GIÀSONE Perché, disgraziata, ci mandi in rovina, me e te? Vattene, ti prego.

MEDEA Creonte ha ascoltato le mie suppliche.

GIÀSONE Che posso fare? Dimmelo.

MEDEA Per me? Anche un delitto.

GIÀSONE C'è un re da una parte e dall'altra.

MEDEA C'è un pericolo più grande: Medea. Lasciaci entrare in lizza, e la posta sia Giàsone.[92]

GIÀSONE Mi arrendo, sono stanco di soffrire. Ma temi anche tu: ne hai passate tante.

MEDEA Fui sempre superiore a ogni fortuna.

GIÀSONE Acasto[93] incalza.

MEDEA C'è un nemico più vicino, Creonte. Fuggi entrambi. Medea non ti costringe ad armare la mano contro il suocero né a macchiarti del sangue di un parente: resta innocente, vieni con me in esilio.

---

[91] Febo era il nonno di Medea (al v. 28), mentre Sìsifo fu il fondatore di Corinto.
[92] Il v. 517 è corrotto, essendo *contra sensum* e *contra metrum*. Lo Zw., mantenendo la *crux*, riporta in apparato l'ipotesi secondo la quale *confligere* potrebbe essere una glossa di *certemus*.
[93] Figlio di Pélia, voleva la morte di Giàsone suo cugino.

525 IA. Et quis resistet, gemina si bella ingruant,
Creo atque Acastus arma si iungant sua?
ME. His adice Colchos, adice et Aeeten ducem,
Scythas Pelasgis iunge: demersos dabo.
IA. Alta extimesco sceptra.
ME. Ne cupias vide.
530 IA. Suspecta ne sint, longa colloquia amputa.
ME. Nunc summe toto Iuppiter caelo tona,
intende dextram, vindices flammas para
omnemque ruptis nubibus mundum quate.
Nec deligenti tela librentur manu
535 vel me vel istum: quisquis e nobis cadet
nocens peribit, non potest in nos tuum
errare fulmen.
IA. Sana meditari incipe,
et placida fare. Si quod ex soceri domo
potest fugam levare solamen, pete.
540 ME. Contemnere animus regias, ut scis, opes
potest soletque; liberos tantum fugae
habere comites liceat in quorum sinu
lacrimas profundam. Te novi nati manent.
IA. Parere precibus cupere me fateor tuis;
545 pietas vetat: namque istud ut possim pati,
non ipse memet cogat et rex et socer.
Haec causa vitae est, hoc perusti pectoris
curis levamen. Spiritu citius queam
carere, membris, luce.
ME. Sic natos amat?
550 Bene est, tenetur, vulneri patuit locus. –
Suprema certe liceat abeuntem loqui
mandata, liceat ultimum amplexum dare:
gratum est et illud. Voce iam extrema peto,

GIÀSONE   E chi potrebbe resistere allo scoppio di una duplice guerra, se Creonte e Acasto uniscono le loro forze?

MEDEA   Mettici i Colchi, mettici anche il loro capo, Eéta, aggiungi gli Sciti ai Pelasgi: li annienterò.

GIÀSONE   Temo il potere regale.

MEDEA   Bada di non desiderarlo.

GIÀSONE   Per non dar sospetti, tronca il nostro colloquio, è troppo lungo.

MEDEA   Questo è il momento, o sommo Giove, assorda il cielo di tuoni, stendi la tua destra, prepara le fiamme punitrici, squarcia le nubi e fa' tremare il mondo. La mano che vibra i fulmini non scelga fra me e costui: chiunque di noi due cadrà, morirà colpevole. La tua folgore non può sbagliare.

GIÀSONE   Comincia a ragionare e a parlare con calma. Se dal palazzo di mio suocero può venire qualcosa che ti allevii l'esilio, chiedilo.

MEDEA   Il mio cuore può e suole, lo sai bene, sdegnare le ricchezze dei re; mi sia concesso solo di avere compagni d'esilio i miei figli: fra le loro braccia sfogherò il mio pianto. Tu, avrai altri figli.

GIÀSONE   Vorrei, te lo confesso, esaudire la tua preghiera: me lo proibisce l'amor paterno. Non potrei soffrirlo, neppure se me l'imponesse il re mio suocero. Sono la ragione della mia vita, il conforto di un cuore esulcerato. Piuttosto rinunziare all'aria, alle membra, alla luce.

MEDEA   (*Fra sé*) Ama tanto i suoi figli? Bene, è in mio potere, ho scoperto il punto debole.[94] (*A Giàsone*) Mi sia concesso almeno di non andarmene senza dirgli un'ultima parola, dargli un ultimo abbraccio: anche questo è un conforto. E ti chiedo un'ultima grazia: se è sfuggita al mio

---

[94] È a questo punto dell'azione che a Medea balena, a livello cosciente, l'idea dell'uccisione dei figli. Siamo sullo spartiacque dell'azione tragica.

ne, si qua noster dubius effudit dolor,
555 maneant in animo verba: melioris tibi
memoria nostri sedeat; haec irae data
oblitterentur.
IA. Omnia ex animo expuli
precorque et ipse, fervidam ut mentem regas
placideque tractes: miserias lenit quies.
560 ME. Discessit. Itane est? Vadis oblitus mei
et tot meorum facinorum? Excidimus tibi?
Numquam excidemus. Hoc age, omnes advoca
vires et artes. Fructus est scelerum tibi
nullum scelus putare. Vix fraudi est locus:
565 timemur. Hac aggredere, qua nemo potest
quicquam timere. Perge nunc, aude, incipe
quidquid potest Medea, quidquid non potest.
Tu, fida nutrix, socia maeroris mei
variique casus, misera consilia adiuva.
570 Est palla nobis, munus aetheriae domus
decusque regni, pignus Aeetae datum
a Sole generis, est et auro textili
monile fulgens quodque gemmarum nitor
distinguit aurum, quo solent cingi comae.
575 Haec nostra nati dona nubenti ferant,
sed ante diris inlita ac tincta artibus.
Vocetur Hecate. Sacra letifica appara:
statuantur arae, flamma iam tectis sonet.
CHO· Nulla vis flammae tumidive venti
580 tanta, nec teli metuenda torti,
quanta cum coniunx viduata taedis
ardet et odit;
non ubi hibernos nebulosus imbres
Auster advexit properatque torrens

dolore qualche parola ambigua, non rimanga nella tua memoria: conserva il ricordo di una donna migliore; non lascino segno gli sfoghi dell'ira.

GIÀSONE   Ho cancellato tutto dal mio animo. Anch'io ho una preghiera da rivolgerti: domina la tua eccitazione, placa il tuo cuore. La calma lenisce le disgrazie.

MEDEA   Se ne è andato. Ah, è così? Te ne vai dimenticando me e i miei tanti misfatti? Siamo svaniti dalla tua memoria? Mai più ne svaniremo. Su, chiama a raccolta tutti i tuoi poteri, tutte le tue arti. Per te il frutto dei delitti è non reputare nulla un delitto. Non c'è spazio per l'inganno: hanno paura di me. Aggrediscili là dove nessuno ha motivo di temere. All'opera, è ora che Medea osi tutto il possibile, tutto l'impossibile. (*Alla nutrice*) Tu, fida nutrice, compagna del mio dolore e delle mie vicende, collabora al progetto di una sventurata. Ho un mantello, dono del cielo,[94 bis] vanto del regno, dato ad Eéta dal Sole come pegno della sua origine; ho anche una collana tessuta d'oro e un diadema, anch'esso d'oro, tempestato di gemme. Sono questi i doni che i miei figli porteranno alla nuova sposa, ma intinti prima di un veleno mortale. Si invochi Écate. Prepara il sacrificio di morte. S'innalzino gli altari, risuoni in tutta la casa il crepitio della fiamma.

CORO   Né furia di fuoco,[95] né raffica di vento, né lancio di proiettile è tanto temibile quanto la gelosia di una moglie abbandonata; non quando l'Austro[96] torbido di nuvole porta tempeste e inverno, o l'Istro[97] in piena non sopporta

---

[94 bis] *Aetherium* è lezione di E (Giardina 1966), *etheree* (= *aetheriae*) quella di A (Zw. e Giardina 1987).
[95] Questo terzo Coro, che ha per tema l'ira di Medea e quella della morte violenta degli Argonauti, prosegue la linea «teologica» della tragedia iniziata nel secondo Coro. V. n. 55 e *Introduzione* p. 64 sg.
[96] Vento del sud, apportatore di pioggia.
[97] È il Danubio nel suo corso inferiore.

585 Hister et iunctos vetat esse pontes
ac vagus errat;
non ubi impellit Rhodanus profundum,
aut ubi in rivos nivibus solutis
sole iam forti medioque vere
590 tabuit Haemus.
Caecus est ignis stimulatus ira
nec regi curat patiturve frenos
aut timet mortem: cupit ire in ipsos
obvius enses.
595 Parcite, o divi, veniam precamur,
vivat ut tutus mare qui subegit.
Sed furit vinci dominus profundi
regna secunda.
Ausus aeternos agitare currus
600 immemor metae iuvenis paternae
quos polo sparsit furiosus ignes
ipse recepit.
Constitit nulli via nota magno:
vade qua tutum populo priori,
605 rumpe nec sacro violente sancta
foedera mundi.
Quisquis audacis tetigit carinae
nobiles remos nemorisque sacri
Pelion densa spoliavit umbra,
610 quisquis intravit scopulos vagantes
et tot emensus pelagi labores
barbara funem religavit ora
raptor externi rediturus auri,
exitu diro temerata ponti
615 iura piavit.
Exigit poenas mare provocatum:
Tiphys in primis, domitor profundi,

i ponti, li travolge e dilaga; non quando il Rodano penetra nel mare, o quando l'Emo[98] si strugge sciogliendo in ruscelli le sue nevi al caldo sole della primavera. Cieco è l'amore se l'accende l'ira, non sopporta guide o freni e non teme la morte, anzi brama di andare lui incontro alle spade. Pietà, o dei: vi supplichiamo, risparmiate chi ha sottomesso il mare.[99] Ma il signore degli abissi è furioso che il secondo regno sia vinto. Il giovane[100] che osò guidare il cocchio eterno, dimentico dell'orbita paterna, patì le fiamme che la sua follia aveva sparso per il cielo. A nessuno costò cara la via nota: va' per dove è andata sicura la folla che ti ha preceduto, e non infrangere con la tua violenza le sacrosante leggi dell'universo. Chiunque[101] toccò i nobili remi della nave ardita e spogliò il Pelio[102] della densa ombra del bosco sacro, chiunque passò tra gli scogli vaganti[103] e, scampato a tanti pericoli del mare, legò la fune a una barbara spiaggia per tornare con la preda d'oro straniero, espiò con una fine tremenda la profanazione del mare. Chiede vendetta il mare provocato. Tifi[104] tra i primi, il domatore degli abissi, lasciò la guida a un pilota ine-

---

[98] Monte della Tracia, fluente di acque torrentizie nel disgelo primaverile.

[99] Giàsone: v. la n. 55.

[100] Fetonte ottenne dal padre Apollo di guidare il cocchio del Sole, ma, innalzandosi troppo verso il cielo, fu ucciso dal fulmine di Giove.

[101] Comincia la serie delle morti subìte dagli Argonauti.

[102] La nave Argo fu infatti costruita col legname ricavato dal bosco del monte Pelio, in Tessaglia.

[103] Le Simplegadi: v. al v. 342.

[104] Apre la serie dei morti Tifi, il nocchiero di Argo. Il comandante della spedizione, Giàsone (ed è questo il significato del Coro e un po' di tutta la *Medea*) pagherà per ultimo.

               liquit indocto regimen magistro;
               litore externo, procul a paternis
620   occidens regnis tumuloque vili
               tectus ignotas iacet inter umbras.
               Aulis amissi memor inde regis
               portibus lentis retinet carinas
                    stare querentes.
625   Ille vocali genitus Camena,
               cuius ad chordas modulante plectro
               restitit torrens, siluere venti,
               cum suo cantu volucris relicto
               adfuit tota comitante silva,
630   Thracios sparsus iacuit per agros,
               at caput tristi fluitavit Hebro:
               contigit notam Styga Tartarumque,
                    non rediturus.
               Stravit Alcides Aquilone natos,
635   patre Neptuno genitum necavit
               sumere innumeras solitum figuras:
               ipse post terrae pelagique pacem,
               post feri Ditis patefacta regna,
               vivus ardenti recubans in Oeta
640   praebuit saevis sua membra flammis,
               tabe consumptus gemini cruoris
                    munere nuptae.
               Stravit Ancaeum   violentus ictu

sperto: [105] morto su un lido straniero, lontano dal regno paterno, giace coperto da un pugno di terra, fra ombre d'ignoti. Aulide [106] d'allora, in ricordo del re perduto, trattiene nella gora del suo porto le navi impazienti di partire. Il figlio della melodiosa Camena,[107] che toccando le corde col suo plettro fermava i fiumi e ammutoliva i venti — senza cantare stavano gli uccelli con tutta la foresta ad ascoltare —, giacque smembrato per i campi traci, ma il capo galleggiò sul fosco Ebro: [108] tornò a vedere il Tartaro e lo Stige per non far più ritorno.[109] Atterrò Alcide i figli di Aquilone,[110] uccise la prole di Nettuno,[111] abituata a mille metamorfosi: lui pure, dopo aver dato pace a terra e mare, e disserrato il regno dell'impietoso Dite, si stese vivo sull'Eta [112] ardente e offrì le sue membra al furore delle fiamme, consunto dal veleno del doppio sangue,[113] dono della sposa. Atterrò Ancéo [114] con un colpo di zanna il sel-

---

[105] Anceo, nonostante sia definito da Apollonio Rodio «esperto timoniere», qui viene detto *indoctus*, in opposizione allo stesso Tifi, reso *doctus* da Atena in persona (cfr. v. 3).
[106] Con efficace innovazione Seneca non solo fa di Tifi il re dell'Aulide, ma, collegando alla morte dell'eroe la mancata partenza delle navi greche per la guerra di Troia, subordina il ciclo iliadico a quello argonautico che diventa, nella *Medea* di Seneca, una sorta di peccato originale.
[107] Orfeo, detto figlio di Camena (= Callìope).
[108] Il fiume della Tracia ove galleggiò il capo di Orfeo: cfr. *georg.* 4, 453 sgg. e Ov. *met.* 11, 50 sg.
[109] Allusione al precedente ritorno dall'Ade, seguito da Euridice.
[110] Ercole (Alcide) uccise i figli di Aquilone (= Boreas: v. al v. 231).
[111] Periclìmeno, figlio di Néleo e nipote di Nettuno, aveva il potere di metamorfosarsi.
[112] È il tema della tragedia *Hercules Oetaeus*.
[113] Di Nesso e della Idra. Ma si può anche riferire alla forma ibrida del centauro Nesso.
[114] Per l'episodio Seneca ha forse in mente Ov. *met.* 8, 399, sgg.

```
                saetiger; fratrem, Meleagre, matris
645             impius mactas morerisque dextra
                matris iratae . Meruere cuncti
                morte quod crimen tener expiavit
                Herculi magno puer inrepertus,
                raptus, heu, tutas puer inter undas .
650             Ite nunc, fortes, perarate pontum
                        fonte timendo.
                Idmonem, quamvis bene fata nosset,
                condidit serpens Libycis harenis;
                omnibus verax, sibi falsus uni
655             concidit Mopsus caruitque Thebis .
                Ille si vere cecinit futura,
                exul errabit Thetidis    maritus;
                igne fallaci nociturus Argis
                Nauplius  praeceps cadet in profundum
```

vaggio cinghiale; dai empia morte, Meleagro,[115] al fratello[116] di tua madre e muori per mano di tua madre irata. Tutti meritarono la morte per quella colpa che espiò il tenero fanciullo,[117] invano cercato dal grande Ercole e rapito, ahimè, tra onde sicure. Andate, eroi, a traversare il mare, se già una fonte è un pericolo!

Ìdmone,[118] benché conoscesse bene il destino, lo seppellì un serpente sulle sabbie della Libia; veritiero per tutti, per lui solo falso cadde Mopso[119] e non rivide Tebe. Se fu vera la sua predizione, errerà esule il marito di Teti;[120] Nauplio[121] precipiterà[122] per danneggiare i Greci con l'in-

---

[115] Seneca ha certamente come fonte Ov. *met.* 8, 837 sgg. in cui si descrive prima l'uccisione da parte di Meleagro degli zii materni, poi quella dello stesso Meleagro procurata dalla madre irata col figlio per la morte dei fratelli.

[116] *Fratrem* è lezione di E; ma *fratres* di A potrebbe essere confortato da Ov. *met.* 8, 446 *cum videt extinctos fratres Althaea referri*.

[117] Ila, il fanciullo rapito in una fonte dalle ninfe e non più ritrovato. È l'esempio estremo di come tutti gli Argonauti, anche i più esistenzialmente innocenti, abbiano espiato il *nefas* argonautico.

[118] Secondo Apoll. Rh. 2, 815 Ìdmone morì per una zannata di cinghiale mentre a morire per il morso di un serpente fu Mopso (*id.* 4,1502 sgg.), ricordato nei versi seguenti. Più che confusione da parte di Seneca potrebbe trattarsi di mirata rielaborazione.

[119] Seneca confonde (o fonde) il Mopso argonauta col Mopso profeta tebano, figlio di Mante e di Apollo.

[120] Péleo, la cui vecchiaia era topica nella letteratura antica. Seneca può aver presente Ov. *met.* 11, 407 sgg.

[121] Nauplio per vendicare la morte del figlio Palaméde, ucciso dagli stessi Greci a Troia per le accuse mossegli contro da Ulisse, col fuoco attirò sugli scogli dell'Eubea le navi greche di ritorno dalla guerra, facendole infrangere. Egli stesso perì in questo frangente precipitando in mare.

[122] I vv. 659-661 presentano una vistosa aporia a causa dell'emistichio *patrioque pendet* dinanzi all'adonio *crimine poenas*. Per lo stato della questione e per la nostra proposta di espungere *cadit in profundum* rimando a Biondi 1984, *ad loc*. Muovendo da questa ipotesi, Italo Mariotti (in un lavoro di prossima pubblicazione su «*Mnemosynon*. Studi di filologia classica per Alfredo Ghiselli» scioglie la *crux* considerando *pendet... poenas* ἀπὸ κοινοῦ sia con *Nauplius* sia con *Oileus*.

660 † patrioque pendet crimine   poenas †
fulmine et ponto moriens Oileus;
coniugis fatum redimens Pheraei,
uxor, impendes animam marito.
Ipse qui praedam spoliumque iussit
665 aureum prima revehi carina,
ustus accenso Pelias aeno
arsit angustas vagus inter undas.
Iam satis, divi, mare vindicastis:
parcite iusso.

NUTRIX, MEDEA.

670 NU.   Pavet animus, horret: magna pernicies adest.
Immane quantum augescit et semet dolor
accendit ipse vimque praeteritam integrat.
Vidi furentem saepe et aggressam deos,
caelum trahentem: maius his, maius parat
675 Medea monstrum. Namque ut attonito gradu
evasit et penetrale funestum attigit,
totas opes effudit et quidquid diu
etiam ipsa timuit promit atque omnem explicat
turbam malorum, arcana secreta abdita,
680 et triste laeva comparans sacrum manu
pestes vocat quascumque ferventis creat
harena Libyae quasque perpetua nive

ganno del fuoco e Aiace Oileo[123] morendo di fulmine e di
mare pagherà il fio del crimine paterno; riscattando il destino
del marito, il re di Fere,[124] tu, moglie, gli sacrificherai[125]
la vita. Quello stesso che ordinò di predare e trasportare
il vello d'oro sulla prima nave, Pélia,[126] arse nel
paiolo acceso fluttuando in un po' d'acqua. Avete già abbastanza
vendicato il mare, o dei: concedete la grazia a
chi ha ubbidito.[127]

NUTRICE, MEDEA

NUTRICE   Mi trema il cuore, e teme: incombe una catastrofe.
Cresce a dismisura la sua esasperazione e s'infiamma
da sé e ritrova il vigore di un tempo. L'ho vista spesso
in preda al furore, andar contro gli dei e trarre giù il cielo:
ma quel che medita Medea è ancora più mostruoso. Come
corse, di un passo allucinato, nella parte più interna della
casa, dà fondo a tutte le sue arti, tira fuori tutto quello
che faceva paura anche a lei, scatena una folla di malefici
— cose arcane, segrete, misteriose —; preparando[128] il fosco
sacrificio con la mano sinistra, chiama a raccolta ogni
flagello generato dalle sabbie della Libia infuocata o im-

---

[123] Fu ucciso dal fulmine (*fulmine*) scagliatogli contro da Atena e,
contemporaneamente, dalla furia di Posidone (*et ponto*). La sua morte è
«letta» da Seneca come espiazione dell'impresa argonautica compiuta
dal padre.

[124] Anche il celeberrimo episodio di Alcesti, moglie di Admeto, che
offre la vita in cambio di quella del marito, è fatto rientrare da Seneca
nella vicenda argonautica.

[125] *Impendes* è congettura del *Gronovius*, ma l'intero passo è vessato.
A legge *impendit* ed E *impendens*.

[126] V. al v. 133.

[127] Giàsone, ancora una volta non nominato direttamente.

[128] *Comparans* è congettura del Buecheler, accolta dallo Zw.: i codici,
discordi, leggono *comprecans* E, *complicans* A.

                Taurus coercet frigore Arctoo rigens,
                et omne monstrum. Tracta magicis cantibus
685   squamifera latebris turba desertis adest.
                Hic saeva serpens corpus immensum trahit
                trifidamque linguam exertat et quaerit quibus
                mortifera veniat: carmine audito stupet
                tumidumque nodis corpus aggestis plicat
690   cogitque in orbes. 'Parva sunt' inquit 'mala
                et vile telum est, ima quod tellus creat:
                caelo petam venena. Iam iam tempus est
                aliquid movere fraude vulgari altius.
                Huc ille vasti more torrentis iacens
695   descendat anguis, cuius immensos duae,
                maior minorque, sentiunt nodos ferae
                (maior Pelasgis apta, Sidoniis minor)
                pressasque tandem solvat Ophiuchus   manus
                virusque fundat; adsit ad cantus meos
700   lacessere ausus gemina Python numina,
                et Hydra et omnis redeat Herculea manu
                succisa serpens, caede se reparans sua.
                Tu quoque relictis pervigil Colchis ades,
                sopite primum cantibus, serpens, meis'.
705   Postquam evocavit omne serpentum genus,
                congerit in unum frugis infaustae mala:
                quaecumque generat invius saxis Eryx,

prigionato nelle nevi eterne del Tauro[129] sotto il cielo del nord, ogni mostruosità. Ecco, attirata dagli incantesimi accorre dalle sue tane la turba squamosa. Un feroce serpente trae il corpo gigantesco e vibra la sua lingua a tre punte cercando a chi portare la morte: udito l'incantesimo si blocca e avvolge il corpo in una spirale di anelli. «Piccoli sono» dice «questi mali e vale poco l'arma generata dal cuore della terra: chiederò veleni al cielo. È tempo ormai di compiere qualcosa di più grande dei volgari malefici. Scenda il dragone che si snoda[130] come un vasto fiume, e allaccia nelle immense spire le due Orse,[131] la maggiore e la minore (quella buona ai Pelasgi, questa ai Fenici), allenti finalmente il Serpentario[132] la stretta delle mani e faccia piovere il veleno; venga qui ai miei incantesimi il Pitone[133] che osò sfidare i divini gemelli e l'Idra[134] con tutte le sue serpi stroncate dalla mano d'Ercole e rinascenti dalla loro morte. Vieni anche tu, lascia la Colchide, insonne drago[135] che per la prima volta chiudesti gli occhi al mio canto». Quand'ebbe evocato ogni razza di rettili, ammucchia i vegetali più mortiferi: ogni prodotto dell'impervio Érice,[136] quelli che porta sui gioghi immersi in un

---

[129] L'escursione va dalla regione più calda a quella più fredda. Essendo il Tauro un monte della Licia, in Asia Minore, *Arctoo* deve indicare un freddo intenso per antonomasia.

[130] *Iacens* leggono i codici, *patens* congettura lo Zw.

[131] Quella del Dragone che, come un fiume, si insinua fra le due Orse è immagine che si ritrova in Arato (*Phaen.* 45 sg.) e, tradotta, in Cic. *nat. deor.* 2,106. I Pelasgi (e cioè i Greci) facevano riferimento per il nord all'Orsa maggiore, i Fenici a quella minore.

[132] La costellazione a volte identificata con Asclepio mentre avvince un serpente con le mani.

[133] Latona, incinta di Apollo e Diana, fu perseguitata da Giunone che le inviò contro il Pitone.

[134] La seconda fatica di Ercole fu l'uccisione dell'Idra di Lerna, le cui teste, recise, rinascevano immediatamente.

[135] Il drago che vegliava il vello d'oro e che Medea assopì: v. ai vv. 466 sgg.

[136] Il monte Erice, che sorge nella Sicilia occidentale, era famoso nell'antichità per il tempio di Venere.

quae fert opertis hieme perpetua iugis
sparsus cruore Caucasus Promethei,
710 et quis sagittas divites Arabes linunt,
pharetraque pugnax Medus aut Parthi leves,
aut quos sub axe frigido sucos legunt
lucis Suebae nobiles Hercyniis;
quodcumque tellus vere nidifico creat
715 aut rigida cum iam bruma discussit decus
nemorum et nivali cuncta constrinxit gelu,
quodcumque gramen flore mortifero viret,
dirusque tortis sucus in radicibus
causas nocendi gignit, attrectat manu.
720 Haemonius illas contulit pestes Athos,
has Pindus ingens, illa Pangaei iugis
teneram cruenta falce deposuit comam;
has aluit altum gurgitem Tigris premens,
Danuvius illas, has per arentes plagas
725 tepidis Hydaspes gemmifer currens aquis,
nomenque terris qui dedit Baetis suis
Hesperia pulsans maria languenti vado.
Haec passa ferrum est, dum parat Phoebus diem,
illius alta nocte succisus frutex;
730 at huius ungue secta cantato seges.
 Mortifera carpit gramina ac serpentium

perpetuo inverno il Caucaso insanguinato da Prométeo,[137] quelli coi quali spalmano le frecce gli Arabi opulenti,[138] il Medo armato di faretra o i Parti snelli, o i succhi che raccolgono sotto il freddo cielo i fieri Svevi nella selva Ercinia;[139] ogni prodotto che la terra genera in primavera, al tempo dei nidi, o quando il rigido inverno ha disperso[140] lo sfarzo dei boschi stringendo tutto in una morsa di ghiaccio; qualunque stelo sboccia in un fiore mortale, o cela nell'intrico delle radici un succo nocivo, lo tocca la sua mano. Questo è un veleno del tessalico Atos,[141] quello del Pindo[142] massiccio; una pianta ha lasciato la tenera chioma sotto la falce sanguinosa sui gioghi del Pangéo;[143] un'altra la nutrì il Tigri dai profondi gorghi, una il Danubio, una l'Idaspe[144] fertile di gemme, tiepido corso d'acque per terre arse dal sole, una il Beti[145] che ha dato nome al suo paese e sfocia languidamente nel mare occidentale. Questa ha patito il ferro nell'attesa del giorno, quella fu tagliata al ceppo nel cuore della notte, ma questa fu mietuta in fiore dall'unghia stregata. Sminuzza le erbe mici-

---

[137] Sulla terra intrisa del sangue di Prométeo incatenato, il cui fegato di notte veniva divorato da un avvoltoio per poi ricrescere di giorno, nasceva un'erba velenosa.

[138] Non senza ragioni (ritmico-sintattiche) il *Gronovius* propone di posticipare il v. 710 al 711.

[139] *Hercyniis* è congettura dell'*Avantius* contro il banalizzante (oltre che geograficamente insostenibile anche per Seneca, al riguardo spesso approssimativo) *Hyrcanis* di E. È difficile che Seneca confondesse i Suebi, che notoriamente risiedevano a nord-est della Germania, con gli Ircani, ancor più notoriamente a sud-est del Mar Caspio. La *Hercynia silva* si estendeva dal Reno ai Carpazi (l'odierna Foresta Nera).

[140] Al *discussit* dei codici alcuni editori preferiscono *decussit* proposto da *Ascensius*, seguito, per es., dal *Gronovius*.

[141] La *Haemonia* era propriamente una sola parte della Tessaglia: qui *Haemonius* è usato estensivamente ad indicare appunto tutta la Tessaglia dove sorgeva il monte Athos.

[142] Il famoso monte della Tracia.

[143] Monte fra la Tracia e la Macedonia.

[144] L'affluente dell'Indo, identificato con l'est.

[145] L'odierno Guadalquivir.

saniem exprimit miscetque et obscenas aves
maestique cor bubonis et raucae strigis
exsecta vivae viscera. Haec scelerum artifex
735 discreta ponit; his rapax vis ignium,
his gelida pigri frigoris glacies inest.
Addit venenis verba non illis minus
metuenda. Sonuit ecce vesano gradu
canitque. Mundus vocibus primis tremit.

740 ME.   Comprecor vulgus silentum vosque ferales deos
et Chaos caecum atque opacam Ditis umbrosi domum
Tartari † ripis ligatos squalidae Mortis specus.
Supplicis, animae, remissis currite ad thalamos novos
rota resistat membra torquens, tangat Ixion humum,
745 Tantalus securus undas hauriat Pirenidas.
Gravior uni poena sedeat coniugis socero mei :
lubricus per saxa retro Sisyphum solvat lapis.
Vos quoque, urnis quas foratis inritus ludit labor,
Danaides, coite : vestras hic dies quaerit manus. -
750 Nunc meis vocata sacris, noctium sidus, veni
pessimos induta vultus, fronte non una minax.

   Tibi more gentis vinculo solvens comam
secreta nudo nemora lustravi pede

diali, spreme la bàva velenosa dei serpenti, vi mescola uccelli sinistri, il cuore di un tetro gufo, le viscere di stridula strige sventrata viva. Ne fa due gruppi, quel genio del male: c'è nell'uno la violenza rapace delle fiamme, nell'altro il gelo torpido del ghiaccio. Ai veleni aggiunge parole non meno terribili. Ecco il suono del suo passo furioso, il suo incantesimo: solo a udirne la voce il mondo trema.

MEDEA Prego il popolo del silenzio e voi, divinità di oltretomba, il cieco caos[146] e la buia dimora del signore delle tenebre, gli antri dell'orrenda Morte ai confini del Tartaro. Lasciate, ombre, i vostri supplizi e accorrete alle nuove nozze: si fermi la ruota che torce le membra, Issìone[147] tocchi terra, Tántalo beva in pace le onde di Pirene.[148] Solo a uno tocchi una pena più grave, al suocero di mio marito.[149] Il masso che rotola indietro per le rocce lasci libero[149 bis] Sìsifo. Anche voi, Danaidi,[150] zimbello di una vana fatica, l'urna senza fondo, venite insieme: oggi c'è bisogno delle vostre mani. E ora tu, invocata dai miei riti, astro delle notti, vieni col tuo aspetto più tremendo, con la minaccia dei tuoi tre volti.[151]

Per te, secondo il costume della mia gente, coi capelli

---

[146] Viene iterata l'invocazione agli dei inferi fatta nel prologo (vv. 9 sgg.).

[147] Vengono menzionati, come spesso nelle tragedie di Seneca, tre famosi supplizi infernali di: 1) Issione (legato a una ruota che girava senza fine); 2) Tantalo (cui perennemente sfuggivano l'acqua e il cibo che gli stavano davanti); 3) Sìsifo (costretto a riportare sulla cima della rupe il sasso che poi rotolerà giù).

[148] Fonte di Corinto. Non è necessario pensare a uno scarto dalla tradizione (che faceva di Tantalo il re della Libia): Medea invita l'ombra infernale a giungere da lei e cioè a Corinto.

[149] Il verso, variamente tràdito (A legge *graviorum*) ed emendato, viene espunto da Axelson seguito a sua volta dallo Zw. Lo si potrebbe posporre al v. 743.

[149 bis] *Solvat* è congettura del Gronovius (= Zw.) contro la lezione *volvat* dei codici (= Giardina).

[150] Le cinquanta figlie di Dànao che, per aver ucciso i loro cugini-mariti nella prima notte di nozze, erano condannate nell'Ade a riempire con l'acqua dello Stige recipienti senza fondo.

[151] Cfr. *Hecate triformis* del v. 7.

et evocavi nubibus siccis aquas
755 egique ad imum maria, et Oceanus graves
interius undas aestibus victis dedit;
pariterque mundus lege confusa aetheris
et solem et astra vidit et vetitum mare
tetigistis, ursae. Temporum flexi vices:
760 aestiva tellus floruit cantu meo,
coacta messem vidit hibernam Ceres;
violenta Phasis vertit in fontem vada
et Hister , in tot ora divisus, truces
compressit undas omnibus ripis piger.
765 Sonuere fluctus, tumuit insanum mare
tacente vento; nemoris antiqui domus
amisit umbras vocis imperio meae.
Die relicto Phoebus in medio stetit,
Hyadesque nostris cantibus motae labant:
770 adesse sacris tempus est, Phoebe, tuis.
Tibi haec cruenta serta texuntur manu,
novena quae serpens ligat,
tibi haec Typhoeus   membra quae discors tulit,
qui regna concussit Iovis.
775 Vectoris istic perfidi sanguis inest,
quem Nessus expirans dedit.
Oetaeus isto cinere defecit rogus,
qui virus Herculeum bibit.
Piae sororis, impiae matris, facem
780 ultricis Althaeae vides.
Reliquit istas invio plumas specu
Harpyia, dum Zeten   fugit.

sciolti ho percorso a piedi nudi il segreto dei boschi e ho chiamato la pioggia dalle aride nubi; ho risucchiato i mari verso il fondo e obbligato l'Oceano a retrocedere, più forte delle sue maree; ho sconvolto le leggi della natura, e il cielo vide insieme il sole e la luna, e voi, Orse, toccaste il mare proibito. Ho invertito il ritmo delle stagioni: la terra estiva fiorì al mio incantesimo, e Cerere fu costretta a una messe invernale; le violente acque del Fasi[152] risalirono alla fonte e l'Istro,[153] diviso in tante bocche, placò i flutti irosi e rallentò il suo corso. Rombarono le onde, si gonfiò il mare in furia nel silenzio del vento; l'antico bosco perse l'ombra della sua cupola, al comando della mia voce; si arrestò Febo lasciando a mezzo il giorno e le Ìadi[154] vacillano scosse dalle mie magie: è tempo, Luna, di assistere al tuo rito.

Per te intreccio con mano insanguinata queste corone nove volte annodate da un serpente; per te le membra che furono del ribelle Tiféo,[155] terrore del regno di Giove; qui c'è il sangue versato da Nesso,[156] il traghettatore infedele, in punto di morte. Questa cenere fu tolta al rogo dell'Eta,[157] che bevve il veleno di Ercole. Ed ecco la face della pia sorella ma empia madre, la vindice Altéa.[158] Queste piume le lasciò nell'impervia spelonca l'Arpia in fuga da

---

[152] Cfr. v. 44.
[153] Cfr. v. 585.
[154] Cfr. v. 312.
[155] Il mostro fortissimo, nato da Gea dopo la sconfitta dei Titani: Giove, dopo averlo ferito col fulmine, lo inseguì in Sicilia dove il mostro si era rifugiato e gli gettò addosso l'Etna.
[156] Il Centauro che si offrì di trasportare Deianira oltre il fiume e che, avendo tentato di farle violenza, fu ucciso da Ercole. Per il sangue di Nesso cfr. v. 641.
[157] Cfr. v. 639 sg.
[158] Madre di Meleagro: cfr. vv. 644 sgg.

His adice pinnas sauciae Stymphalidos
Lernaea   passae spicula.
785 Sonuistis, arae, tripodas agnosco meos
favente commotos dea.
Video Triviae currus agiles,
non quos pleno lucida vultu
pernox agitat, sed quos facie
790 lurida maesta, cum Thessalicis
vexata minis caelum freno
propiore legit. Sic face tristem
pallida lucem funde per auras,
horrore novo terre populos
795 inque auxilium, Dictynna, tuum
pretiosa sonent aera Corinthi.
Tibi sanguineo caespite sacrum
sollemne damus, tibi de medio
rapta sepulcro fax nocturnos
800 sustulit ignes, tibi mota caput
flexa voces cervice dedi,
tibi funereo de more iacens
passos cingit vitta capillos,
tibi iactatur tristis Stygia
805 ramus ab unda, tibi nudato
pectore maenas sacro feriam
bracchia cultro. Manet noster
sanguis ad aras: assuesce, manus,
stringere ferrum carosque pati
810 posse cruores – sacrum laticem
percussa dedi.
Quodsi nimium saepe vocari
quereris votis, ignosce, precor:
causa vocandi, Persei, tuos
815 saepius arcus una atque eadem est
semper, Iason.

Zete.[159] Aggiungi le penne dell'uccello di Stinfàlo,[160] ferito dalle frecce di Lerna.[161] Vi odo, altari: riconosco i miei tripodi agitati dal favore della dea.

Vedo l'agile cocchio di Trivia,[162] non quello che guida attraverso la notte col volto pieno di luce, ma quando squallida e triste, incalzata dalle minacce delle maghe téssale, rade il cielo in un cerchio più vicino. Così la tua pallida face getti una luce fosca per l'aria, così i popoli sentano il brivido di un nuovo terrore, e in tuo aiuto, Dittinna,[163] risuonino i bronzi preziosi di Corinto. A te offro un solenne sacrificio su zolle insanguinate, per te una fiaccola sottratta a un rogo ha acceso fuochi notturni, per te scuotendo la testa, piegando il collo, ho pronunciato le formule, per te, come nei funerali, una benda cinge i miei capelli sciolti, per te scuoto un ramo funesto proveniente dall'onda dello Stige, per te a petto nudo, come una ménade, mi ferirò le braccia col coltello sacro. Coli il mio sangue sull'altare: abituati, mano, a snudare la spada, a versare un sangue che ti è caro. Ho colpito, ho versato il liquido sacro. Se ti lagni di essere troppo spesso invocata, perdonami, ti prego: il motivo d'invocare così spesso il tuo arco, figlia di Perse, è sempre lo stesso, Giàsone. Tu ora

---

[159] Insieme a Calais, liberò Fìneo dai tormenti delle Arpie che, mostri dal corpo di uccello e dal viso di donna, insozzavano la sua mensa.
[160] Lago dell'Arcadia dove vivevano uccelli che, con le loro penne di bronzo simili a frecce, uccidevano uomini e animali.
[161] La palude dove viveva l'Idra, uccisa da Ercole.
[162] Ecate: cfr. v. 7.
[163] Altro nome con cui veniva invocata Artemide (Diana).

                Tu nunc vestes tinge Creusae,
                quas cum primum sumpserit, imas
                urat serpens flamma medullas.
820   Ignis fulvo clusus in auro
                latet obscurus, quem mihi caeli
                qui furta luit viscere feto
                dedit et docuit condere vires
                arte, Prometheus. Dedit et tenui
825   sulphure tectos Mulciber   ignes,
                et vivacis fulgura flammae
                de cognato Phaethonte tuli.
                Habeo mediae dona Chimaerae.
                habeo flammas usto tauri
830   gutture raptas, quas permixto
                felle Medusae tacitum iussi
                servare malum. – Adde venenis
                stimulos, Hecate, donisque meis
                semina flammae condita serva.
835   Fallant visus tactusque ferant,
                meet in pectus venasque calor,
                stillent artus ossaque fument
                vincatque suas flagrante coma
                nova nupta faces.
840   Vota tenentur: ter latratus
                audax Hecate dedit et sacros
                edidit ignes face lucifera.
                Peracta vis est omnis: huc natos voca,
                pretiosa per quos dona nubenti feram.
845   Ite, ite, nati, matris infaustae genus,
                placate vobis munere et multa prece
                dominam ac novercam. Vadite et celeres domum
                referte gressus, ultimo amplexu ut fruar.
        CHO.   Quonam cruenta maenas
850   praeceps amore saevo
                rapitur? Quod impotenti

imbevi le vesti di Creùsa: non appena le indossi, una fiamma serpeggi fin nelle midolla e le bruci. È in agguato nel fulvo oro un fuoco segreto, dono di chi espia il furto fatto al cielo coi visceri che sempre rinascono, e mi ha insegnato l'arte di nasconderne la forza, Prométeo. Doni di Vulcano sono i fuochi coperti da un velo di zolfo, e i baleni di una fiamma inestinguibile li ho presi da un mio parente, Fetonte. Ho il fuoco che alitava la testa di mezzo della Chimera,[164] ho fiamme tratte dalla gola arsa del toro, vi ho mescolato il fiele di Medusa[165] e le ho costrette a conservare intatto il loro occulto maleficio. Aggiungi stimoli ai veleni, Écate, e conserva nei miei doni i semi della fiamma nascosta; ingannino la vista, si lascino toccare, penetri nel petto e nelle vene il calore, si struggano le membra, fumino le ossa e la nuova sposa vinca le sue fiaccole con la chioma in fiamme.

I miei voti sono esauditi: tre volte Écate ha fatto sentire baldanzosi latrati e fatto scaturire i sacri fuochi dalla torcia luttuosa. L'operazione è compiuta. (*Alla nutrice*) Fa' venire i miei figli, che portino alla sposa i preziosi regali.

(*Ai figli*) Andate, andate, cari, figli di una madre maledetta, a rabbonire con preghiere e doni la padrona e matrigna. Andate e ritornate presto a casa, che vi abbracci per l'ultima volta.

CORO Dove trascina un forsennato amore la ménade[166] cruenta? Che misfatto prepara cieca d'ira? Il suo volto è

---

[164] Il mostro triforme (leone nella testa, capra nel corpo, drago nella coda) ucciso da Bellerofonte.
[165] Il mostro dal volto di donna e dai capelli di serpente il cui sguardo pietrificava. Fu ucciso da Pérseo.
[166] Medea è paragonata a una Baccante invasata.

facinus parat furore?
Vultus citatus ira
riget et caput feroci
855 quatiens superba motu
regi minatur ultro.
Quis credat exulem?
Flagrant genae rubentes,
pallor fugat ruborem.
860 Nullum vagante forma
servat diu colorem.
Huc fert pedes et illuc,
ut tigris orba natis
cursu furente lustrat
865 Gangeticum nemus.
Frenare nescit iras
Medea, non amores;
nunc ira amorque causam
iunxere: quid sequetur?
870 Quando efferet Pelasgis
nefanda Colchis arvis
gressum metuque solvet
regnum simulque reges?
Nunc, Phoebe, mitte currus
875 nullo morante loro,
nox condat alma lucem,
mergat diem timendum
dux noctis Hesperus.

NUNTIUS, CHORUS, NUTRIX, MEDEA, IASON.

NUN. Periere cuncta, concidit regni status.
880 Nata atque genitor cinere permixto iacent.
CHO. Qua fraude capti?

una maschera rabbiosa, scuote la testa in atto di sfida: è lei a minacciare il re. Chi la direbbe un'esule? Ora le guance sono tutte fuoco, ora il pallore scaccia via il rossore: cambia continuamente di colore e d'aspetto. S'aggira come tigre che cerca furibonda i figli per la foresta del Gange. Medea è incapace di dominare sia l'ira sia l'amore; ira e amore adesso si sono alleati: che ne seguirà? Quando l'empia donna di Colchide lascerà i campi pelasgi, quando libererà dal timore questo regno e i suoi re? È ora, Febo, di lanciare il tuo cocchio a briglia sciolta, l'alma notte nasconda in sé la luce, e il battistrada della notte, Espero, spenga nell'ombra un giorno di terrore.

NUNZIO, CORO, NUTRICE, MEDEA, GIÀSONE

NUNZIO Tutto è perduto, il regno è una rovina, la figlia e il padre sono un mucchio di cenere.

CORO Di quale inganno vittime?

NUN.   Qua solent reges capi:
     donis.
CHO.   In illis esse quis potuit dolus?
NUN. Et ipse miror vixque iam facto malo
     potuisse fieri credo.
CHO.   Quis cladis modus?
885 NUN. Avidus per omnem regiae partem furit
     ut iussus ignis: iam domus tota occidit,
     urbi timetur.
CHO.   Unda flammas opprimat.
NUN. Et hoc in ista clade mirandum accidit:
     alit unda flammas, quoque prohibetur magis,
890   magis ardet ignis; ipsa praesidia occupat.
NU. Effer citatum sede Pelopea gradum,
    Medea, praeceps quaslibet terras pete.
ME. Egone ut recedam? Si profugissem prius,
    ad hoc redirem. Nuptias specto novas.
895   Quid, anime, cessas? Sequere felicem impetum.
    Pars ultionis ista, qua gaudes, quota est?
    Amas adhuc, furiose, si satis est tibi
    caelebs Iason. Quaere poenarum genus
    haut usitatum iamque sic temet para:
900   fas omne cedat, abeat expulsus pudor;
    vindicta levis est quam ferunt purae manus.
    Incumbe in iras teque languentem excita
    penitusque veteres pectore ex imo impetus
    violentus hauri. Quidquid admissum est adhuc,
905   pietas vocetur. Hoc age et faxo sciant
    quam levia fuerint quamque vulgaris notae
    quae commodavi scelera. Prolusit dolor
    per ista noster: quid manus poterant rudes
    audere magnum? Quid puellaris furor?
910   Medea nunc sum; crevit ingenium malis.
     Iuvat, iuvat rapuisse fraternum caput;

NUNZIO   Di quello solito ai re: i doni.
CORO   E che insidia potevano celare?
NUNZIO   Me lo chiedo anch'io e non riesco a credere che sia potuto accadere quanto è accaduto.
CORO   Quali i particolari del disastro?
NUNZIO   Avido infuria in ogni parte della reggia il fuoco come a comando:[166 bis] già il palazzo intero è crollato, si teme per la città.
CORO   Spengano il fuoco con l'acqua.
NUNZIO   C'è anche questo di strano nel disastro, che l'acqua alimenta le fiamme, e l'incendio più si contrasta e più divampa: s'appicca pure ai mezzi di difesa.
NUTRICE   Porta rapida il piede fuori della terra di Pélope,[167] Medea, cerca in fretta qualunque altro paese.
MEDEA   Io andarmene? Se fossi in esilio, tornerei apposta: assisto a un nuovo genere di nozze. Esiti, cuore? Segui un impulso fortunato. Che piccola parte della vendetta è questa di cui godi! Ami ancora, folle, se ti contenti di Giàsone senza moglie. Pensa a un genere di castigo mai sentito, e prepàrati a non aver nulla di sacro, a bandire ogni ritegno: è lieve la vendetta di una mano pura. Abbandónati all'ira, svégliati dal torpore, ritrova nel profondo del tuo petto la violenza di un tempo. Tutto quello che hai fatto sinora vada sotto il nome di bontà. All'opera! Farò che sappiano com'erano lievi e ordinari i crimini da me commessi per altri. Non fu che un preludio del mio odio: che potevano osare di grande mani inesperte? O un furore di ragazza? Ora sono Medea, il mio io è maturato nel male: sono lieta, sì, lieta di aver strappato la testa a mio fratello,[168] lieta di averne segate le membra, lieta di aver spo-

---

[166 bis] *Ut iussus* è lezione dei codici, *immissus* congettura del Gronovius accolta da Zw. e Giardina 1987.

[167] Figlia di Tantalo, re di Corinto.

[168] Ennesimo richiamo ai crimini precedenti: l'uccisione e lo smembramento del fratello Absirto e del re Pélia.

artus iuvat secuisse et arcano patrem
spoliasse sacro, iuvat in exitium senis
armasse natas. Quaere materiam, dolor:
ad omne facinus non rudem dextram afferes.

    Quo te igitur, ira, mittis, aut quae perfido
intendis hosti tela? Nescio quid ferox
decrevit animus intus et nondum sibi
audet fateri. Stulta properavi nimis:
ex paelice utinam liberos hostis meus
aliquos haberet – quidquid ex illo tuum est,
Creusa peperit. Placuit hoc poenae genus,
meritoque placuit: ultimum magno scelus
animo parandum est – liberi quondam mei,
vos pro paternis sceleribus poenas date.

    Cor pepulit horror, membra torpescunt gelu
pectusque tremuit. Ira discessit loco
materque tota coniuge expulsa redit.
Egone ut meorum liberum ac prolis meae
fundam cruorem? Melius, a, demens furor!
Incognitum istud facinus ac dirum nefas
a me quoque absit; quod scelus miseri luent?
Scelus est Iason genitor et maius scelus
Medea mater – occidant, non sunt mei;
pereant, mei sunt. Crimine et culpa carent,
sunt innocentes: fateor, et frater fuit.
Quid, anime, titubas? Ora quid lacrimae rigant
variamque nunc huc ira, nunc illuc amor
diducit? Anceps aestus incertam rapit,
ut saeva rapidi bella cum venti gerunt
utrimque fluctus maria discordes agunt
dubiumque fervet pelagus, haut aliter meum
cor fluctuatur. Ira pietatem fugat
iramque pietas – cede pietati, dolor.

    Huc, cara proles, unicum afflictae domus

gliato mio padre della sua occulta reliquia, lieta di aver dato alle figlie un'arma contro il vecchio genitore. Cercati un oggetto, mio odio: qualunque sia il delitto, non sarà inesperta la mano. Dove dunque, mia collera, ti scagli, che armi punti contro il nemico traditore? Non so che ha deciso il mio cuore feroce nel suo intimo: non osa ancora confessarlo a se stesso. Che sciocca sono stata ad aver fretta! Se il mio nemico avesse un figlio dalla sua amante! Ma ogni creatura che tu hai da lui l'ha partorita Creùsa. Mi va questo genere di castigo, e giustamente: ricorri con animo grande[168 bis] al supremo delitto. Figli un tempo miei, pagate voi il fio delle colpe paterne. Il cuore ha brividi di orrore, il corpo è di ghiaccio, palpita il petto. L'ira è dileguata, la moglie ha lasciato il posto alla madre.[169] Io spargere il sangue dei miei figli, del mio sangue? No, folle furore, lungi da me questo inaudito misfatto, questa infamia contro natura: che delitto espieranno questi sventurati? Delitto è aver Giàsone per padre e delitto anche maggiore Medea per madre. Muoiano, non sono miei; periscano, sono miei. Non hanno ombra di colpa, sono innocenti, lo ammetto. Ma lo era anche mio fratello. Cuore, perché vacilli? Perché lacrime mi bagnano la faccia e sono divisa fra ira e amore? Fluttuo in balìa di una doppia corrente: come quando i venti rapaci si scontrano in guerre selvagge e il mare ribelle è sconvolto dalla discordia dei flutti, così ondeggia il mio cuore. L'ira mette in fuga l'affetto, e l'affetto l'ira. Cedi all'affetto, odio. Venite, figli cari, stringetevi

---

[168 bis] *Ultimum magno* è lezione di alcuni *recentiores*, accolta da Zw.: *u. agnosco* è lezione di E, *-o. magno* quella di A.
[169] Questo conflitto, che nella *Medea* di Euripide segna l'*ictus* filosofico e poetico della tragedia, in Seneca significa l'ultima resistenza che la natura offre al potere devastante del *furor* invocato dall'eroina.

solamen, huc vos ferte et infusos mihi
coniungite artus. Habeat incolumes pater,
dum et mater habeat – urguet exilium ac fuga.
Iam iam meo rapientur avulsi e sinu,
950 flentes, gementes — osculis pereant patris
periere matris. Rursus increscit dolor
et fervet odium, repetit invitam manum
antiqua Erinys – ira, qua ducis, sequor.
Utinam superbae turba Tantalidos meo
955 exisset utero bisque septenos parens
natos tulissem! Sterilis in poenas fui –
fratri patrique quod sat est, peperi duos.
    Quonam ista tendit turba Furiarum impotens?
Quem quaerit aut quo flammeos ictus parat,
960 aut cui cruentas agmen infernum faces
intentat? Ingens anguis excusso sonat
tortus flagello. Quem trabe infesta petit
Megaera? – Cuius umbra dispersis venit
incerta membris? Frater est, poenas petit –
965 dabimus, sed omnes. Fige luminibus faces,
lania, perure, pectus en Furiis patet.
    Discedere a me, frater, ultrices deas
manesque ad imos ire securas iube:
mihi me relinque et utere hac, frater, manu
970 quae strinxit ensem – victima manes tuos
placamus ista. Quid repens affert sonus?
Parantur arma meque in exitium petunt.
Excelsa nostrae tecta conscendam domus
caede incohata. Perge tu mecum comes.
975 Tuum quoque ipsa corpus hinc mecum aveham.
Nunc hoc age, anime: non in occulto tibi est
perdenda virtus; approba populo manum.

IA.   Quicumque regum cladibus fidus doles,

al mio petto. Li abbia sani e salvi il padre, purché li abbia anche la madre. Ma m'incalza l'esilio e la fuga. Già saranno strappati dal mio seno, fra lacrime e lamenti: ne perda i baci il padre, li ha perduti la madre.[169 bis] Di nuovo monta il dolore e si arroventa l'odio; l'Erinni di un tempo mi forza la mano. Ira, ti seguo dove mi conduci. Magari fosse uscita dal mio grembo la numerosa prole della superba Tantalide e fossi madre di due volte sette figli! Per la vendetta sono stata sterile: solo due figli, quanto basta per mio fratello e per mio padre.

Dove è diretta questa folla sfrenata di Furie? Chi è il suo bersaglio? A chi sta per vibrare colpi di fiamma, contro chi punta le fiaccole sanguigne lo stuolo infernale? Sibilano e si contorcono grandi serpenti al moto delle sferze. Chi prende di mira Megera[170] con la torcia minacciosa? Di chi è l'ombra indistinta che viene avanti con le membra in pezzi? È mio fratello, chiede vendetta: l'avrai, ma pagheremo tutti.[171]

Trafiggi i miei occhi con le fiaccole, dilania, brucia: ecco, il mio petto è aperto alle Furie. Di', fratello, alle dee della vendetta di lasciarmi e di tornarsene tranquille negli abissi infernali: lasciami a me stessa e sérviti, fratello, di questa mano che ha snudato la spada. Con questa vittima placo la tua ombra. (*Uccide uno dei figli*) Un rumore improvviso: che annunzia? Si dà mano alle armi, mi cercano per uccidermi. Salirò sul tetto del palazzo: la strage è solo all'inizio. (*All'altro figlio*) Tu vieni con me. (*Al figlio morto*) Anche il tuo corpo porterò via di qua insieme a me. E ora all'opera, cuore: il tuo potere non deve rimaner segreto. Fa' vedere alla gente di che sei capace.

GIÀSONE Chiunque, fedele ai re, si duole della loro

[169 bis] *Patris* è lezione di A (= Zw.), *patri* di E (= Giardina).
[170] Le Furie erano chiamate Aletto, Megera e Tisìfone.
[171] *Omnes* può essere accusativo e riferirsi a *poenas* o, più verosimilmente, nominativo e riferirsi a tutti quelli che Medea ha invocato: essa stessa, Giàsone e i figli.

concurre, ut ipsam sceleris auctorem horridi
capiamus. Huc, huc, fortis armiferi cohors,
conferte tela, vertite ex imo domum.

ME. Iam iam recepi sceptra germanum patrem,
spoliumque Colchi pecudis auratae tenent;
rediere regna, rapta virginitas redit.
O placida tandem numina, o festum diem,
o nuptialem! Vade, perfectum est scelus;
vindicta nondum: perage, dum faciunt manus.
Quid nunc moraris, anime? Quid dubitas potens?
Iam cecidit ira. Paenitet facti, pudet.
Quid, misera, feci? Misera? Paeniteat licet,
feci. Voluptas magna me invitam subit,
et ecce crescit. Derat hoc unum mihi,
spectator iste. Nil adhuc facti reor:
quidquid sine isto fecimus sceleris perit.

IA. En ipsa tecti parte praecipiti imminet.
Huc rapiat ignes aliquis, ut flammis cadat
suis perusta.

ME.   Congere extremum tuis
natis, Iason, funus, ac tumulum strue:
coniunx socerque iusta iam functis habent,
a me sepulti; natus hic fatum tulit,
hic te vidente dabitur exitio pari.

IA. Per numen omne perque communes fugas
torosque, quos non nostra violavit fides,
iam parce nato. Si quod est crimen, meum est:
me dedo morti; noxium macta caput.

ME. Hac qua recusas, qua doles, ferrum exigam.
I nunc, superbe, virginum thalamos pete,
relinque matres.

IA.   Unus est poenae satis.

ME. Si posset una caede satiari manus,
nullam petisset. Ut duos perimam, tamen

strage, accorra, catturiamola, l'autrice del misfatto atroce. Qui, soldati, coraggiosa schiera, qui tutti insieme con le vostre armi, spianate da cima a fondo il palazzo.

MEDEA Ho già recuperato lo scettro, il fratello, il padre, e il vello dell'ariete d'oro è ancora in mano ai Colchi; mi è ridato il regno, mi è ridata la verginità che mi hai tolto. O dei finalmente benigni, o giorno di festa, o giorno di nozze! Su, il delitto è compiuto, la vendetta non ancora: corona l'opera, finché è calda la mano. Indugi, cuore? Esiti? È già caduto il parossismo dell'ira. Mi pento e mi vergogno di quel che ho fatto. Che ho fatto, disgraziata? Disgraziata? Posso pentirmi, ma l'ho fatto. Una grande gioia m'invade mio malgrado, e va crescendo. Mi mancava solo che ci fosse lui a guardare. Nulla sinora penso di aver fatto: tutti i delitti commessi in sua assenza sono vani.

GIÀSONE Eccola, si sporge dal pendio del tetto. Presto, del fuoco, perché cada avvolta dalle sue stesse fiamme.

MEDEA Prepara il rogo, Giàsone, ai tuoi figli, innalza il tumulo; tua moglie e tuo suocero hanno già gli onori dovuti ai morti, sono io che li ho sepolti. Dei tuoi figli questo ha consumato il suo destino, e questo sotto i tuoi occhi avrà la stessa sorte.

GIÀSONE Per tutti gli dei, per l'esilio che abbiamo condiviso, per le nozze cui mai sono stato infedele, risparmia il figlio. Se c'è un delitto, è mio. Mi offro alla morte: immola il colpevole.

MEDEA Dove non vuoi, dove ti fa male, là colpirò. Va' ora, presuntuoso, a cercare il letto delle vergini, abbandona le madri.

GIÀSONE Uno basta al castigo.

MEDEA Se una sola uccisione potesse saziare questa mano, non ne avrei perpetrata nessuna. Anche uccidendo-

nimium est dolori numerus angustus meo.
In matre si quod pignus etiamnunc latet,
scrutabor ense viscera et ferro extraham.
IA. Iam perage coeptum facinus, haut ultra precor,
moramque saltem supplicis dona meis.
ME. Perfruere lento scelere, ne propera, dolor:
meus dies est; tempore accepto utimur.
IA. Infesta, memet perime.
ME.   Misereri iubes.
Bene est, peractum est. Plura non habui, dolor,
quae tibi litarem. Lumina huc tumida alleva,
ingrate Iason. Coniugem agnoscis tuam?
Sic fugere soleo. Patuit in caelum via:
squamosa gemini colla serpentes iugo
summissa praebent. Recipe iam natos, parens;
ego inter auras aliti curru vehar.
IA. Per alta vade spatia sublimi aetheris,
testare nullos esse, qua veheris, deos.

ne due, è un numero troppo piccolo per il mio odio. Se qualche creatura si nasconde ancora nel mio grembo, mi frugherò le viscere con la spada e la estrarrò col ferro.

GIÀSONE Porta a termine ciò che hai cominciato, non ti rivolgo altre preghiere: risparmia almeno indugi al mio supplizio.

MEDEA Goditi lentamente il tuo delitto, non aver fretta, odio: il giorno è tutto mio; così approfitto del tempo accordato.

GIÀSONE Crudele, uccidi me.

MEDEA Sarebbe aver pietà. (*Uccide l'altro figlio*) Bene, è finita. Non avevo altre vittime da sacrificarti, odio. Alza gli occhi gonfi, ingrato Giàsone, guarda qui: riconosci la tua donna? Questo è il mio modo di fuggire. Si è aperta una via al cielo: una coppia di draghi piega al giogo il collo squamoso. Tieniti i tuoi figli, padre. (*Getta i cadaveri*) Io andrò per l'aria sopra un cocchio alato.

GIÀSONE Va' per gli alti spazi del cielo[172] ad attestare che non ci sono dei lassù dove tu passi.[173]

---

[172] Il verso è variamente letto: *sublimi aetheri* è lezione di E seguita dal Giardina, *sublime aetheris* è congettura del Bothe accolta dallo Zw. *Sublimi aetheris* è congettura del Costa (*sublimi* genitivo da *sublimus* usato da Ennio e Accio nonché in Seneca, *Herc. f.* 958) accolta da Giardina 1987.

[173] Altri, erroneamente, interpretano: «che gli dei non esistono». Qui Seneca vuole dire che dove è Medea non possono esserci dei. È l'antiapoteosi finale. Cfr. *Introduzione* p. 69.

FEDRA

DRAMATIS PERSONAE

HIPPOLYTUS
PHAEDRA
NUTRIX

CHORUS
THESEUS
NUNTIUS

PERSONAGGI

IPPOLITO　　　　　　　　　CORO
FEDRA　　　　　　　　　　TÉSEO
NUTRICE　　　　　　　　　NUNZIO

HI. Ite, umbrosas cingite silvas
summaque montis iuga Cecropii.
Celeri planta lustrate vagi
quae saxoso loca Parnethi
5 subiecta iacent, quae Thriasiis
vallibus amnis rapida currens
verberat unda; scandite colles
semper canos nive Riphaea.
Hic, hac alii qua nemus alta
10 texitur alno, qua prata iacent,
qua rorifera mulcens aura
Zephyrus vernas evocat herbas,
13 (14) ubi per graciles levis Ilisos
15 labitur agros piger et steriles
. amne maligno radit harenas;
vos qua Marathon tramite laevo
saltus aperit, qua comitatae
gregibus parvis nocturna petunt
20 pabula fetae; vos qua tepidis
subditus austris frigora mollit
durus Acharneus

IPPOLITO   Via, andate intorno alle cupe foreste e alle vette del monte di Atene.[1] Con agile piede varcate i luoghi dominati dalle rocce del Parnete[2] e i luoghi battuti dall'onda rapinosa del fiume che corre nella valle di Tria.[3] Salite le alture sempre bianche di neve come quelle della Scizia.[4] Voi andate di qua, per il fitto intreccio degli ontani, per le praterie sfiorate dall'umido vento di primavera, dove l'Ilisso[5] scivola pigro tra campi magri e raschia con l'avara corrente le sterili sabbie. Voi a sinistra, dove Maratona schiude le sue balze alle madri e ai loro piccoli in cerca di pascoli notturni. E voi di là, dove i duri Acarnesi[6]

---

[1] *Cecropii* è più verosimilmente un genitivo (con *montis*) che non un vocativo plurale.

[2] Catena montuosa dell'Attica settentrionale, boscosa e ricca di selvaggina.

[3] Vallata compresa fra i monti Citerone, Parnete ed Egaleo, aperta verso la baia di Eleusi.

[4] «I monti Rifei (le "montagne Rife" di Dante, *Purg.* 26, 43), situati dagli antichi nella regione iperborea, a nord-est dell'Europa (da Aristotele, nella Scizia) erano però sentiti come favolosi, se Posidonio poteva identificarli con le Alpi e Strabone addirittura negarne l'esistenza» (de Meo 1978, *ad loc.*).

[5] Il corso d'acqua, celebrato nel *Fedro* platonico, che sorge sull'Imetto e lambisce Atene.

[6] *Acharneus* è congettura del *Gronovius* accolta dagli editori (i codici leggono *Acharnan* che non dà senso). Più che il monte omonimo (Acarne era il demo dell'Attica, reso famoso dagli *Acarnesi* di Aristofane) è forse da intendersi un singolare per il plurale (degli abitanti): cfr. de Meo 1978, *ad loc.*

>   Alius rupem dulcis Hymetti,
>   parvas alius calcet Aphidnas:
> 25 pars illa diu vacat immunis,
>   qua curvati litora ponti
>   Sunion urget. Si quem tangit
>   gloria silvae, vocat hunc Phyle:
>   hic versatur, metus agricolis,
> 30 vulnere multo iam notus aper.
>   At vos laxas canibus tacitis
>   mittite habenas; teneant acres
>   lora Molossos et pugnaces
>   tendant Cretes fortia trito
> 34 b vincula collo.
> 35 At Spartanos – genus est audax
>   avidumque ferae – nodo cautus
>   propiore liga: veniet tempus,
>   cum latratu cava saxa sonent;
>   nunc demissi nare sagaci
> 40 captent auras lustraque presso
>   quaerant rostro, dum lux dubia est,
>   dum signa pedum roscida tellus
>   impressa tenet.
>   Alius raras cervice gravi
> 45 portare plagas, alius teretes
>   properet laqueos. Picta rubenti
>   linea pinna vano cludat
> 47 b terrore feras.
>   Tibi vibretur missile telum,
>   tu grave dextra laevaque simul
> 50 robur lato dirige ferro,
>   tu praecipites clamore feras
>   subsessor ages; tu iam victor
>   curvo solves viscera cultro.

esposti al tiepido vento del sud mitigano il rigore del freddo. Uno calchi il monte del miele, l'Imetto;[7] un altro la piccola Afidna:[8] da tempo non paga tributo la terra dove il Sunio[9] incombe sulla spiaggia lunata. Se tieni alla gloria della caccia, File[10] ti chiama: qui s'aggira, terrore dei contadini, un cinghiale ben noto per i danni arrecati. Voi invece allentate il guinzaglio ai cani da cerca, ma tenete a freno i feroci Molossi,[11] e i cani bellicosi di Creta tendano i robusti collari sul collo spelato. Voi attenti ai cani di Sparta: è una razza temeraria e avida di selvaggina. Legateli più stretti: verrà tempo che le cavità delle rocce echeggino dei loro latrati. Ora, curvi, fiutino l'aria con le aguzze narici e, muso a terra, bracchino le tane, finché la luce è incerta, finché la terra bagnata di rugiada conserva le orme. Presto, un altro si carichi sulle spalle le reti a maglie larghe, un altro i lacci di corda intrecciata, e lo spauracchio agitando le sue penne rosse intrappoli le bestie atterrite. Tu vibra il giavellotto, tu affonda a due mani il pesante spiedo dalla punta di ferro; tu, acquattato, spingerai urlando a corsa pazza le fiere; tu, vittorioso, le sventrerai col coltello ricurvo.

---

[7] Il monte dell'Attica, celebre per il suo miele (cfr. Hor. *od.* 2, 6, 14 sg.).

[8] *Aphidnas* — congettura dell'*Avantius* universalmente accolta — è piccola città (una delle dodici dell'Attica anteriori a Téseo) a nord-ovest di Maratona. Zw. segna la *crux* su *parvas* (proponendo dubitativamente *patulas* in apparato): ma per la funzionalità, nel nostro contesto, dell'epiteto cfr. de Meo 1978, *ad loc.*

[9] Località sud-orientale dell'Attica, all'estremità opposta di Afidna.

[10] *Phyle* — un antico demo attico al confine con la Beozia — è convincente congettura del Giomini 1955,38 tuttavia preceduto, come non è sfuggito allo Zw. (che nel testo conserva *flius* di E ovviamente con la *crux*), dal Frenzel 1914, 76.

[11] Il tema letterario della caccia, venuto in voga parallelamente alle *venationes* del circo, viene dettagliatamente svolto nei vv. sgg.: i Molossi, robusti, erano cani da attacco; i Cretesi da inseguimento; gli Spartani adatti alla caccia della lepre e del cinghiale.

Ades en comiti, diva virago,
55 cuius regno pars terrarum
secreta vacat, cuius certis
petitur telis fera quae gelidum
potat Araxen et quae stanti
ludit in Histro . Tua Gaetulos
60 dextra leones, tua Cretaeas
sequitur cervas; nunc veloces
figis dammas leviore manu.
Tibi dant variae pectora tigres,
tibi villosi terga bisontes
65 latisque feri cornibus uri.
Quidquid solis pascitur arvis,
sive illud Arabs divite silva,
68 sive illud inops novit Garamans
71 vacuisque vagus Sarmata campis,
69 sive ferocis iuga Pyrenes
70 sive Hyrcani celant saltus,
72 arcus metuit, Diana, tuos.
Tua si gratus numina cultor
tulit in saltus, retia vinctas
75 tenuere ferae, nulli laqueum
rupere pedes: fertur plaustro
praeda gementi; tum rostra canes
sanguine multo rubicunda gerunt
repetitque casas rustica longo
80 turba triumpho.
En, diva, faves: signum arguti
misere canes. Vocor in silvas.
Hac, hac pergam qua via longum
compensat iter.

Assisti il tuo seguace, vergine dea: sovrana del regno più segreto della terra, saettatrice infallibile della fiera che si abbevera al gelido Arasse[12] e di quella che danza sulla crosta ghiacciata dell'Istro.[13] La tua mano raggiunge i leoni di Libia[14] e le cerve di Creta, o trafigge, più lieve, le gazzelle in corsa. A te offrono il petto le tigri maculate, a te offrono il dorso i bisonti villosi e gli uri selvaggi dalle larghe corna. Ha paura del tuo arco, Diana, tutta la fauna che vive nelle solitudini, quella ben nota agli Arabi nei boschi ricchi di aromi, o ai Garamanti[15] privi di tutto, o ai Sàrmati[16] nomadi nelle steppe desolate; e quella nascosta nelle ardue gole dei Pirenei o nelle forre d'Ircania. Se il tuo fedele ti è accetto e porta con sé la tua benedizione, le reti tengono avvinte le fiere, le zampe non strappano i lacci, la preda fa gemere il carro: allora il muso dei cani è tutto rosso di sangue e la schiera campagnola torna alle sue capanne in un lungo trionfo. Eccoti, o dea: latrano i cani, segno del tuo favore. Mi chiamano i boschi. Su, per di qua: c'è un sentiero che accorcia la strada.

---

[12] L'antico Aras, fiume dell'Armenia (cfr. *Med.* 373).
[13] Il Danubio nel suo corso inferiore (cfr. *Med.* 585).
[14] I leoni della Getulia erano famosi per la loro ferocia.
[15] Popolazione nomade e povera dell'Africa settentrionale: cfr. *Herc. O.* 1106 *sparsus Garamas*.
[16] Abitavano una regione odiernamente compresa fra la Polonia e la Russia.

PHAEDRA, NUTRIX.

85 PH. O magna vasti Creta dominatrix freti,
cuius per omne litus innumerae rates
tenuere † pontum. quidquid Assyria tenus
tellure Nereus pervium rostris secat,
cur me in penates obsidem invisos datam
90 hostique nuptam   degere aetatem in malis
lacrimisque cogis? Profugus en coniunx abest
praestatque nuptae quam solet Theseus fidem.
Fortis per altas invii retro lacus
vadit tenebras miles   audacis proci,
95 solio ut revulsam regis inferni abstrahat;
pergit furoris socius, haud illum timor
pudorque tenuit – stupra et illicitos toros
Acheronte in imo quaerit Hippolyti pater.
  Sed maior alius incubat maestae dolor.
100 Non me quies nocturna, non altus sopor
solvere curis: alitur et crescit malum
et ardet intus qualis Aetnaeo vapor
exundat antro. Palladis telae vacant
et inter ipsas pensa labuntur manus;
105 non colere donis templa votivis libet,
non inter aras, Atthidum mixtam choris,
iactare tacitis conscias sacris faces,
nec adire castis precibus aut ritu pio
adiudicatae praesidem terrae deam:
110 iuvat excitatas consequi cursu feras
et rigida molli gaesa iaculari manu.

FEDRA   O grande Creta,[17] regina dei mari, che le tue navi innumerevoli navigano per ogni lido,[18] solcando coi rostri tutte le vie marine fino alla terra di Assiria, perché mi hai data in ostaggio a un focolare odioso, sposa di un nemico? Perché mi fai trascorrere in pianto una vita penosa? Ho un marito che mi fugge, Tèseo: ora è lontano, e la sua fedeltà è quella di sempre. Da bravo, a fianco di un amante insensato, va per la notte profonda della palude da cui non si torna, va, complice di una folle passione, a rapire al sovrano dei morti la sua donna,[19] senza freno di timore o pudore: adulterii e letti illegittimi, ecco cosa cerca sin nel fondo dell'universo il padre di Ippolito.[20]

Ma sull'anima triste mi pesa un altro e più grande dolore.[21] Non mi porta sollievo né la notte né il sonno: il mio male s'alimenta e cresce e brucia qui dentro come il fuoco che trabocca dal cratere dell'Etna. Le tele da ricamare se ne stanno in ozio; la lana da filare mi cade di mano; non ho voglia di recare ai templi doni votivi, né di unirmi al corteo delle donne ateniesi agitando fra gli altari le fiaccole delle cerimonie segrete, né di accostarmi con purezza di preghiere e di riti alla dea protettrice di questa sua terra: vorrei invece scovare e inseguire di corsa le fiere e scagliare i rudi giavellotti con la mano delicata.

---

[17] Patria di Fedra.
[18] Zw. conserva *pontum* dei codici che il Leo emendava in *portus* e altri editori segnano con la *crux*.: ciò comporta *pervium* al v. sg. anziché *pervius* di E. Ampia discussione in Giancotti 1986, 100, n. 87.
[19] Pirìtoo, insieme a Tèseo, tentò di rapire Prosèrpina, ma fu incatenato da Plutone: Tèseo fu invece liberato da Ercole.
[20] Così Fedra chiama Tèseo, «per lei ormai scaduto dalla sua prerogativa di sposo» (Giomini 1955, 42).
[21] *Maior, maiora* sono parole spesso pronunciate dai protagonisti delle tragedie senecane. Tuttavia si tratta quasi sempre di un delitto «maggiore» che si cerca (vedi, per es. Medea, Àtreo, Clitemnestra) non di un dolore subìto come qui da Fedra.

          Quo tendis, anime? Quid furens saltus amas?
          Fatale miserae matris   agnosco malum:
          peccare noster novit in silvis amor.
115   Genetrix, tui me miseret: infando malo
          correpta pecoris efferum saevi ducem
          audax amasti; torvus, impatiens iugi
          adulter ille, ductor indomiti gregis –
          sed amabat aliquid. Quis meas miserae deus
120   aut quis iuvare Daedalus flammas queat?
          Non si ille remeet, arte Mopsopia   potens,
          qui nostra caeca monstra   conclusit domo,
          promittat ullam casibus nostris opem.
          Stirpem perosa Solis   invisi Venus
125   per nos catenas vindicat Martis sui
          suasque, probris omne Phoebeum genus
          onerat nefandis: nulla Minois levi
          defuncta amore est, iungitur semper nefas.
NU.   Thesea coniunx, clara progenies Iovis,
130   nefanda casto pectore exturba ocius,
          extingue flammas neve te dirae spei
          praebe obsequentem: quisquis in primo obstitit
          pepulitque amorem, tutus ac victor fuit;
          qui blandiendo dulce nutrivit malum,
135   sero recusat ferre quod subiit iugum.
          Nec me fugit, quam durus et veri insolens
          ad recta flecti regius nolit tumor.

Dove corri, mio cuore?[22] Che delirio ti fa amare le selve? La riconosco, la fatale passione di mia madre infelice: il nostro amore si fa peccato nei boschi. Madre, ho pietà di te: preda di una mostruosa passione, sei giunta ad amare il capo feroce di bestie selvagge: era un bruto, il tuo amante, insofferente del giogo, re di un branco brado... Ma era capace di amore.[23] Quale dio, quale Dédalo avrà un rimedio per il mio rovente dolore? Neppure se tornasse l'esperto artigiano di Atene, che chiuse nel labirinto i mostri della nostra famiglia, neppure lui potrebbe promettere aiuto ai miei mali.[24] È Venere che odia la stirpe del Sole e si vendica su noi delle catene che la avvinsero insieme al suo Marte, e accumula su tutti i discendenti di Febo vergogne indicibili.[25] Per le figlie di Minosse non ci sono amori normali, tutti hanno qualcosa di empio.

NUTRICE Sposa di Téseo, alto sangue di Giove,[26] scaccia, presto, dal casto cuore i pensieri proibiti, spegni la fiamma, non assecondare una sinistra speranza: chi resiste in principio all'amore, ha salvezza e vittoria; chi alimenta e blandisce il dolce male, non fa più in tempo a liberarsi dal giogo. Lo so: orgoglio di re, non avvezzo alla verità, non tollera di essere richiamato al dovere. Ma io sono

---

[22] Anche l'appello all'*animus* viene normalmente rivolto dai protagonisti perché proceda nell'azione e non, come fa Fedra, perché desista.

[23] Pur biasimando (cfr. 115 *infando malo*) l'amplesso mostruoso di sua madre Pasìfae col toro (da cui nacque il Minotauro), Fedra sottolinea paradossalmente e sospiratamente la corresponsione di quell'« amante ».

[24] Un ennesimo riferimento senecano alla incommensurabilità fra abilità e progresso tecnico da una parte e psicologia ed etica dall'altra. *Promittat* è lezione di A. (= Zw.), *promittet* quella di E. (= Giardina).

[25] Secondo la tradizione il Sole, scoperto l'adulterio di Venere con Marte, lo riferì a Vulcano, sposo della dea, il quale si vendicò incatenando i due amanti addormentati, così esposti al ludibrio degli dei.

[26] In quanto Minosse, padre di Fedra, era nato dal connubio di Giove con Europa. Il richiamo della nutrice è rivolto alla dignità regale di Fedra.

Quemcumque dederit exitum casus feram:
fortem facit vicina libertas senem.
   Honesta primum est velle nec labi via,
pudor est secundus nosse peccandi modum.
Quo, misera, pergis? Quid domum infamem aggravas
superasque matrem? Maius est monstro nefas:
nam monstra fato, moribus scelera imputes.
Si, quod maritus supera non cernit loca,
tutum esse facinus credis et vacuum metu,
erras; teneri crede Lethaeo abditum
Thesea profundo et ferre perpetuam Styga:
quid ille, lato maria qui regno premit.
populisque reddit iura centenis, pater ?
Latere tantum facinus occultum sinet?
Sagax parentum est cura. Credamus tamen
astu doloque tegere nos tantum nefas;
quid ille rebus lumen infundens suum,
matris parens? Quid ille, qui mundum quatit
vibrans corusca fulmen Aetnaeum manu,
sator deorum? Credis hoc posse effici,
inter videntes omnia ut lateas avos?
Sed ut secundus numinum abscondat favor
coitus nefandos utque contingat stupro
negata magnis sceleribus semper fides:
quid poena praesens, conscius mentis pavor
animusque culpa plenus et semet timens?
Scelus aliqua tutum, nulla securum tulit.
Compesce amoris impii flammas, precor,
nefasque quod non ulla tellus barbara
commisit umquam, non vagi campis Getae
nec inhospitalis Taurus aut sparsus Scythes;
expelle facinus mente castifica horridum
memorque matris metue concubitus novos.
Miscere thalamos patris et nati apparas

pronta a subire qualunque conseguenza: il coraggio dei vecchi, è la libertà che si avvicina.

La moralità è, prima di tutto, la volontà di seguire la via del bene, poi la coscienza del limite della propria colpa.[27] Dove ti precipiti, infelice? Perché aggravare l'infamia della tua famiglia e superare tua madre? Un amore empio è peggio di un amore mostruoso: questo puoi imputarlo al destino, quello a te stessa. Se il tuo uomo non vede la luce dei vivi, credi, illusa, che il tuo delitto non comporti rischi, che sarà impunito? Immagina pure che Téseo resti in eterno prigioniero dell'abisso infernale: ma il sovrano dei mari e di cento popoli, tuo padre, lascerà nell'ombra un misfatto così grande? I genitori hanno lo sguardo aguzzo. Ma supponiamo di nasconderlo, tale misfatto, con l'astuzia e l'inganno: e la luce del mondo, il padre di tua madre? E il signore del fulmine, che scuote la volta del cielo con la mano balenante, il padre degli dei? Credi possibile sottrarti alla vista di antenati tutt'occhi? Quand'anche il favore divino coprisse i colpevoli amplessi, e non mancasse al tuo incesto la protezione mai accordata ai grandi delitti, ecco pronto il castigo: la coscienza, l'agitazione di un'anima piena della sua colpa e che ha paura di se stessa. Il colpevole può essere al sicuro, ma in pace mai. Soffoca, ti prego, la fiamma di un amore maledetto, empietà quale mai fu commessa in una terra barbara, nelle steppe dei nomadi Traci,[28] nel Caucaso inospitale,[29] fra i radi abitanti della Scizia.[30] Bandisci dall'anima pura un misfatto agghiacciante, ricorda tua madre e temi amplessi inauditi. Sei pronta a mescolare il letto del padre e del

---

[27] Questo discorso come quelli seguenti della nutrice sono un condensato di princìpi morali stoici e in particolare senecani, come per es. tutto il riferimento alla coscienza (vv. 145-164).

[28] I *Getae* erano popolazioni stanziate sul Danubio.

[29] Cfr. *Med.* 43: propriamente i *Tauri* sono gli abitanti della Tauride o Chersoneso Taurico. La reminiscenza è oraziana, cfr.*Od.* 1, 22,6 sg.

[30] V. n. 4.

    uteroque prolem capere confusam impio?
    Perge et nefandis verte naturam ignibus. –
    Cur monstra cessant? Aula cur fratris vacat?
175 Prodigia totiens orbis insueta audiet,
    natura totiens legibus cedet suis,
    quotiens amabit Cressa?
 PH.   Quae memoras scio
    vera esse, nutrix; sed furor cogit sequi
    peiora. Vadit animus in praeceps sciens
180 remeatque frustra sana consilia appetens.
    Sic, cum gravatam navita adversa ratem
    propellit unda, cedit in vanum labor
    et victa prono puppis aufertur vado.
    Quid ratio possit? Vicit ac regnat furor,
185 potensque tota mente dominatur deus.
    Hic volucer omni pollet in terra impotens
    laesumque flammis torret indomitis Iovem;
    Gradivus istas belliger sensit faces,
    opifex trisulci fulminis sensit deus,
190 et qui furentes semper Aetnaeis iugis
    versat caminos igne tam parvo calet;
    ipsumque Phoebum, tela qui nervo regit,
    figit sagitta certior missa puer
    volitatque caelo pariter et terris gravis.
195 NU. Deum esse amorem turpis et vitio favens
    finxit libido, quoque liberior foret
    titulum furori numinis falsi addidit.

figlio e ad accogliere nell'empio ventre una prole indistinta? Continua, sovverti la natura con la tua nefasta passione. Perché è finita l'epoca dei mostri? Perché è vuoto il palazzo di tuo fratello, il Minotauro? Il mondo udrà prodigi mai visti, la natura violerà le sue leggi tutte le volte che una donna di Creta amerà?

FEDRA   Quello che dici è vero, lo so bene,[31] nutrice: ma un amore smanioso mi costringe al male. La mia anima, consapevole di correre verso la sua rovina, cerca invano di tornare a più sani propositi. Così, quando il barcaiolo spinge contro corrente un naviglio troppo carico, la sua fatica è vana e la barca si arrende all'assalto dei flutti. Che può la ragione? La passione ha vinto e mi domina, un dio possente è padrone di tutto il mio essere. È alato, il dio, e fa sentire la sua potenza in ogni parte del mondo:[31 bis] Giove è bruciato dalla sua vampa incoercibile, l'ha sentita Marte,[32] il signore della guerra, l'ha sentita il dio che forgia la folgore a tre punte: chi non lascia mai spente le fornaci ruggenti dell'Etna, si scotta a un così minuscolo fuoco. Persino Febo, che comanda agli strali, è trafitto da un arciere più preciso di lui: il fanciullo che va in giro volando e non lascia in pace né la terra né il cielo.[33]

NUTRICE[34]   L'amore è una divinità? Ma questa è invenzione di una voglia immorale e viziosa,[35] che per essere più libera ha dato alla passione il nome pretestuoso di dio.

---

[31] Su questo discorso di Fedra v. *Introd*. p. 65 sg.

[31 bis] A *lesum* di E. (= *laesum*, accolto da Giardina), Zw. preferisce *ipsum* di A.

[32] *Gradivus* è uno dei tanti nomi di Marte: cfr. Verg. *Aen*. 10, 542 e Ovid. *met*. 6, 427.

[33] Un diffusissimo *topos* ellenistico, variamente elaborato, chiamava *Cupido* «il più piccolo e il più grande degli dei».

[34] La demitizzazione dell'amore da parte della nutrice fa da battistrada alla direzione «umanistica» dell'intera tragedia: cfr. Giancotti 1986, 24.

[35] Gli editori sono divisi tra *furens* di E e *favens* di A. *Favens*, che a ben vedere è *lectio difficilior*, oltre a essere testimoniata da Augustin. *contra Faustum* 20,9 si allinea con tutto il discorso della nutrice contro i vizi dei ricchi e dei regnanti: vv. 205 sgg.

		Natum per omnes scilicet terras vagum
		Erycina mittit, ille per caelum volans
200		proterva tenera tela molitur manu
		regnumque tantum minimus e superis habet:
		vana ista demens animus ascivit sibi
		Venerisque numen finxit atque arcus dei.
		Quisquis secundis rebus exultat nimis
205		fluitque luxu, semper insolita appetit.
		Tunc illa magnae dira fortunae comes
		subit libido: non placent suetae dapes,
		non texta sani moris aut vilis scyphus.
		Cur in penates rarius tenues subit
210		haec delicatas eligens pestis domos?
		Cur sancta parvis habitat in tectis Venus
		mediumque sanos vulgus affectus tenet
		et se coercent modica, contra divites
		regnoque fulti plura quam fas est petunt?
215		Quod non potest vult posse qui nimium potest.
		Quid deceat alto praeditam solio vide:
		metue ac verere sceptra remeantis viri.
	PH.	Amoris in me maximum regnum puto,
		reditusque nullos metuo: non umquam amplius
220		convexa tetigit supera qui mersus semel
		adiit silentem nocte perpetua domum.
	NU.	Ne crede Diti. Clauserit regnum licet
		canisque diras Stygius observet fores:
		solus negatas invenit Theseus vias.
225	PH.	Veniam ille amori forsitan nostro dabit.
	NU.	Immitis etiam coniugi castae fuit:
		experta saevam est barbara Antiope manum.

Oh sì, è proprio Venere[36] a scatenare suo figlio per tutta la terra, e lui, il monello alato, maneggia i dardi con la mano infantile: un regno così grande per il dio più piccino! Sono vaneggiamenti di una mente in delirio, che si è immaginata il potere di Venere e l'arco divino. Chiunque non si modera nella buona sorte e abbonda di tutto, vuole fare esperienze sempre nuove. Allora subentra il compagno rovinoso di ogni grande fortuna, il desiderio insaziabile: non piacciono più vivande ordinarie, né abiti normali,[37] né una coppa da poco. Perché questo flagello entra più di rado nelle case dei poveri e preferisce invece i palazzi sontuosi? Perché l'amore onesto abita in modeste dimore e la classe media ha sentimenti sani, e il giusto mezzo ha in sé il suo freno? E invece i ricchi e i regnanti vogliono avere più del lecito? Chi è troppo potente vuole l'impossibile. Pensa[37 bis] alla tua dignità di regina, temi e rispetta lo scettro di un marito sulla via del ritorno.

FEDRA Sono suddita[38] di un re più grande, l'amore, e non temo ritorni: non rivede più la volta del cielo chi si è inabissato nella dimora del silenzio e delle tenebre eterne.

NUTRICE Non contare sul re dei morti. Quand'anche sbarri il suo regno e il cane infernale[39] ne custodisca la soglia tremenda, solo Téseo troverà la via vietata.

FEDRA Forse perdonerà il nostro amore.

NUTRICE Ma se fu spietato anche verso una moglie fedele: Antiope,[40] la straniera, ha provato la crudeltà della

---

[36] Detta *Erycina* dal monte Erice, nella Sicilia occidentale, ove sorgeva un celebre tempio in suo onore.

[37] *Tecta* è lezione concorde dei codici, cui Zw. preferisce, non senza ragioni, la congettura *texta* del Cornelissen.

[37 bis] A *vides*, lezione maggioritaria dei codici accolta da Giardina, lo Zw. preferisce *vide* che si legge in margine a C.

[38] A *fero* di A si tende ora a preferire *puto* di E. (cfr. Giancotti 1986, 108 e Giardina 1987, 248). Tuttavia *fero*, meglio di *puto*, rispecchia la conflittualità, sempre attiva in Fedra, fra *ratio* e *voluntas*. *Reor* è congettura dello Zw. che lo stesso editore pone direttamente nel testo.

[39] È Cerbero, qui detto *canis Stygius* dalla infernale palude Stigia.

[40] La vicenda era forse narrata nella omonima tragedia di Pacuvio.

		Sed posse flecti coniugem iratum puta:
		quis huius animum flectet intractabilem
230		Exosus omne feminae nomen fugit,
		immitis annos caelibi vitae dicat,
		conubia vitat: genus Amazonium scias.

PH. Hunc in nivosi collis haerentem iugis,
et aspera agili saxa calcantem pede
235 sequi per alta nemora, per montes placet.
NU. Resistet ille seque mulcendum dabit
castosque ritus Venere non casta exuet?
Tibi ponet odium, cuius odio forsitan
persequitur omnes? Precibus haud vinci potest.
Ferus est.
240 PH.   Amore didicimus vinci feros.
NU. Fugiet.
PH.   Per ipsa maria si fugiet, sequar.
NU. Patris memento.
PH.   Meminimus matris simul.
NU. Genus omne profugit.
PH.   Paelicis careo metu.
NU. Aderit maritus.
PH.   Nempe Pirithoi comes?
NU. Aderitque genitor.
245 PH.   Mitis Ariadnae pater.
NU. Per has senectae splendidas supplex comas
fessumque curis pectus et cara ubera
precor, furorem siste teque ipsa adiuva:
pars sanitatis velle sanari fuit.
250 PH. Non omnis animo cessit ingenuo pudor.
Paremus, altrix. Qui regi non vult amor,
vincatur. Haud te, fama, maculari sinam.

sua mano. Pensa pure di poter piegare l'ira del marito: ma chi piegherà il cuore inflessibile di quest'altro?[41] È un vero misogino, votato a una vita senza nozze e senza donne: sangue di Amazzoni, dovresti saperlo.

FEDRA   Seguirlo sulle vette nevose, sulle aspre rocce, dovunque è l'orma del suo agile piede, per il folto dei boschi, per i monti: questa è la mia decisione.

NUTRICE   E lui si fermerà per concedersi alle tue carezze, e lascerà un culto casto per un amore incestuoso? Per te rinunzierà a odiare le donne, che forse odia tutte proprio per colpa tua? È insensibile alle preghiere, un selvaggio.

FEDRA   Si sa di selvaggi vinti dall'amore.
NUTRICE   Fuggirà.
FEDRA   Fugga anche attraverso il mare, lo seguirò.
NUTRICE   Ricordati di tuo padre.
FEDRA   E perché no di mia madre?
NUTRICE   Ci evita tutte, quelle del nostro sesso.
FEDRA   Così non sarò gelosa di una rivale.
NUTRICE   Ci sarà tuo marito.
FEDRA   Il compagno di Pirìtoo?[42]
NUTRICE   E ci sarà tuo padre.
FEDRA   Fu buono con la figlia Arianna.[43]

NUTRICE   Ti supplico per questi capelli d'argento, per questo petto stanco di soffrire, per queste mammelle a te care, basta, ti prego, con codesta follia. Chiedi aiuto a te stessa: è in via di guarigione chi ha volontà di guarire.

FEDRA   Il mio animo non ha ancora perduto ogni senso morale. Ti darò retta, nutrice. Domerò quest'amore ribelle. Non lascerò macchie sulla mia reputazione. C'è una

---

[41] La nutrice passa da motivazioni ideali e morali ad argomentazioni più pratiche.
[42] L'amico che concepì di rapire, insieme a Téseo, la dea degli inferi Prosérpina: cfr. vv. 94 sgg.
[43] Sorella di Fedra, fuggì da Creta con Téseo, dopo averlo aiutato a uccidere il Minotauro nel labirinto, fornendogli il mitico filo.

Haec sola ratio est, unicum effugium mali:
virum sequamur, morte praevertam nefas.
255 NU. Moderare, alumna, mentis effrenae impetus,
animos coerce. Dignam ob hoc vita reor
quod esse temet autumas dignam nece.
PH. Decreta mors est: quaeritur fati genus.
Laqueone vitam finiam an ferro incubem?
260 An missa praeceps arce Palladia cadam?
Proin castitatis vindicem armemus manum.
NU. Sic te senectus nostra praecipiti sinat
perire leto? Siste furibundum impetum.
[haud quisquam ad vitam facile revocari potest.]
265 PH. Prohibere nulla ratio periturum potest,
ubi qui mori constituit et debet mori.
NU. Solamen annis unicum fessis, era,
si tam protervus incubat menti furor,
contemne famam. Fama vix vero favet,
270 peius merenti melior et peior bono.
Temptemus animum tristem et intractabilem.
Meus iste labor est aggredi iuvenem ferum
mentemque saevam flectere immitis viri.
CHO. Diva non miti generata ponto,

---

[44] Come si vede è la nutrice a impedire a Fedra la soluzione «etica» della morte, cui l'eroina si sarebbe disposta.

[45] Questo primo Coro, che è un inno alla potenza cosmica e universale dell'amore, costituisce uno dei problemi principali per l'interpretazione dell'intera *Fedra*. Se esso, infatti, dovesse rappresentare il punto di vista di Seneca (come pensa la maggior parte degli studiosi che però si differenziano nell'interpretazione generale: secondo Grimal, per es., con la *Fedra* Seneca impara a filosofare, secondo Dingel, addirittura, Seneca poeta negherebbe il pensiero di Seneca filosofo) Fedra si configurerebbe come una vittima non solo impotente ma anche, in qualche modo, innocente della passione amorosa (il che equivarrebbe a una negazione del libero arbitrio). Secondo Giancotti 1986, 16-18 e 65-68, il Coro della *Fedra* rappresenta «punti di vista e atteggiamenti parziali, non corrispondenti alla "verità" che Seneca ha inteso esprimere in questa trage-

sola via di scampo da questo male: andar dietro a mio marito, prevenire con la morte il peccato.

NUTRICE Domina, bambina mia, l'impulso di un cuore senza freni, modera l'eccesso dei tuoi sentimenti. Sei degna di vivere, credimi, proprio perché ti dici degna di morire.

FEDRA La morte è decisa: solo il modo è in discussione. Porrò fine ai miei giorni impiccandomi o gettandomi sulla spada? O mi precipiterò giù dalla rocca di Pàllade? Diamo un'arma alla mia mano, che riscatti la mia purezza.

NUTRICE E la mia vecchiaia ti lascerà morire di una morte così precipitosa? Arresta l'impeto del tuo furore. Non è facile ritornare alla vita.

FEDRA Non c'è modo d'impedire la morte, se chi ha deciso ha il dovere di morire.

NUTRICE Unico conforto dei miei stanchi anni, mia signora, se è così ostinata la passione che cova nel tuo petto, non darti pensiero della reputazione: non ha molta simpatia per il vero, ma la buona tocca ai peggiori e la cattiva ai migliori. Sonderò di mia iniziativa quell'anima scontrosa, tenterò di ammansire quel suo cuore di pietra.[44]

CORO [45] (*di donne Cretesi*) O dea nata dal mare [46] in-

---

dia» (p. 16). La «parzialità» del Coro potrebbe essere avallata dal *Gressae* (che deve senz'altro intendersi *Cressae* riportato dal codice E prima del v. 274): se il Coro è costituito da Cretesi (e non da Ateniesi, come pensa, per es., Paratore) la parzialità si potrebbe spiegare con un Coro di ancelle cretesi, vicine alla logica e agli affetti della propria regina. Resta il fatto che un canto corale d'amore, per quanto «parziale» (ma il *credite laesis* v. 330 se non è autobiografico è certamente universale), attenua fortemente la colpa di Fedra, rea non di amare, ma di amare Ippolito. *Fedra* è il frutto sì dell'ortodossia stoica di Seneca, ma di una ortodossia antidogmatica e, prima ancora che «umanistica», profondamente umana.

[46] «... da cui vergine nacque / Venere...» (Foscolo, *A Zacinto*, 4 sg.)

275 quam vocat matrem geminus Cupido,
impotens flammis simul et sagittis,
iste lascivus puer et renidens
tela quam certo moderatur arcu!
[labitur totas furor in medullas
280 igne furtivo populante venas.]
Non habet latam data plaga frontem,
sed vorat tectas penitus medullas.
Nulla pax isti puero: per orbem
spargit effusas agilis sagittas;
285 quaeque nascentem videt ora solem,
quaeque ad Hesperias iacet ora metas,
si qua ferventi subiecta cancro est,
si qua Parrhasiae glacialis ursae
semper errantes patitur colonos,
290 novit hos aestus. Iuvenum feroces
concitat flammas senibusque fessis
rursus extinctos revocat calores,
virginum ignoto ferit igne pectus
et iubet caelo superos relicto
295 vultibus falsis habitare terras.
Thessali Phoebus pecoris magister
egit armentum positoque plectro
impari tauros calamo vocavit.
Induit formas quotiens minores
300 ipse qui caelum nebulasque ducit:
candidas ales modo movit alas,
dulcior vocem moriente cygno;
fronte nunc torva petulans iuvencus
virginum stravit sua terga ludo,
305 perque fraternos nova regna fluctus
ungula lentos imitante remos

clemente, ti chiama madre l'ambiguo[47] Cupido, il fanciullo che ride e folleggia, ma la sua freccia, la sua fiamma hanno tanto potere! E come è preciso il tiro del suo arco![48] La piaga che infligge non è grande a vedersi, ma sotto divora le più intime fibre.[49] Non ha mai pace, il fanciullo: attraversa il mondo disseminando le sue frecce, e la terra che vede sorgere il sole, la terra che tocca i confini dell'occidente, quella che brucia sotto il segno del Cancro, quella che sotto il gelo dell'Orsa[50] regge tribù sempre in moto, tutte conoscono questo fuoco. Fa divampare l'ardore impetuoso dei giovani, ravviva le spente faville di una stanca vecchiaia, trapassa con una fiamma ignota il seno delle vergini, forza gli dei a lasciare il cielo per la terra sotto falso aspetto: Febo si fece pastore di un armento tessalico e deposta la lira chiamò i tori con la zampogna;[51] in quante forme si imbestiò colui che regola il moto del cielo e delle nubi: ora fu uccello, agitò le ali con voce più dolce di un cigno morente;[52] ora fu torello pronto a cozzare e piegò il dorso ai giochi delle fanciulle: attraverso il regno sconosciuto delle acque, dominio del fratello, imitava con gli zoccoli i lenti remi, rompeva i flutti col petto, trionfa-

---

[47] Per la sua doppia natura di *puer* e di dio potentissimo sugli uomini e sugli stessi dei.

[48] Questo verso in particolare e tutto il Coro in generale fanno da cassa di risonanza delle parole di Fedra: vv. 186 sgg.

[49] I versi 279-280, mancanti in A, vengono espunti, dopo il Bothe, dagli ultimi editori.

[50] Le costellazioni che indicano rispettivamente il sud e il nord. L'Orsa Maggiore è detta *Parrhasia* in quanto in orsa fu tramutata da Giunone (e poi in costellazione da Giove) Callisto, figlia del re dell'Arcadia, di cui Parrasia era la città letterariamente più nota: cfr. Ov. *Her.* 18, 152 *Parrhasis ursa*.

[51] Secondo una tradizione alessandrina, seguita da Tibullo e Ovidio, Apollo si fece spontaneamente pastore per amore; secondo, invece, la versione più nota Apollo fu inviato in Tessaglia, al servizio di Admeto, da Giove per aver ucciso i Ciclopi.

[52] Giove si mutò in cigno per sedurre Leda.

    pectore adverso domuit profundum,
    pro sua vector timidus rapina.
    Arsit obscuri dea clara mundi
310 nocte deserta nitidosque fratri
    tradidit currus aliter regendos:
    ille nocturnas agitare bigas
    discit et gyro breviore flecti;
    nec suum tempus tenuere noctes
315 et dies tardo remeavit ortu,
    dum tremunt axes graviore curru.
    Natus Alcmena posuit pharetras
    et minax vasti spolium leonis,
    passus aptari digitis smaragdos
320 et dari legem rudibus capillis;
    crura distincto religavit auro,
    luteo plantas cohibente socco;
    et manu, clavam modo qua gerebat,
    fila deduxit properante fuso.
325   Vidit Persis ditique ferax
    Lydia regno deiecta feri
    terga leonis, umerisque, quibus
    sederat alti regia caeli,
    tenuem Tyrio stamine pallam.
330 Sacet est ignis – credite laesis –
    nimiumque potens. Qua terra salo
    cingitur alto, quaque per ipsum
    candida mundum sidera currunt:
    haec regna tenet puer immitis,
335 spicula cuius sentit in imis
    caerulus undis grex Nereidum,
    flammamque nequit relevare mari.
    Ignes sentit genus aligerum;
    Venere instinctus suscipit audax
340 grege pro toto bella iuvencus;

tore del mare, temendo solo per la dolce preda.⁵³ Arse d'amore la dea luminosa del cielo notturno e lasciò al fratello la guida ben diversa del suo cocchio lucente: ed egli imparò a reggere la biga della notte e a girare in un'orbita più stretta, ma le notti non mantennero la loro durata e il giorno ritardò a tornare, mentre l'asse cigolava sotto il peso più grave.⁵⁴ Il figlio di Alcmena depose la faretra e la spoglia minacciosa del leone, si lasciò inanellare le dita di smeraldi e acconciare con arte i capelli arruffati; cinse alle gambe cerchietti d'oro e chiuse i piedi in sandali di porpora; la mano che poc'anzi reggeva la clava, filò la lana sul fuso vorticoso.⁵⁵

La Persia e la Libia, regni⁵⁶ felici, videro a terra la pelle del leone feroce e le spalle, un tempo colonne del baldacchino celeste, coperte da un leggero tessuto orientale.⁵⁷ È divino quel fuoco, credete a chi ne ha sofferto, e irresistibile è la sua forza. Dovunque la terra è cinta dall'Oceano, dovunque le fiamme bianche delle stelle percorrono il cielo, lì è il regno del fanciullo crudele: sente le sue frecce in fondo alle acque l'azzurra schiera delle Nereidi,⁵⁸ e il mare non vale a spegnere il fuoco. Lo sentono le razze alate;⁵⁹ sotto il pungolo di Venere il torello corre a battersi per la supremazia dell'armento; la gelosia spinge i pavidi

---

⁵³ L'episodio è quello di Europa, rapita e trasportata da Giove, tramutatosi in toro. È il tema di un celebre epillio di Mosco, celebre anche per essere stato tradotto dal Leopardi.
⁵⁴ La Luna, per visitare di notte Endimione di cui era innamorata, lasciava al fratello Febo la guida del proprio carro.
⁵⁵ Secondo una leggenda, Ercole, innamorato di Ónfale, le permise di indossare la pelle di leone e di impugnare la propria clava mentre egli stesso, vestiti gli abiti di lei, lavorava la lana con le schiave.
⁵⁶ Al tràdito *regno* lo Zw. sostituisce la propria congettura *harena*.
⁵⁷ La Fenicia (*Tyrus*) era famosa per la porpora.
⁵⁸ Le ninfe marine, figlie di Néreo.
⁵⁹ L'aggettivo composto e quadrisillabo *aligerum* (v. anche *vulnificos* del v. 346) associato al tema del potere amoroso richiamano alla memoria l'inno a Venere di Lucrezio.

si coniugio timuere suo,
poscunt timidi proelia cervi,
et mugitu dant concepti
signa furoris. Tunc virgatas
345 India tigres decolor horret;
tunc vulnificos acuit dentes
aper et toto est spumeus ore;
Poeni quatiunt colla leones
cum movit amor. Tum silva gemit
350 murmure saevo. – Amat insani
belua ponti Lucaeque boves:
vindicat omnes natura sibi.
Nihil immune est, odiumque perit
cum iussit Amor; veteres cedunt
355 ignibus irae. Quid plura canam?
356-57 Vincit saevas cura novercas.
Altrix, profare quid feras; quonam in loco est
regina? Saevis ecquis est flammis modus?

NUTRIX, PHAEDRA, CHORUS.

360 NU. Spes nulla tantum posse leniri malum,
finisque flammis nullus insanis erit.
Torretur aestu tacito et inclusus quoque,
quamvis tegatur, proditur vultu furor;
erumpit oculis ignis et lassae genae
365 lucem recusant; nil idem dubiae placet,
artusque varie iactat incertus dolor.
Nunc ut soluto labitur moriens gradu
et vix labante sustinet collo caput,
nunc se quieti reddit, et, somni immemor,
370 noctem querelis ducit; attolli iubet

cervi alla lotta e i bramiti sono il segno del loro furore. Allora l'India olivastra ha terrore delle tigri striate; allora il cinghiale aguzza le zanne micidiali e la sua bocca è tutta schiuma; i leoni africani scrollano la criniera, quando li muove l'amore, e la foresta[60] vibra di paurosi ruggiti. Amano i mostri marini e gli elefanti.[61] La natura reclama i suoi diritti su tutti gli esseri e non dispensa nessuno: anche l'odio si perde, se lo vuole l'Amore, e antichi rancori fanno posto all'affetto. Che dire di più? È un sentimento che vince l'ostilità delle matrigne.

(*Alla nutrice*) Parla, nutrice: che notizie? In che stato è la regina? Si è smorzata la furia della sua passione?

NUTRICE, FEDRA, CORO

NUTRICE Nessuna speranza di alleviare un male così grave: non ci sarà mai fine per questa follia. La consuma una fiamma silenziosa, ma, per quanto nascosto, il suo ardore si tradisce nel volto.[62] Sprizzano scintille dagli occhi, le palpebre rifiutano la luce; vuole e disvuole, in un continuo ondeggiare; le sue membra, in preda a un dolore smanioso, si agitano in moti incoerenti. Ora si piega sulle gambe, come in un collasso mortale,[63] e abbandona il capo ciondolante sul collo; ora torna a riposare, ma ha dimenticato il sonno e trascorre la notte in lamenti: si fa sollevare

[60] Al *tum* di A e di E Zw., che dispone diversamente i vv. 344-351, preferisce *tunc* dei *recentiores*.

[61] Che come si sa furono chiamati per la prima volta dai Romani (e così qui da S.) *Lucae boves*, «buoi lucani».

[62] La fenomenologia, vale a dire la manifestazione esterna del *furor* rappresenta un capitolo specifico della psicologia stoica e senecana in particolare (cfr. per es., *ira*, 2, 35 e 3, 13): tuttavia la descrizione della passione di Fedra non ha nulla di scolastico o di libresco, tesa com'è a sottolineare il conflitto, nell'eroina, fra esaltazione e mortificazione della propria femminilità.

[63] A *moriens* dei codici, Zw. sostituisce senza esitazioni la congettura *marcens* di Axelson.

iterumque poni corpus et solvi comas
rursusque fingi: semper impatiens sui
mutatur habitus. Nulla iam Cereris subit
cura aut salutis; vadit incerto pede,
375 iam viribus defecta: non idem vigor,
non ora tinguens nitida purpureus rubor;
populatur artus cura, iam gressus tremunt,
tenerque nitidi corporis cecidit decor.
Et qui ferebant signa Phoebeae facis
380 oculi nihil gentile nec patrium micant.
Lacrimae cadunt per ora et assiduo genae
rore irrigantur, qualiter Tauri iugis
tepido madescunt imbre percussae nives.
　　Sed en, patescunt regiae fastigia:
385 reclinis ipsa sedis auratae toro
solitos amictus mente non sana abnuit.

PH. Removete, famulae, purpura atque auro inlitas
vestes, procul sit muricis Tyrii rubor,
quae fila ramis ultimi Seres legunt:
390 brevis expeditos zona constringat sinus,
cervix monili vacua, nec niveus lapis
deducat aures, Indici donum maris;
odore crinis sparsus Assyrio vacet.
Sic temere iactae colla perfundant comae
395 umerosque summos, cursibus motae citis
ventos sequantur. Laeva se pharetrae dabit,
hastile vibret dextra Thessalicum manus:
talis severi mater Hippolyti fuit.
Qualis relictis frigidi Ponti plagis
400 egit catervas Atticum pulsans solum
Tanaitis aut Maeotis et nodo comas
coegit emisitque, lunata latus
protecta pelta, talis in silvas ferar.

e poi di nuovo coricare, sciogliere i capelli e poi di nuovo
pettinarli. Insofferente di se stessa, passa da uno stato d'animo
all'altro. Non le importa più di nutrirsi,[64] di vivere:
cammina con passo vacillante, senza più forze; ha perduto
il vigore di prima e il colorito che le imporporava le guance
in fiore; la passione devasta le sue membra, le gambe le
tremolano, se n'è andata la tenera bellezza di quello
splendido corpo. E gli occhi,[65] che avevano un riflesso del
sole, non hanno più una scintilla di quel fuoco ancestrale.
Le lacrime rigano il volto e un pianto continuo irrora le
guance, come, sui gioghi del Tauro,[66] le nevi si fondono
sotto una tiepida pioggia. Ma ecco, si aprono le verande
della reggia: è lei: reclinata sui cuscini di un letto dorato,
allontana, in delirio, le vesti usuali.

FEDRA Via da me, ancelle, le vesti di porpora e d'oro,
via la rossa conchiglia di Tiro,[67] la seta che la Cina[68] raccoglie
ai confini del mondo: una stretta cintura mi rialzi la
tunica, non collane intorno al collo, non pesanti perle di
neve alle orecchie, dono dell'Oceano Indiano, non profumi
orientali sui capelli. Così, in disordine, la mia chioma
inondi le spalle e si agiti al vento di una corsa veloce! La
sinistra terrà la faretra, la destra vibri l'asta tessalica. Così
era la madre dell'austero Ippolito, l'amazzone:[69] come
lei, lasciate le gelide zone del Mar Nero, guidò le sue
compagne a calpestare il suolo dell'Attica, coi capelli
fluenti da un semplice nodo, col fianco protetto dallo scudo
lunato: come lei penetrerò nelle selve.

---

[64] Cerere era la dea delle messi.

[65] Il motivo della bellezza (che diverrà tema centrale del secondo Coro:
vv. 736-828) e in particolare della bellezza degli occhi viene iterato
nel corso della tragedia: cfr. v. 1174 *oculique nostrum sidus* detto da
Fedra di Ippolito.

[66] Monte della Licia.

[67] V. la n. 57.

[68] I *Seres* erano appunto popolazioni dell'estremo oriente che commerciavano
seta: cfr. Sen. *ep*. 90, 13 *commercium Serum*.

[69] Il verso viene espunto dallo Zw., sulle orme dello *Heinsius*.

CHO. Sepone questus: non levat miseros dolor;
405 agreste placa virginis numen deae.

NUTRIX, HIPPOLYTUS.

NU. Regina nemorum, sola quae montes colis,
et una solis montibus coleris dea,
converte tristes ominum in melius minas.
O magna silvas inter et lucos dea,
410 clarumque caeli sidus et noctis decus,
cuius relucet mundus alterna vice,
Hecate triformis, en ades coeptis favens.
Animum rigentem tristis Hippolyti doma:
det facilis aures; mitiga pectus ferum:
415 amare discat, mutuos ignes ferat.
Innecte mentem. Torvus aversus ferox
in iura Veneris redeat. Huc vires tuas
intende: sic te lucidi vultus ferant
et nube rupta cornibus puris eas,
420 sic te regentem frena nocturni aetheris
detrahere numquam Thessali cantus queant
nullusque de te gloriam pastor ferat.
Ades invocata, iam fave votis, dea:
ipsum intuor sollemne venerantem sacrum
425 nullo latus comitante – quid dubitas? Dedit
tempus locumque casus: utendum artibus.
Trepidamus? Haud est facile mandatum scelus
audere, verum iussa qui regis timet,
deponat omne et pellat ex animo decus:
430 malus est minister regii imperii pudor.
HI. Quid huc seniles fessa moliris gradus,

CORO   Bando ai lamenti: dolersi non dà sollievo agli infelici. Placa piuttosto la divinità della vergine silvestre.

NUTRICE, IPPOLITO

NUTRICE   Regina dei boschi, abitatrice solitaria dei monti e solo nume nei monti venerato, storna la minaccia di sinistri presagi. O dea che signoreggi selve e radure, chiaro astro del cielo, gioiello della notte, alterna luce dell'universo, Écate triforme,[70] benedici la mia iniziativa. Doma Ippolito, quel cuore di ghiaccio. Che mi presti orecchio. Addolciscine l'animo selvatico. Impari ad amare e a ricambiare l'amore. Piega la sua volontà: quell'essere cupo, scontroso, orgoglioso riconosca la legge di Venere. Usa di tutta la tua potenza: così il tuo volto abbia gloria di luce, e il tuo arco brilli puro tra le nubi in fuga, così mai, mentre guidi il cocchio della notte, ti traggano giù dal cielo gli incantamenti dei Téssali, e nessun pastore possa gloriarsi della tua conquista. Rispondi alle mie invocazioni, dea, presto, esaudisci i miei voti: lo vedo che viene a pregarti e ad offrirti un sacrificio, senza compagni. (*A se stessa*) Perché esiti? Il caso mi offre un luogo e un'occasione opportuni: tatto ci vuole. Tremi? Non osi? Non è facile fare il male per conto d'altri; ma chi teme il cenno d'un re,[71] rinunzi alla sua dignità, ne svuoti il suo animo: il senso morale è un cattivo servitore del potere.[72]

IPPOLITO   Perché muovi qui a fatica i tuoi passi di vec-

---

[70] Cfr. *Med*. n. 5.
[71] Lo Zw. segue il suggerimento dello *Heinsius*: ... *iusta qui reges timet / deponat*.
[72] I vv. 427-430, variante di un diffuso *topos* senecano (il servo o il cortigiano che, per timore del potere, rinuncia al senso morale) nel nostro contesto mi pare una incongruenza: la nutrice non ha ricevuto nessun ordine, tanto meno da Fedra. Essa stessa, spontaneamente, si era proposta di parlare a Ippolito (cfr. v. 272 sg.).

o fida nutrix, turbidam frontem gerens
et maesta vultu? Sospes est certe parens
sospesque Phaedra stirpis et geminae iugum?
435 NU. Metus remitte. Prospero regnum in statu est
domusque florens sorte felici viget.
Sed tu beatis mitior rebus veni:
namque anxiam me cura sollicitat tui,
quod te ipse poenis gravibus infestus domas.
440 Quem fata cogunt, ille cum venia est miser;
at si quis ultro se malis offert volens
seque ipse torquet, perdere est dignus bona
quis nescit uti. Potius annorum memor
mentem relaxa: noctibus festis facem
445 attolle, curas Bacchus exoneret graves.
Aetate fruere: mobili cursu fugit.
Nunc facile pectus, grata nunc iuveni Venus:
exultet animus. Cur toro viduo iaces?
Tristem iuventam solve; nunc cursus rape,
450 effunde habenas, optimos vitae dies
effluere prohibe. Propria descripsit deus
officia et aevum per suos duxit gradus:
laetitia iuvenem, frons decet tristis senem.
Quid te coerces et necas rectam indolem?
455 Seges illa magnum fenus agricolae dabit
quaecumque laetis tenera luxuriat satis,
arborque celso vertice evincet nemus
quam non maligna caedit aut resecat manus:
ingenia melius recta se in laudes ferunt,
460 si nobilem animum vegeta libertas alit.
Truculentus et silvester ac vitae inscius
tristem iuventam Venere deserta coles?
Hoc esse munus credis indictum viris,
ut dura tolerent, cursibus domitent equos
465 et saeva bella Marte sanguineo gerant?

chia, fedele nutrice, con la fronte fosca, col volto triste?
Va tutto bene a mio padre? E a Fedra? E ai loro due figli?

NUTRICE   Sta' tranquillo. Il regno è in buono stato e la famiglia gode di un momento felice. Ma tu apriti alla gioia. Sono in ansia per te: sei nemico a te stesso, ti condanni a una vita impossibile. Se è destino che uno soffra, non è colpa sua; ma chi vuole i suoi mali e si tormenta da solo, merita di perdere i beni di cui non sa approfittare. Ricordati, sei giovane: rilassa l'animo; alza la fiaccola nelle notti di festa; alleggerisci col vino il peso dei tristi pensieri; goditi la giovinezza: passa in un lampo. Ora si ha il cuore tenero, ora è il momento di amare: da' sfogo ai sensi. Perché è vuoto il tuo letto? Fuga quest'ombra dalla tua giovinezza, lasciala correre a briglia sciolta, non perdere i giorni più belli della vita. Ogni età ha il suo compito, l'ha voluto il dio, e ogni esistenza ha le sue fasi:[73] la gioia è per il giovane, la malinconia per il vecchio. Perché ti inibisci e uccidi in te la natura? Darà una grande raccolta al contadino la messe che in erba lussureggia, rigoglio dei campi; e slancerà la sua cima sopra il bosco l'albero che una mano maligna non taglia o non pota: così per un'indole retta è più facile la via della gloria se la libertà dà alimento e vigore ai suoi nobili istinti. Insocievole, selvatico, ignaro del mondo, passerai senza amore una deserta gioventù? Credi che sia virile solo sostenere dure fatiche, domare la corsa dei cavalli, cimentarsi con la furia sanguinosa di

---

[73] A *duxit* di E e A, Zw. preferisce *ducit* dei *recentiores*.

Providit ille maximus mundi parens,
cum tam rapaces cerneret Fati manus,
ut damna semper subole repararet nova.
Excedat agedum rebus humanis Venus,
quae supplet ac restituit exhaustum genus:
orbis iacebit squalido turpis situ,
vacuum sine ullis piscibus stabit mare,
alesque caelo derit et silvis fera,
solis et aer pervius ventis erit.
Quam varia leti genera mortalem trahunt
carpuntque turbam, pontus et ferrum et doli!
Sed fata credas deesse: sic atram Styga
iam petimus ultro. Caelibem vitam probet
sterilis iuventus: hoc erit, quidquid vides,
unius aevi turba et in semet ruet.
Proinde vitae sequere naturam ducem:
urbem frequenta, civium coetum cole.

HI. Non alia magis est libera et vitio carens
ritusque melius vita quae priscos colat,
quam quae relictis moenibus silvas amat.
Non illum avarae mentis inflammat furor
qui se dicavit montium insontem iugis,
non aura populi et vulgus infidum bonis,
non pestilens invidia, non fragilis favor;
non ille regno servit aut regno imminens
vanos honores sequitur aut fluxas opes,
spei metusque liber, haud illum niger
edaxque livor dente degeneri petit;
nec scelera populos inter atque urbes sata
novit nec omnes conscius strepitus pavet
aut verba fingit; mille non quaerit tegi
dives columnis nec trabes multo insolens
suffigit auro; non cruor largus pias

Marte? Il padre dell'universo, vedendo così rapaci le mani della morte, ha provveduto a compensare le perdite con prole sempre nuova. È Venere che colma i vuoti della razza umana e ne reintegra il numero: escludila dal mondo, e la terra giacerà in squallido abbandono, il mare non guizzerà più di pesci,[74] mancheranno ali al cielo, fiere al bosco e per le vie dell'aria passerà solo il vento. E quante sono le forme della morte che ghermiscono e assottigliano la massa degli uomini: il mare il ferro il tradimento! Ma ammetti che non ci siano, questi colpi del destino: siamo noi ad andare, di nostra volontà, verso il buio di sotterra. Se la gioventù sceglie uno sterile celibato, tutti questi che abbraccia il tuo sguardo saranno gli uomini di una sola generazione, destinata a esaurirsi in se stessa. Segui dunque la guida della natura: frequenta la città, coltiva la compagnia dei tuoi concittadini.

IPPOLITO Non c'è vita più libera e priva di vizi, e più seguace dei costumi antichi, di quella che abbandona le mura e ama le selve. Chi ha mantenuto la sua purezza fra i monti, non arde di folle cupidigia, non smania per una popolarità infida ai buoni, non è avvelenato dalla gelosia né illuso dal fragile favore dei potenti; non è lui a far la corte ai re, o a inseguire, aspirando al regno, onori vani o un potere caduco, ma è libero da speranza e timore, non sente il livido morso di una bassa invidia, né conosce i delitti che germinano[75] tra le folle di città; la cattiva coscienza non gli fa temere ogni soffio, non sono false le sue parole; non desidera un tetto di mille colonne né travi sontuose con borchie d'oro; un fiume di sangue non inonda gli

---

[74] La congettura *piscibus* del Bentley, accolta già dal Leo e ora dallo Zw. (nonché da Giardina 1987), è senz'altro da preferirsi al tràdito *classibus*.

[75] A *sita* dei codici, gli editori concordano nel preferire *sata* dello *Heinsius* (che a sua volta seguiva una indicazione del Trevet).

inundat aras, fruge nec sparsi sacra
500 centena nivei colla summittunt boves:
sed rure vacuo potitur et aperto aethere
innocuus errat. Callidas tantum feris
struxisse fraudes novit et fessus gravi
labore niveo corpus Iliso   fovet;
505 nunc ille ripam celeris Alphei   legit,
nunc nemoris alti densa metatur loca,
ubi Lerna   puro gelida perlucet vado,
sedesque mutat: hinc aves querulae fremunt
ornique ventis lene percussae tremunt
510 veteresque fagi. Iuvit aut amnis vagi
pressisse ripas, caespite aut nudo leves
duxisse somnos, sive fons largus citas
defundit undas sive per flores novos
fugiente dulcis murmurat rivo sonus.
515 Excussa silvis poma compescunt famem
et fraga parvis vulsa dumetis cibos
faciles ministrant. Regios luxus procul
est impetus fugisse: sollicito bibunt
auro superbi; quam iuvat nuda manu
520 captasse fontem! Certior somnus premit
secura duro membra versantem toro.
Non in recessu furta et obscuro improbus
quaerit cubili seque multiplici timens
domo recondit: aethera ac lucem petit
525 et teste caelo vivit. Hoc equidem reor

altari né cento buoi di neve, cosparsi di sacro farro, sottomettono il collo al sacrificio. Ma la sua proprietà non ha confini: si aggira, senza danno di alcuno, per l'aperta campagna, sotto il cielo aperto. Sa tendere astute trappole solo alle fiere e ristora le membra affaticate nell'argenteo Ilisso:[76] ora rasenta la riva del veloce Alféo,[77] ora attraversa il folto dell'alta foresta, dove traluce la pura fonte di Lerna.[78] La sua dimora non è mai la stessa:[79] qui cinguettano gli uccelli e fremono i frassini [80] e i vecchi faggi appena mossi dal vento; lì è bello [81] calcare le rive di un fiume sinuoso o gustare sonni leggeri sulla nuda erba: accanto sgorga una sorgente ricca di polle o mormora dolcemente un ruscello in fuga tra giovani fiori. Frutti spiccati ai boschi smorzano la fame e fragole colte da bassi cespugli porgono un facile cibo. È impaziente di fuggire lontano dal lusso dei re: c'è l'ansia in fondo alle coppe d'oro che bevono i grandi; è più dolce l'acqua di fonte nel cavo della mano, è più facile il sonno di un corpo senza pensieri, steso [82] su un duro giaciglio. Non cerca piaceri furtivi nell'ombra segreta del letto, né cela la sua paura in un labirinto di stanze: vuole l'aria e la luce, e la sua vita ha testi-

[76] V. la n. 5.
[77] Fiume dell'Elide.
[78] Veramente era più famosa per essere la palude dove Ercole uccise l'Idra.
[79] *Sedesque mutat* dei codici è emendato dallo Zw. (che accoglie un'altra proposta di Axelson) in *solesque vitat*.
[80] *Ornique... percussae* è congettura dello *Heinsius,* raccolta da parecchi editori moderni, che rimedia in qualche modo la difficoltà «sintattica» della lezione tràdita *rami... percussi*. Un'altra proposta (cfr., per es., Giancotti 1986, 120 e Zw.) è l'ipotesi di una lacuna dopo il v. 509.
[81] *Iuvat* è lezione dei codici ametrica; *iuvit* emendamento del *Fabricius* accolto dal Giardina, *iuvat et* integrazione di Peiper, accolta dallo Zw.
[82] *Versantem* è lezione di E: lo Zw., giurando *in verba magistri* non solo riporta nel testo *laxantem* di Axelson, ma anche, in apparato, le «varianti» congetturali dello stesso Ax.

          vixisse ritu prima quos mixtos deis
          profudit aetas. Nullus his auri fuit
          caecus cupido, nullus in campo sacer
          divisit agros arbiter populis lapis;
530   nondum secabant credulae pontum rates:
          sua quisque norat maria; non vasto aggere
          crebraque turre cinxerant urbes latus;
          non arma saeva miles aptabat manu
          nec torta clausas fregerat saxo gravi
535   ballista portas, iussa nec dominum pati
          iuncto ferebat terra servitium bove:
          sed arva per se feta poscentes nihil
          pavere gentes; silva nativas opes
          et opaca dederant antra nativas domos.
540   Rupere foedus impius lucri furor
          et ira praeceps quaeque succensas agit
          libido mentes; venit imperii sitis
          cruenta, factus praeda maiori minor:
          pro iure vires esse. Tum primum manu
545   bellare nuda saxaque et ramos rudes
          vertere in arma: non erat gracili levis
          armata ferro cornus aut longo latus
          mucrone cingens ensis aut crista procul
          galeae comantes: tela faciebat dolor.
550   Invenit artes bellicus Mavors novas
          et mille formas mortis. Hinc terras cruor
          infecit omnes fusus et rubuit mare.
          Tum scelera dempto fine per cunctas domos
          iere, nullum caruit exemplo nefas:
555   a fratre frater, dextera nati parens
          cecidit, maritus coniugis ferro iacet
          perimuntque fetus impiae matres suos;
          taceo novercas: mitius nil est feris.
          Sed dux malorum femina: haec scelerum artifex

monio il cielo. Così, penso, si viveva, mescolati agli dei, nell'età più antica. Non cieca brama di oro, non cippo sacro nei campi a segnare i confini, arbitro fra i popoli; non navi che si affidano all'inganno dei flutti, ma a ognuno era noto solo il mare della sua patria; non cinture di torri e bastioni intorno alle città; non armi nella mano feroce del soldato, non massi lanciati dalla catapulta a infrangere porte sbarrate, non buoi aggiogati che impongono alla terra di servire un padrone, ma la spontanea fertilità dei campi nutriva genti senza pretese e la natura offriva le risorse dei suoi boschi e le sue grotte ombrose per dimora. Ruppero questo accordo l'empia frenesia di guadagno, l'ira impaziente e le brame che non danno mai pace al cuore; venne la sete sanguinosa di potere, il più piccolo fu preda del più grosso: e la forza fu diritto. Allora si cominciò a combattere con le nude mani e a usare come armi le pietre e i rami grezzi: non c'era l'asta di legno armata di una punta di ferro, né la spada con la sua lunga lama appesa al fianco, né l'elmo dall'alta criniera;[82 bis] le armi le dava il furore. Poi il dio della guerra inventò nuove tecniche e mille forme di morte. Da allora il sangue macchiò tutta la terra e il mare fu rosso. Allora delitti senza fine andarono per ogni casa e non ci fu misfatto senza un precedente: il fratello è ucciso dal fratello, il padre dal figlio, il marito giace sotto i colpi della moglie, madri snaturate sopprimono le proprie creature; e non dico nulla delle matrigne. Le fiere, al paragone, sono agnelli. Ma il primo dei

---

[82 bis] A *comantes* dei codici (e di Giardina), lo Zw. sostituisce la congettura *micantes* di Axelson.

560 obsedit animos, huius incestae stupris
fumant tot urbes, bella tot gentes gerunt
et versa ab imo regna tot populos premunt.
Sileantur aliae: sola coniunx Aegei,
Medea, reddet feminas dirum genus.
565 NU. Cur omnium fit culpa paucarum scelus?
HI. Detestor omnes, horreo fugio execror.
Sit ratio, sit natura, sit dirus furor:
odisse placuit. Ignibus iunges aquas
et amica ratibus ante promittet vada
570 incerta Syrtis, ante ab extremo sinu
Hesperia Tethys lucidum attollet diem
et ora dammis blanda praebebunt lupi,
quam victus animum feminae mitem geram.
NU. Saepe obstinatis induit frenos Amor
575 et odia mutat. Regna materna aspice :
illae feroces sentiunt Veneris iugum;
testaris istud unicus gentis puer.
HI. Solamen unum matris amissae fero,
odisse quod iam feminas omnes licet.
580 NU. Ut dura cautes undique intractabilis
resistit undis et lacessentes aquas
longe remittit, verba sic spernit mea.
    Sed Phaedra praeceps graditur, impatiens morae.
Quo se dabit fortuna? Quo verget furor?
585 Terrae repente corpus exanimum accidit
et ora morti similis obduxit color.
Attolle vultus, dimove vocis moras:
tuus en, alumna, temet Hippolytus tenet.

mali è la donna: è lei la maestra di delitti, che strega i cuori; per i suoi adulterii vanno in fumo le città, tanti popoli si fanno guerra, tante genti sono sepolte sotto le rovine dei loro regni. Taccio delle altre: la sola moglie di Égeo,[83] Medea, basta a far delle donne una razza maledetta.

NUTRICE   Perché del delitto di poche fai una colpa di tutte?

IPPOLITO   Tutte le detesto, le aborro, le fuggo, le maledico. Sia ragione, sia istinto, sia impulso irrazionale,[84] mi va di odiarle. Congiungerai il fuoco all'acqua, l'ambigua Sirti[85] prometterà guadi amici alle navi, la luce del giorno si leverà dalle spiagge più lontane dell'Occidente,[86] i lupi guarderanno con amore i daini, prima che il mio cuore sia vinto da una donna.

NUTRICE   Spesso l'amore mette il morso ai ribelli e ne muta i sentimenti ostili. Guarda il regno di tua madre, l'amazzone: anche quelle selvagge sentono il giogo di Venere. Tu ne sei la prova, unico figlio della loro razza.

IPPOLITO   Il solo conforto di aver perduto mia madre è che ormai posso odiare tutte le donne.

NUTRICE   Come un duro scoglio, scosceso da ogni lato, resiste alle onde e respinge lontano l'assalto delle acque, così lui è sordo alle mie parole. Ma ecco Fedra: viene avanti, tutta furia e impazienza. Da che parte piegherà la sua sorte? Che esito avrà la sua follia? A un tratto il corpo si è afflosciato esanime a terra e un pallore di morte ha scolorito il volto. (*A Fedra*) Leva gli occhi, snoda la lingua: il tuo Ippolito, figlia, ti tiene fra le braccia.

---

[83] Égeo fu il secondo marito di Medea, dopo Giàsone.
[84] *Durus* è lezione dei codici più autorevoli. Accolgo *dirus*, lezione di un *recentior* messa nel testo dallo Zw. In ogni caso la psicologia dell'Ippolito senecano è preda di un *furor*. Sia l'incestuosa Fedra sia il casto Ippolito sono preda dell'*alogon*.
[85] Nelle cui acque basse si arenavano spesso le navi.
[86] Teti era moglie di Oceano.

PH. Quis me dolori reddit atque aestus graves
590   reponit animo? Quam bene excideram mihi!
HI. Cur dulce munus redditae lucis fugis?
PH. Aude, anime, tempta, perage mandatum tuum.
     Intrepida constent verba: qui timide rogat
     docet negare. Magna pars sceleris mei
595   olim peracta est; serus est nobis pudor:
     amavimus nefanda. Si coepta exequor,
     forsan iugali crimen abscondam face:
     honesta quaedam scelera successus facit.
     En, incipe, anime! – Commodes paulum, precor,
600   secretus aures. Si quis est abeat comes.
HI. En locus ab omni liber arbitrio vacat.
PH. Sed ora coeptis transitum verbis negant;
     vis magna vocem mittit et maior tenet.
     Vos testor omnes, caelites, hoc quod volo –
605   [me nolle.]
HI. Animusne cupiens aliquid effari nequit?
PH. Curae leves locuntur, ingentes stupent.
HI. Committe curas auribus, mater, meis.
PH. Matris superbum est nomen et nimium potens:
610   nostros humilius nomen affectus decet;
     me vel sororem, Hippolyte, vel famulam voca,
     famulamque potius: omne servitium feram.
     Non me per altas ire si iubeas nives,

FEDRA, IPPOLITO, NUTRICE

FEDRA   Chi mi restituisce al dolore? Chi mi ripone in cuore questa febbre smaniosa? Com'era bello, non sentire nulla.

IPPOLITO   Perché respingi il dolce dono della luce?

FEDRA   (*A se stessa*) Osa, mio cuore, tenta, compi tu quello che hai affidato ad altri. Le parole non tremino; chiedere con timore, è suggerire il rifiuto. Una grande parte del mio delitto si è consumata da tempo, da quando ho concepito un amore inconfessabile:[87] ora è tardi per aver vergogna. Se realizzo il mio scopo, forse la fiaccola nuziale velerà la colpa: talvolta il buon esito coonesta il delitto. Coraggio, cuore! (*A Ippolito*) Ti prego, posso parlarti a quattr'occhi? Puoi allontanare i tuoi compagni?

IPPOLITO   Ecco, il luogo è sgombro da orecchie indiscrete.

FEDRA   Ma le parole si bloccano sulle mie labbra; una grande forza mi spinge a parlare, una più grande a tacere. Voi tutti, celesti, siate testimoni che io non voglio[88] ciò che voglio.

IPPOLITO   Hai un desiderio che non puoi esternare?

FEDRA   Lieve è il dolore che parla, il grande è muto.

IPPOLITO   Confida il tuo dolore, madre, alle mie orecchie.

FEDRA   Madre? Oh no, è un termine troppo solenne: ai nostri sentimenti va bene un termine più modesto. Chiamami sorella, Ippolito, oppure schiava. Sì, schiava: per te sono pronta a ogni servizio. Se vuoi che io attraversi le nevi profonde, con gioia porrò il piede sui picchi ghiacciati

---

[87] *Amavimus* dei codici è emendato dallo Zw. in *admovimus* su ennesimo suggerimento di Axelson.
[88] Nei codici *me nolle* è integrato al v. 604. Il sintagma, espunto da alcuni editori, tra cui il Giardina, è conservato da altri, fra cui lo Zw. In ogni caso la sostanza del discorso non cambia. Su questo momento cruciale della tragedia v. *Introduzione*, p. 66 sg.

		pigeat gelatis ingredi Pindi iugis;
615		non, si per ignes ire et infesta agmina,

        pigeat gelatis ingredi Pindi iugis;
615   non, si per ignes ire et infesta agmina,
        cuncter paratis ensibus pectus dare.
        Mandata recipe sceptra, me famulam accipe:
        te imperia regere, me decet iussa exequi.
        Muliebre non est regna tutari urbium;
620   tu qui iuventae flore primaevo viges,
        cives paterno fortis imperio rege;
        sinu receptam supplicem ac servam tege.
        Miserere viduae.
HI.   Summus hoc omen deus
        avertat. Aderit sospes actutum parens.
625 PH. Regni tenacis dominus et tacitae Stygis
        nullam relictos fecit ad superos viam:
        thalami remittet ille raptorem sui?
        Nisi forte amori placidus et Pluton sedet.
HI. Illum quidem aequi caelites reducem dabunt.
630   Sed dum tenebit vota in incerto deus,
        pietate caros debita   fratres colam,
        et te merebor esse ne viduam putes
        ac tibi parentis ipse supplebo locum.
PH. O spes amantum credula, o fallax Amor!
635   Satisne dixi? Precibus admotis agam.
        Miserere, tacitae mentis exaudi preces –
        libet loqui pigetque.
HI.   Quodnam istud malum est?
PH. Quod in novercam cadere vix credas malum.
HI. Ambigua voce verba perplexa iacis.
640   Effare aperte.
PH.   Pectus insanum vapor
        amorque torret. Intimis saevus furit
        [penitus medullis atque per venas meat]
        visceribus ignis mersus et venis latens

del Pindo; se vuoi che io attraversi il fuoco e i plotoni nemici, senza indugio offrirò il petto alla punta delle spade. Questo scettro è tuo, prendilo e fa' di me la tua schiava: a te il comandare, a me l'ubbidire.[89] Non è cosa di donna la difesa di un regno: tu che sei nel primo fiore della giovinezza, governa con polso fermo i sudditi di tuo padre, apri le braccia a una schiava che implora la tua protezione. Pietà, pietà di una vedova.

IPPOLITO L'altissimo storni un tale presagio. Presto mio padre sarà qui sano e salvo.

FEDRA Il signore del regno vorace, dello Stige silenzioso, ha chiuso ogni via che riporta tra i vivi: e lascerà andare il rapitore della sua donna? Ma forse anche Plutone è comprensivo per chi ama.

IPPOLITO Gli dei sono giusti e gli concederanno il ritorno. Ma finché i nostri voti rimarranno sospesi, non mancherò ai miei doveri di fratello, e farò di tutto perché tu non ti senta vedova: sarò io a prendere il posto di mio padre.

FEDRA (*Fra sé*) O illusione degli innamorati, o inganno dell'Amore! Ho detto abbastanza? Ricorrerò alle preghiere. (*A Ippolito*) Abbi pietà, dà ascolto alla preghiera che è chiusa nel mio cuore. Vorrei parlare e non vorrei.

IPPOLITO Che razza di male è questo?

FEDRA Un male quasi incredibile per una matrigna.

IPPOLITO Sono enigmi, questi che dici. Parla chiaro.

FEDRA Il mio cuore avvampa sino a impazzire. Un rivo di fuoco ribolle [90] in fondo alle viscere e corre nascosto per

---

[89] Il verso a suo tempo espunto dal Peiper viene ora espunto anche dallo Zw.
[90] Vessato il v. 641: *saevus furit* è congettura dello *Heinsius* accolta da Giardina, mentre lo Zw. accoglie *saevit ferus* del *Gronovius*.

>   ut agilis altas flamma percurrit trabes.
> 645 HI. Amore nempe Thesei casto furis?
>   PH. Hippolyte, sic est: Thesei vultus amo
>   illos priores quos tulit quondam puer,
>   cum prima puras barba signaret genas
>   monstrique caecam Gnosii vidit domum
> 650   et longa curva fila collegit via.
>   Quis tum ille fulsit! Presserant vittae comam
>   et ora flavus tenera tinguebat pudor;
>   inerant lacertis mollibus fortes tori;
>   tuaeve Phoebes   vultus aut Phoebi   mei,
> 655   tuusque potius – talis, en talis fuit
>   cum placuit hosti, sic tulit celsum caput:
>   in te magis refulget incomptus decor;
>   est genitor in te totus et torvae tamen
>   pars aliqua matris miscet ex aequo decus:
> 660   in ore Graio Scythicus apparet rigor.
>   Si cum parente Creticum intrasses fretum,
>   tibi fila potius nostra nevisset soror.
>   Te te, soror, quacumque siderei poli
>   in parte fulges, invoco ad causam parem:
> 665   domus sorores una corripuit duas,
>   te genitor, at me natus. En supplex iacet
>   adlapsa genibus regiae proles domus.
>   Respersa nulla labe et intacta, innocens
>   tibi mutor uni. Certa descendi ad preces:
> 670   finem hic dolori faciet aut vitae dies.
>   Miserere amantis. –
>   HI.   Magne regnator deum,
>   tam lentus audis scelera? Tam lentus vides?
>   Et quando saeva fulmen emittis manu,

le vene[91] come l'agile fiamma per le alte travi.

IPPOLITO Parli del legittimo amore per Téseo, non è vero?

FEDRA Sì, Ippolito: amo il volto di Téseo, ma quello di un tempo, il suo volto di ragazzo, quelle guance lisce appena ombreggiate dalla prima peluria, quando nella cieca dimora del mostro cretese sgomitolò il lungo filo per le vie del labirinto. Che splendore egli era! I capelli stretti da un nastro, un pudico rossore sulle guance delicate, muscoli vigorosi nelle tenere braccia, il volto della tua Diana[92] o del mio Febo, o il tuo piuttosto: ecco, ecco com'era quando innamorò la sua nemica, Arianna; così levava il capo. Tu hai in più il fascino di una bellezza disadorna; c'è in te tutto tuo padre e tuttavia vi si mescola in egual misura qualcosa della tua selvaggia madre: sul volto di un greco appare la fierezza dello scita. Se fossi approdato con tuo padre a Creta, per te mia sorella avrebbe filato il suo filo. Invoco te, sorella,[93] in qualunque parte del cielo brilli la tua costellazione, invoco te per una causa pari alla tua: una sola famiglia ha ammaliato due sorelle, te il padre, me il figlio. Ecco, Ippolito, prostrata supplice alle tue ginocchia la discendente di una stirpe regale. Sinora senza macchia e senza colpa, per te solo degenero. Mi sono umiliata a pregarti, forte di una decisione: questo giorno sarà l'ultimo, del mio dolore o della mia vita. Pietà, pietà di una donna innamorata.

IPPOLITO Re del cielo, tu ascolti, tu vedi i misfatti con tanta pazienza? E quando la tua mano tremenda scaglierà

---

[91] Il v. 642, assente in E, è tràdito da A che legge *medullas*, emendato in *medullis* dallo *Heinsius*. *Venis* è concorde lezione dei codici: *venas* è congettura del Bothe accolta dallo Zw.

[92] Lo Zw. accoglie il suggerimento del Bothe di invertire le enclitiche dei due aggettivi personali *tuaeve ... tuusque*.

[93] Secondo la tradizione, Arianna, dopo essere stata abbandonata da Téseo nell'isola di Nasso, fu salvata da Dionìso che le promise l'ascensione al cielo. Secondo una variante, a essere trasformata in costellazione fu la corona, donata da Dionìso ad Arianna, che l'eroina a sua volta donò a Téseo, salvandolo così dal Labirinto.

si nunc serenum est? Omnis impulsus ruat
675 aether et atris nubibus condat diem,
ac versa retro sidera obliquos agant
retorta cursus. Tuque, sidereum caput,
radiate Titan, tu nefas stirpis tuae
speculare? Lucem merge et in tenebras fuge.
680 Cur dextra, divum rector atque hominum, vacat
tua, nec trisulca mundus ardescit face?
In me tona, me fige, me velox cremet
transactus ignis. Sum nocens, merui mori:
placui novercae. Dignus en stupris ego?
685 Scelerique tanto visus ego solus tibi
materia facilis? Hoc meus meruit rigor?
O scelere vincens omne femineum genus,
o maius ausa matre monstrifera malum,
genetrice peior! Illa se tantum stupro
690 contaminavit, et tamen tacitum diu
crimen biformi partus exhibuit nota,
scelusque matris arguit vultu truci
ambiguus infans – ille te venter tulit.
O ter quaterque prospero fato dati
695 quos hausit et peremit et leto dedit
odium dolusque – genitor, invideo tibi:
Colchide noverca maius haec, maius malum est.
PH. Et ipsa nostrae fata cognosco domus:
fugienda petimus; sed mei non sum potens.
700 Te vel per ignes, per mare insanum sequar
rupesque et amnes, unda quos torrens rapit;
quacumque gressus tuleris hac amens agar.
Iterum, superbe, genibus advolvor tuis.
HI. Procul impudicos corpore a casto amove
705 tactus – quid hoc est? Etiam in amplexus ruit?
Stringatur ensis, merita supplicia exigat.
En impudicum crine contorto caput

la folgore, se ora il cielo è sereno? Oscilli la volta celeste e crolli seppellendo la luce sotto un nero ammasso di nubi, le stelle ripercorrano all'indietro le loro orbite oblique. E tu, Sole, cinto di raggi la testa luminosa, tu stai a guardare l'infamia della tua discendente? Vela il tuo fulgore e fuggi fra le tenebre. Perché è inerte la tua destra, reggitore degli dei e degli uomini? Perché il cielo non si incendia al guizzo delle folgori? Su me avventa il tuo tuono, me trafigga e incenerisca il tuo lampo: sono io il colpevole, io ho meritato la morte: ho fatto innamorare la mia matrigna. Io capace di adulterio? Me solo hai giudicato un docile strumento di tanto obbrobrio? Questo è il frutto del mio ascetismo? Tu superi nel male tutta la razza delle femmine, quello che hai osato è più mostruoso del parto di tua madre, tu sei peggiore di chi ti ha generato: lei macchiò solo se stessa di adulterio, e tuttavia il peccato, a lungo nascosto, fu svelato dal parto biforme e l'ambigua creatura col suo volto bestiale tradì la colpa della madre: è quello il ventre che ti ha portata. O tre e quattro volte felice la sorte di quanti ebbero morte e rovina dall'odio e dall'inganno! Padre, ti invidio: questa donna è un male maggiore della tua barbara matrigna, Medea.[94]

FEDRA   Riconosco anch'io il destino della nostra famiglia, avere desideri proibiti; ma non so più dominarmi. Ti seguirò anche attraverso il fuoco, per il mare in tempesta, per rocce e fiumi vorticosi; dovunque volgerai i tuoi passi, là mi porterà la mia passione. Ancora una volta, o superbo, mi getto alle tue ginocchia.

IPPOLITO   Via da me, non toccarmi, non contaminare il mio corpo con le tue mani lascive. Come? Si butta fra le mie braccia? Snuda la spada: abbia la pena che si merita. Ecco, la mia sinistra le torce la chioma e le piega indietro

---

[94] È detta matrigna di Téseo poiché, secondo Euripide *Med.* 603 sgg., Egeo, padre di Téseo, sposerà l'eroina fuggitiva da Corinto.

          laeva reflexi: iustior numquam focis
          datus tuis est sanguis, arquitenens dea.
710 PH.   Hippolyte, nunc me compotem voti facis;
          sanas furentem. Maius hoc voto meo est,
          salvo ut pudore manibus immoriar tuis.
    HI.   Abscede, vive, ne quid exores, et hic
          contactus ensis deserat castum latus.
715   Quis eluet me Tanais aut quae barbaris
          Maeotis undis Pontico incumbens mari?
          Non ipse toto magnus Oceano pater
          tantum expiarit sceleris, o silvae, o ferae!
    NU.   Deprensa culpa est. Anime, quid segnis stupes?
720   Regeramus ipsi crimen atque ultro impiam
          Venerem arguamus: scelere velandum est scelus;
          tutissimum est inferre, cum timeas, gradum.
          Ausae priores simus an passae nefas,
          secreta cum sit culpa, quis testis sciet?
725   Adeste, Athenae! Fida famulorum manus
          fer opem! Nefandi raptor Hippolytus stupri
          instat premitque, mortis intentat metum,
          ferro pudicam terret; en praeceps abit
          ensemque trepida liquit attonitus fuga.
730   Pignus tenemus sceleris. Hanc maestam prius
          recreate. Crinis tractus et lacerae comae
          ut sunt remaneant, facinoris tanti notae.
          Perferte in urbem. Recipe iam sensus, era.
          Quid te ipsa lacerans omnium aspectus fugis?
735   Mens impudicam facere, non casus, solet.
    CHO. Fugit insanae similis procellae,
          ocior nubes glomerante Coro,
          ocior cursum rapiente flamma,
          stella cum ventis agitata longos
740   porrigit ignes.
          Conferat tecum decus omne priscum

quella testa svergognata: mai sangue più giusto fu offerto ai tuoi altari, o signora dell'arco.

FEDRA Ippolito, ora sì esaudisci i miei voti: tu guarisci la mia follia. È più di quanto chiedessi, morire fra le tue mani senza perdere l'onore.

IPPOLITO Va', vivi, non otterrai nulla da me: e questa spada contaminata lasci il mio fianco. Quali acque mi purificheranno? Il Tanai?[95] La palude Meotica[96] che getta le sue barbare onde nel Mar Nero? No, l'Oceano intero non basterebbe a lavare una simile macchia. O selve, o fiere!

NUTRICE La colpa è scoperta. Scuotiti, attonito cuore. Ritorceremo su lui l'accusa, saremo noi a imputargli un amore incestuoso. Si deve mascherare il delitto col delitto; la cosa più sicura, per chi teme, è l'offensiva. Se il misfatto lo abbiamo commesso o subìto, chi lo saprà? Non ci sono testimoni. (*A voce alta*) Correte, Ateniesi! Aiuto, servi fedeli! Ippolito, in preda a un'incestuosa libidine, le è addosso, la stringe, la minaccia di morte, alle sue resistenze snuda il ferro. Ecco, va via a precipizio, e nella fretta della fuga, fuori di sé, abbandona la spada. È in nostra mano il corpo del delitto. Ma prima rianimate la dolente. I capelli scomposti e strappati restino così come sono, segno della violenza subìta. Riportatela dentro. (*A Fedra*) Riprendi i sensi, signora. Perché ti strazi con le tue mani e fuggi tutti gli sguardi? Chi fa perdere il pudore è l'anima, non il caso.

CORO È fuggito come un furioso uragano, più veloce del vento che ammassa le nubi, più veloce della fiamma che divora lo spazio, quando una meteora in corsa si lascia dietro una lunga scia di fuoco. La fama, ammiratrice del passato, paragoni a te tutte le bellezze di un tempo: tanto

---

[95] Il fiume che divide l'Europa dall'Asia.
[96] La palude scitica, che occupava il territorio delle Amazzoni.

fama miratrix senioris aevi:
pulcrior tanto tua forma lucet,
clarior quanto micat orbe pleno
cum suos ignes coeunte cornu
iunxit et curru properante pernox
exerit vultus rubicunda Phoebe
nec tenent stellae faciem minores;
talis est, primas referens tenebras,
nuntius noctis, modo lotus undis
    Hesperus, pulsis iterum tenebris
        Lucifer idem.

Et tu, thyrsigera Liber ab India,
intonsa iuvenis perpetuum coma,
tigres pampinea cuspide territans
ac mitra cohibens cornigerum caput,
non vinces rigidas Hippolyti comas.
Ne vultus nimium suspicias tuos:
omnes per populos fabula distulit,
Phaedrae quem Bromio praetulerit soror.

    Anceps forma bonum mortalibus,
exigui donum breve temporis,
ut velox celeri pede laberis!
Non sic prata novo vere decentia
aestatis calidae despoliat vapor,
saevit solstitio cum medius dies
et noctes brevibus praecipitant rotis,
languescunt folio et lilia pallido
et gratae capiti deficiunt rosae,
ut fulgor teneris qui radiat genis
momento rapitur nullaque non dies
formosi spolium corporis abstulit.
Res est forma fugax: quis sapiens bono

più splenderà la tua bellezza, quanto più brilla col suo disco pieno la luna, quando riunisce i fulgidi corni dell'arco e sul rapido cocchio della notte scopre il suo volto fiammante, eclissando il luccichio delle stelle. Tale[97] è l'astro che a sera, col nome di Espero, porta le prime ombre, nunzio della notte, ancor rorido di mare e all'alba scaccia di nuovo le ombre col nome di Lucifero. E tu, Bacco,[98] venuto dall'India, dio eternamente giovane dall'intatta chioma, tu che impaurisci[99] le tigri con l'asta infiorata di pampini e avvolgi la mitra attorno al capo bicorne, tu non puoi vincere gli ispidi capelli di Ippolito. Non compiacerti troppo del tuo volto: per ogni gente si è diffuso il nome dell'uomo che la sorella di Fedra avrebbe preferito a Bromio.[100]

Bellezza, bene incerto ai mortali, breve dono dell'attimo, come rapido fugge il tuo piede! Non così in fretta i prati, rigogliosi all'inizio della primavera, sono spogliati dal caldo soffio dell'estate, quando al solstizio il mezzogiorno è fuoco e le notti abbreviano[101] la loro corsa. Languono i pallidi petali dei gigli, sfioriscono le rose intrecciate ai capelli: così, in un momento, ci è rapito il fulgido incarnato delle guance: non c'è giorno che non predi qualcosa a una bella persona. Cosa effimera è la bellezza: non

---

[97] *Talis* è la proposta del Leo, accolta dallo Zw. (e ora da Giardina 1987), contro *qualis* dei codici.

[98] Dio del vino, veniva rappresentato coi capelli lunghi e folti ed era spesso punto di riferimento nella descrizione della bellezza. Al seguito del suo carro, trainato da tigri dell'India, erano le Baccanti, o Ménadi, che celebravano le sacre orge.

[99] *Territans*, lezione concorde dei codici, viene emendato in *temperans* da Axelson e messo a testo dallo Zw.

[100] Soprannome di Bacco: cfr. Ov. *met.* 4, 11.

[101] *Praecipitant* del *Gronovius* accolto dal Giardina è forse da preferirsi al *praecipitat* dei codici, conservato dallo Zw.: *medius dies* del v. 766 sembrerebbe riferirsi al «dì» e non al «giorno».

confidat fragili? Dum licet, utere.
775 Tempus te tacitum subruit, horaque
semper praeterita deterior subit.
    Quid deserta petis? Tutior aviis
non est forma locis: te nemore abdito,
cum Titan medium constituit diem,
780 cingent turba licens Naides improbae,
formosos solitae claudere fontibus,
et somnis facient insidias tuis
[lascivae nemorum deae]
Panas quae Dryades montivagos petunt.
785 Aut te stellifero despiciens polo
sidus post veteres Arcadas   editum
currus non poterit flectere candidos.
Et nuper rubuit, nullaque lucidis
nubes sordidior vultibus obstitit;
790 at nos solliciti numine turbido,
tractam Thessalicis carminibus rati,
tinnitus dedimus: tu fueras labor
et tu causa morae, te dea noctium
dum spectat celeres sustinuit vias.
795   Vexent hanc faciem frigora parcius,
haec solem facies rarius appetat:
lucebit Pario marmore clarius.
Quam grata est facies torva viriliter
et pondus veteris triste supercili!
800 Phoebo colla licet splendida compares:
illum caesaries nescia colligi
perfundens umeros ornat et integit;
te frons hirta decet, te brevior coma
nulla lege iacens; tu licet asperos
805 pugnacesque deos viribus audeas

è saggio fidarsi di un bene così fragile. Finché puoi, approfittane. Il tempo ti rode in silenzio, l'ora presente è sempre peggiore di quella passata.

Perché cerchi la solitudine? La bellezza non è più sicura nei luoghi nascosti. Nel cuore del bosco, quando il Sole è fermo al vertice del cielo, sarai circondato dalle ninfe delle acque, frotta licenziosa che ama imprigionare i bei ragazzi nelle fonti,[102] e insidieranno i tuoi sonni le ninfe degli alberi,[103] in caccia dei fauni vaganti per i monti. O, contemplandoti dal firmamento, l'astro nato dopo gli antichi Arcadi,[104] la luna, non sarà più in grado di dirigere il suo cocchio abbagliante. Or ora[105] si è tinta in rosso senza che una nuvola ne oscurasse il volto luminoso: ma noi, in ansia per l'offuscarsi della dea, ne davamo la colpa agli incantamenti dei Téssali, e facevamo tintinnare i bronzi: eri tu la sua pena, tu la causa del suo indugio, per guardare te la dea delle notti ha sospeso il suo viaggio veloce. Se questo tuo volto fosse meno esposto alle offese del freddo e del sole, il marmo di Paro non avrebbe il suo candore. Com'è bella la maschia fierezza del tuo volto, l'antica gravità della tua fronte severa! Paragona il tuo collo radioso a quello di Febo: lui si ammanta di una lunga chioma spiovente sulle spalle; a te stan bene capelli più corti, ispidi e incolti. A te è permesso vincere gli dei della guerra per forza e prestanza fisica: così giovane hai già i muscoli di

---

[102] Allusione al rapimento del fanciullo Ila: cfr. *Med.* v. 647.

[103] I versi 783-784 sono vessati. Il Leo, seguìto dal Giardina, espunge *lascivae nemorum deae* tràdito dai codici, mentre lo Zw. seguendo A, legge *lacvivae nemorum deae / montivagivae Panes,* escludendo la lezione di E (accettata dal Giardina) *Panas quae Dryades montivagos petunt.*

[104] Secondo il mito la luna sorse nel cielo dopo la nascita degli Arcadi, il cui capostipite, Arcade, era collegato, nel nome, con l'orso (*arctos*). Orse erano chiamate le fanciulle che ad Atene servivano la dea Artemide.

[105] Lo Zw. preferisce a *et* dei codici più autorevoli *en* di un *recentior*.

et vasti spatio vincere corporis:
aequas Herculeos nam iuvenis toros,
Martis belligeri pectore latior.
Si dorso libeat cornipedis vehi,
810 frenis Castorea mobilior manu
Spartanum poteris flectere Cyllaron.
Ammentum digitis tende prioribus
et totis iaculum dirige viribus:
tam longe, dociles spicula figere,
815 non mittent gracilem Cretes harundinem.
Aut si tela modo spargere Parthico
in caelum placeat, nulla sine alite
descendent, tepido viscere condita
praedam de mediis nubibus afferent.
820 Raris forma viris (saecula perspice)
impunita fuit. Te melior deus
tutum praetereat formaque nobilis
deformis senii monstret imaginem.

Quid sinat inausum feminae praeceps furor?
825 Nefanda iuveni crimina insonti apparat.
En scelera! Quaerit crine lacerato fidem,
decus omne turbat capitis, umectat genas:
instruitur omni fraude feminea dolus.
Sed iste quisnam est, regium in vultu decus
830 gerens et alto vertice attollens caput?
Ut ora iuveni paria Pittheo gerit,
ni languido pallore canderent genae
staretque recta squalor incultus coma!
En ipse Theseus redditus terris adest.

THESEUS, NUTRIX.

835 TH. Tandem profugi noctis aeternae plagam

Ercole e un torace più largo del bellicoso Marte. Vuoi montare sul dorso di un cavallo? Guiderai il destriero di Càstore, lo spartano Cìllaro,[106] con mano più abile del suo padrone. Tendi la corda con la punta delle dita e scaglia con tutte le forze il giavellotto: gli abili arcieri di Creta non manderanno così lontano la loro agile freccia. O se ti garba di saettare in cielo alla maniera dei Parti, nessun dardo ricadrà senza un uccello, senza riportare dalle nubi una preda con le tiepide viscere trafitte.

A pochi uomini (sfoglia la storia) la bellezza non costò cara. Ma la protezione divina allontani da te ogni pericolo: possa un giorno la vecchiaia cancellare le tracce della tua bellezza! Di che non è capace la cieca passione di una donna? Macchina infami accuse al giovane innocente. Scellerata! Cerca credito strappandosi i capelli, scompigliando ogni ornamento del capo, bagnando le guance; non c'è inganno che non trami la sua perfidia di donna.

Ma chi è costui che ha in volto la maestà di un re e porta così eretto il capo? Come somiglia il suo viso al nipote di Pìtteo,[107] Ippolito! Ma le guance hanno un pallore di morte, sul capo si rizza una sordida chioma. È lui! È Téseo che ritorna sulla terra.

TÉSEO, NUTRICE

TÉSEO Finalmente! Sono fuggito dalle contrade della notte eterna, dal nero cielo che imprigiona i morti, e gli

---

[106] Cavallo di Castore donatogli da Giunone.
[107] *Pirithoo* è la lezione — seguita da Giardina — che lascerebbero intuire i codici ma che è stata emendata dalla congettura del Damsté *Pittheo*, accolta da molti editori e recentemente dallo Zw. Pìtteo era il mitico re di Trezene, figlio di Pélope e padre di Etra, madre di Téseo.

vastoque manes carcere umbrantem polum,
et vix cupitum sufferunt oculi diem.
Iam quarta Eleusin dona Triptolemi   secat
paremque totiens libra composuit diem,
840 ambiguus ut me sortis ignotae labor
detinuit inter mortis et vitae mala.
Pars una vitae mansit extincto mihi,
sensus malorum; finis Alcides fuit,
qui cum revulsum Tartaro   abstraheret canem,
845 me quoque supernas pariter ad sedes tulit.
Sed fessa virtus robore antiquo caret
trepidantque gressus. Heu, labor quantus fuit
Phlegethonte ab imo petere longinquum aethera
pariterque mortem fugere et Alciden sequi.
850   Quis fremitus aures flebilis pepulit meas?
Expromat aliquis. Luctus et lacrimae et dolor,
in limine ipso maesta lamentatio?
Hospitia digna prorsus inferno hospite.
NU. Tenet obstinatum Phaedra consilium necis
855 fletusque nostros spernit ac morti imminet.
TH. Quae causa leti? Reduce cur moritur viro?
NU. Haec ipsa letum causa maturum attulit.
TH. Perplexa magnum verba nescio quid tegunt.
Effare aperte quis gravet mentem dolor.
860 NU. Haut pandit ulli; maesta secretum occulit
statuitque secum ferre quo moritur malum.
Iam perge, quaeso, perge: properato est opus.
TH. Reserate clausos regii postes laris.

occhi sostengono appena la sospirata luce. Già quattro volte Eleusi ha mietuto i doni di Trittòlemo,[108] e altrettante la Bilancia ha pareggiato il giorno e la notte, da che un'impresa disperata mi ha tenuto prigioniero tra i mali della morte e della vita. Nella morte mi era rimasta una sola parte della vita, la sensibilità. Fine dei mali fu il nipote di Álceo, Ercole, che trascinando fuori del Tartaro il cane infernale[109] portò anche me a rivedere le stelle. Ma il mio animo è stanco, non ha più l'antica energia, il mio passo è vacillante. Ah, che fatica fu risalire dal fondo dell'abisso al cielo lontano, fuggire la morte e seguire il nipote di Álceo!

Ma un suono di pianto ferisce le mie orecchie. Che è? Qualcuno parli. Lutto, lacrime, dolore, un coro di lamenti già sulla soglia di casa? Accoglienza degna di un reduce dall'oltretomba.

NUTRICE Fedra ha preso una decisione irremovibile, uccidersi, e non ascolta il nostro pianto, non vede l'ora di morire.

TÉSEO Qual è il motivo? Perché morire al ritorno del marito?

NUTRICE Proprio questo le fa affrettare la morte.

TÉSEO Le tue parole misteriose nascondono qualcosa di grave. Parla chiaro: di che soffre il suo cuore?

NUTRICE Non lo dice a nessuno, si tiene dentro il suo segreto doloroso: ha deciso di portare con sé il male di cui muore. Ma presto, ti prego, presto: non c'è un momento da perdere.

TÉSEO Spalancate le porte della reggia.

---

[108] Trittòlemo, inventore dell'agricoltura, fu re di Eleusi, la città dell'Attica dove si celebravano i misteri di Demetra, dea delle messi. L'intera espressione, come quella seguente relativa alla Bilancia, equivale a: «sono già passati quattro anni» o, meglio, «quattro primavere e quattro autunni».

[109] Cerbero. Fu la dodicesima e ultima fatica di Ercole.

THESEUS, PHAEDRA, NUTRIX *tacita*.

TH. O socia thalami, sicine adventum viri
865 et expetiti coniugis vultum excipis?
Quin ense viduas dexteram atque animum mihi
restituis et te quidquid e vita fugat
expromis?

PH. Eheu, per tui sceptrum imperi,
magnanime Theseu, perque natorum indolem
870 tuosque reditus perque iam cineres meos,
permitte mortem.

TH. Causa quae cogit mori?
PH. Si causa leti dicitur, fructus perit.
TH. Nemo istud alius, me quidem excepto, audiet.
PH. Aures pudica coniugis solas timet.
875 TH. Effare: fido pectore arcana occulam.
PH. Alium silere quod voles, primus sile.
TH. Leti facultas nulla continget tibi.
PH. Mori volenti desse mors numquam potest.
TH. Quod sit luendum morte delictum indica.
PH. Quod vivo.
880 TH. Lacrimae nonne te nostrae movent?
PH. Mors optima est perire lacrimandum suis.
TH. Silere pergit. Verbere ac vinclis anus
altrixque prodet quidquid haec fari abnuit.
Vincite ferro. Verberum vis extrahat
secreta mentis.
885 PH. Ipsa iam fabor, mane.
TH. Quidnam ora maesta avertis et lacrimas genis
subito coortas veste praetenta optegis?
PH. Te te, creator caelitum, testem invoco,
et te, coruscum lucis aetheriae iubar,

TÉSEO, FEDRA, NUTRICE (*che non parla*)

TÉSEO Compagna del mio letto, così accogli il ritorno del marito? Così mostri la gioia di rivederlo? Getta la spada dalla mano, ridammi la vita, e qualunque motivo hai di fuggirla, dimmelo.

FEDRA Per lo scettro del tuo regno, nobile Téseo, per i nostri figli, per il tuo ritorno, per la cenere che sarà presto il mio corpo, lasciami morire.

TÉSEO Chi ti costringe a farlo?

FEDRA Dire la causa della mia morte, è perderne il frutto.

TÉSEO Nessun altro, eccetto me, ne saprà nulla.

FEDRA Una donna onesta teme anche solo le orecchie del marito.

TÉSEO Parla: chiuderò nel mio cuore il tuo segreto.

FEDRA Se vuoi che gli altri tacciano una cosa, sii tu il primo a tacerla.

TÉSEO Non ti sarà data alcuna possibilità di ucciderti.

FEDRA Chi vuol morire non può mancare la morte.

TÉSEO Di' almeno che peccato devi espiare con la morte.

FEDRA L'essere viva.

TÉSEO Non ti commuovono le nostre lacrime?

FEDRA È bella la morte di chi lascia in lacrime i suoi.

TÉSEO Continua a tacere. Sferza e catene forzeranno la vecchia a parlare per lei. (*Ai servi*) Mettetela ai ferri. La violenza dei colpi le estorcerà il suo segreto.

FEDRA No, aspetta, sarò io a parlare.[110]

TÉSEO Perché volgi altrove il viso afflitto e copri con la veste un improvviso fiotto di lacrime?

FEDRA Te, padre degli dei, te chiamo a testimonio, e te, astro sfavillante, luce del cielo, capostipite della nostra

---

[110] Ennesima attenuante offerta a Fedra: decisa a tacere parla soltanto dopo le minacce rivolte alla nutrice.

890 ex cuius ortu nostra dependet domus:
temptata precibus restiti; ferro ac minis
non cessit animus: vim tamen corpus tulit.
Labem hanc pudoris eluet noster cruor.
TH. Quis, ede, nostri decoris eversor fuit?
PH. Quem rere minime.
895 TH. Quis sit audire expeto.
PH. Hic dicet ensis quem tumultu territus
liquit stuprator civium accursum timens.
TH. Quod facinus, heu me, cerno? Quod monstrum intuor?
Regale patriis asperum signis ebur
900 capulo refulget, gentis Actaeae decus.
Sed ipse quonam evasit?
PH. Hi trepidum fuga
videre famuli concitum celeri pede.
TH. Pro sancta Pietas, pro gubernator poli
et qui secundum fluctibus regnum moves,
905 unde ista venit generis infandi lues?
Hunc Graia tellus aluit an Taurus Scythes
Colchusque Phasis? Redit ad auctores genus
stirpemque primam degener sanguis refert.
Est prorsus iste gentis armiferae furor,
910 odisse Veneris foedera et castum diu
vulgare populis corpus. O taetrum genus
nullaque victum lege melioris soli!
Ferae quoque ipsae Veneris evitant nefas,
generisque leges inscius servat pudor.
915 Ubi vultus ille et ficta maiestas viri
atque habitus horrens, prisca et antiqua appetens,
morumque senium triste et affectus graves?
O vita fallax, abditos sensus geris
animisque pulcram turpibus faciem induis:
920 pudor impudentem celat, audacem quies,

famiglia: tentata con le preghiere, ho resistito; al ferro e alle minacce non ha ceduto il mio animo, ma il mio corpo ha subìto violenza. È questa la macchia che laverà il mio sangue.

TÉSEO Chi fu, dimmi, il colpevole del mio disonore?
FEDRA Chi meno immagini.
TÉSEO Chi? Voglio saperlo.
FEDRA Te lo dirà la spada abbandonata dal seduttore, impaurito dalle nostre grida d'aiuto.

TÉSEO Che vedo, ahimè? Che mostruosità è quella che scorgo? L'avorio regale cesellato con le insegne[111] della nostra gente: rifulge sull'elsa il simbolo glorioso dell'Attica. Ma lui dove ha trovato scampo?

FEDRA I servi lo hanno visto fuggire affannato, precipitosamente.

TÉSEO O santi affetti familiari, e tu che reggi il cielo, e tu che agiti il regno dei flutti, da dove è venuta questa peste di razza nefanda? L'ha nutrita la terra di Grecia o il Tauro della Scizia e il Fasi della Colchide? La razza ritorna al suo ceppo e il sangue degenere riflette la sua prima origine. È questa, sì, la follia delle donne guerriere: prima odiare l'amore legittimo e poi, dopo una lunga castità, prostituirsi. O razza tetra, refrattaria alla legge di una terra più civile! Persino le bestie selvagge evitano l'amore incestuoso e un inconscio pudore rispetta le leggi del sangue. Dove sono quell'aria di finta gravità, quell'aspetto ruvido, di persona d'altri tempi, quei modi da vecchio, quel carattere tutto d'un pezzo? O ipocrisia, che nascondi dietro una maschera virtuosa i tuoi turpi istinti! Dietro la moralità l'immorale, dietro la misura lo sfrenato, dietro la

---

[111] *Parvis* è lezione dei codici accolta da Giardina: lo Zw. preferisce giustamente l'emandamento *patriis* dello *Heinsius*.

pietas nefandum; vera fallaces probant
simulantque molles dura. Silvarum incola
ille efferatus castus intactus rudis,
mihi te reservas? A meo primum toro
925 et scelere tanto placuit ordiri virum?
Iam iam superno numini grates ago,
quod icta nostra cecidit Antiope manu,
quod non ad antra Stygia descendens tibi
matrem reliqui. Profugus ignotas procul
930 percurre gentes: te licet terra ultimo
summota mundo dirimat Oceani plagis
orbemque nostris pedibus obversum colas,
licet in recessu penitus extremo abditus
horrifera celsi regna transieris poli,
935 hiemesque supra positus et canas nives
gelidi frementes liqueris Boreae minas
post te furentes, sceleribus poenas dabis.
Profugum per omnes pertinax latebras premam:
longinqua clausa abstrusa diversa invia
940 emetiemur, nullus obstabit locus:
scis unde redeam. Tela quo mitti haud queunt,
huc vota mittam. Genitor aequoreus dedit
ut vota prono terna concipiam deo,
et invocata munus hoc sanxit Styge.
945   En perage donum triste, regnator freti!
Non cernat ultra lucidum Hippolytus diem
adeatque manes iuvenis iratos patri.
Fer abominandam nunc opem nato, parens:
numquam supremum numinis munus tui
950 consumeremus, magna ni premerent mala;
inter profunda Tartara et Ditem horridum
et imminentes regis inferni minas,
voto peperci; redde nunc pactam fidem.
Genitor, moraris? Cur adhuc undae silent?

devozione il sacrilego; il falso sembra tutto sincerità, lo smidollato tutto vigore. Tu che abitavi i boschi, inselvatichito, casto, vergine, rude, proprio per me ti riservavi? Proprio il mio letto doveva iniziare all'amore — e a quale amore — la tua virilità? Quasi ringrazio il cielo di aver ucciso di mia mano Antiope, perché scendendo verso l'antro infernale non ho lasciato in tua balia tua madre. Fuggi pure lontano, fra genti sconosciute, ai confini del mondo; metti fra me e te la distesa dell'Oceano; abita agli antipodi del nostro emisfero; rintànati nell'angolo più remoto della terra, al di là del regno agghiacciante del polo, al di sopra delle nevi eterne, làsciati alle spalle l'urlio minaccioso e le gelide raffiche del vento del nord: pagherai il fio dei tuoi misfatti. Non ti darò respiro, ti braccherò per ogni dove; non ci sarà un luogo così lontano, sbarrato, nascosto, impervio, inaccessibile che non raggiungerò, non ci sarà ostacolo che non supererò: sai da dove torno. E là dove non possono arrivare i miei dardi, arriveranno le mie maledizioni. Mio padre, il dio delle acque,[112] mi concesse di realizzare tre desideri, e sancì la promessa giurando per lo Stige. È l'ora: compi il tuo dono funesto, sovrano del mare. Ippolito non veda più la luce del giorno, e scenda giovane tra le ombre irate a suo padre. E tu, padre mio, presta al figlio questo aiuto maledetto: mai userei l'ultimo dono della tua potenza, se non mi schiacciasse una grande sventura. Fra le voragini del Tartaro, fra le minacce del sovrano infernale rinunziai al mio desiderio: adesso mantieni la promessa che mi hai giurata. Esiti, padre? Perché

---

[112] Seneca accoglie una variante secondo la quale Téseo era figlio di Nettuno (cfr. Bacchilide 17, 33).

955	Nunc atra ventis nubila impellentibus
	subtexe noctem, sidera et caelum eripe,
	effunde pontum, vulgus aequoreum cie
	fluctusque ab ipso tumidus Oceano voca.

CHO. O magna parens, Natura, deum,
   960 tuque igniferi rector Olympi,
         qui sparsa cito sidera mundo
         cursusque vagos rapis astrorum
         celerique polos cardine versas,
         cur tanta tibi cura perennes
   965 agitare vices aetheris alti,
         ut nunc canae frigora brumae
         nudent silvas, nunc arbustis
         redeant umbrae, nunc aestivi
         colla leonis
   970 Cererem magno fervore coquant
         viresque suas temperet annus?
         Sed cur idem qui tanta regis,
         sub quo vasti pondera mundi
         librata suos ducunt orbes,
   975 hominum nimium securus abes,
         non sollicitus prodesse bonis,
         nocuisse malis?
         Res humanas ordine nullo
         Fortuna regit sparsitque manu
   980 munera caeca, peiora fovens;
         vincit sanctos dira libido,
         fraus sublimi regnat in aula.
         Tradere turpi fasces populus
         gaudet, eosdem colit atque odit.
   985 Tristis virtus perversa tulit
         praemia recti: castos sequitur
         mala paupertas vitioque potens

le onde sono ancora calme? Adesso chiama i venti e innalza una nera cortina di nubi, togli agli sguardi la volta celeste, scatena il mare, fa' emergere le creature degli abissi, fa' ribollire i flutti su dal fondo dell'Oceano.

CORO Natura, grande madre degli dei, e tu, sovrano del fiammeggiante Olimpo, tu che lanci in corsa le stelle disseminate per il firmamento e i pianeti erranti per le vie del cielo, tu che fai ruotare i poli intorno al loro asse, perché hai tanta cura di regolare l'eterno ritmo del cosmo?[113] Per opera tua ora il gelo dell'inverno spoglia le selve, ora torna agli alberi l'ombra, ora la criniera del Leone estivo matura con la sua vampa le messi, ora declina il vigore dell'anno. Ma tu che governi così grandi opere, che equilibri le masse del cielo in corsa nelle loro orbite, perché sei così lontano dagli uomini? Perché non ti curi di aiutare i buoni e di punire i malvagi? Le cose umane sono in balìa del Caso, che sparge i suoi doni con mano cieca, favorendo i peggiori; l'innocenza è vinta dall'arbitrio, la falsità regna nei palazzi regali. Il popolo gode di affidare il potere a mani indegne, e la stessa persona è segno di amore e di odio. Il merito tristemente riceve non il premio, ma il castigo della sua virtù; agli onesti è compagna la miseria, e

---

[113] *Vices* del Busche è senz'altro da preferirsi a *vias* dei codici (e di Giardina).

        regnat adulter: o vane pudor
        falsumque decus!

        Sed quid citato nuntius portat gradu
990   rigatque maestis lugubrem vultum genis?

NUNTIUS, THESEUS.

NUN. O sors acerba et dura, famulatus gravis,
      cur me ad nefandi nuntium casus vocas?
TH. Ne metue clades fortiter fari asperas:
     non imparatum pectus aerumnis fero.
995 NUN. Vocem dolori lingua luctificam negat.
TH. Proloquere quae sors aggravet quassam domum.
NUN. Hippolytus, heu me, flebili leto occubat.
TH. Natum parens obisse iam pridem scio:
    nunc raptor obiit. Mortis effare ordinem.
1000 NUN. Ut profugus urbem liquit infesto gradu
      celerem citatis passibus cursum explicans,
      celso sonipedes ocius subigit iugo
      et ora frenis domita substrictis ligat.
      Tum multa secum effatus et patrium solum
1005   abominatus saepe genitorem ciet
      acerque habenis lora permissis quatit:
      cum subito vastum tonuit ex alto mare
      crevitque in astra. Nullus inspirat salo
      ventus, quieti nulla pars caeli strepit
1010   placidumque pelagus propria tempestas agit.
      Non tantus Auster Sicula disturbat freta

l'adulterio trionfa grazie ai suoi vizi: o moralità, nome vano, falsa apparenza!
Ma perché un messo affretta il suo passo, bagnando di lacrime il volto abbuiato?

MESSO, TÉSEO

MESSO   O sorte acerba e dura, o pesante servitù, perché mi vuoi messo di una orrenda disgrazia?

TÉSEO   Parla, coraggio, dammi senza paura queste luttuose notizie: il mio cuore non è nuovo alla sventura.[114]

MESSO   La lingua rifiuta al dolore parole che fanno soffrire.

TÉSEO   Di', che disgrazia si è aggiunta alla rovina della mia famiglia?

MESSO   Ippolito, ahimè, è vittima di una morte atroce.

TÉSEO   Il padre lo sapeva, che il figlio era morto da tempo. Ora è morto il seduttore. Narra la storia della sua morte.

MESSO   Come fuggì di corsa, forsennatamente, fuori della città, subito attacca i cavalli al giogo e mette il morso alle bocche domate. Poi parla a lungo tra sé, maledice il suolo della patria, chiama più volte il padre, e lascia andare le briglie: quand'ecco s'ode al largo un boato[115] e il mare si gonfia fino alle stelle. Non un soffio di vento sulle onde, non un tuono lassù nel sereno: viene dall'interno del mare la tempesta che ne sconvolge le placide acque. Non così lo scirocco turba lo stretto di Sicilia, non così sotto il

---

[114] Gli editori oscillano tra *fero* di E e *gero* di A.
[115] *Tonuit* è la concorde lezione di A ed E, accolta dagli editori. Nella sua ultima edizione Giardina 1987 abbandona la lezione tràdita e preferisce *tumuit* del Trevet, anche in seguito alle considerazioni dello Zw. (1976, 214 sg.) che tuttavia nella edizione oxoniense legge *tonuit*.

nec tam furens Ionius exsurgit sinus
regnante Coro, saxa cum fluctu tremunt
et cana summum spuma Leucaten ferit.
1015 Consurgit ingens pontus in vastum aggerem,
tumidumque monstro pelagus in terras ruit.
Nec ista ratibus tanta construitur lues:
terris minatur; fluctus haud cursu levi
provolvitur: nescio quid onerato sinu
1020 gravis unda portat. Quae novum tellus caput
ostendit astris? Cyclas exoritur nova?
Latuere rupes numine Epidauri   dei
et scelere petrae nobiles Scironides
et quae duobus terra comprimitur fretis.
1025 Haec dum stupentes querimur, en totum mare
immugit, omnes undique scopuli adstrepunt;
summum cacumen rorat expulso sale,
spumat vomitque vicibus alternis aquas
qualis per alta vehitur Oceani freta
1030 fluctum refundens ore physeter capax.
Inhorruit concussus undarum globus
solvitque sese et litori invexit malum
maius timore, pontus in terras ruit
suumque monstrum sequitur – os quassat tremor.
1035 Quis habitus ille corporis vasti fuit!
Caerulea taurus colla sublimis gerens
erexit altam fronte viridanti iubam;
stant hispidae aures, orbibus varius color,
et quem feri dominator habuisset gregis
1040 et quem sub undis natus: hinc flammam vomunt

maestrale si sollevano i marosi dello Ionio,[116] quando gli scogli tremano alle ondate e la spuma biancheggia in cima alla rupe di Léucade.[117] La distesa marina si drizza in un immenso monte che, gravido di un mostro, si abbatte sulla terra.[118] Non sono le navi il bersaglio di questo cataclisma: la terra è l'oggetto della sua minaccia. I flutti rotolano grevi, portando non so che peso nella loro cavità. Una nuova terra mostra[119] il capo al cielo? Una nuova Cìclade emerge? Mentre ce lo chiediamo[120] sbigottiti, tutto il mare rimugge e tutti gli scogli ne echeggiano. La sommità delle onde spruzza acqua salata, spumeggia, erutta a intervalli le acque: così un grosso cetaceo va per l'alto mare rigettando dalla bocca i flutti assorbiti. Vacillò il globo d'acqua, s'increspò e si aperse gettando a riva un malanno maggiore del nostro spavento: il mare si riversa sulla terra dietro la sua mostruosa creatura. Il terrore ci penetra le ossa. Che aspetto aveva quell'enorme mole! È un toro dalla cervice bluastra, dalla criniera verdognola alta sulla fronte; stanno ritte le orecchie irsute; gli occhi hanno un colore cangiante, quale avrebbe il capo di un armento selvaggio o un animale nato fra le onde: da una parte vomita-

[116] Al *furenti pontus exsurgit sinu* tràdito dai codici e conservato dal Giardina è da preferirsi la congettura del Bothe accolta dallo Zw. *furens Ionius exsurgit sinus*.

[117] Propriamente indica il promontorio di Leucate, a sud dell'isola di Leucade, l'odierno Capo Ducato.

[118] Il verso venne espunto dal Leo e ora dallo Zw.

[119] A *ostendit* lo Zw. preferisce *ostendet* dei *recentiores*.

[120] *Quaerimus* è lezione di E, *querimur* di A. Le lezioni tràdite, e in particolare quella di E, sembrano strettamente connesse alle domande «stupite» del v. 1020 sg., il che indurrebbe a seguire il Leo che espunse i vv. 1022-1024: «Restano nascoste le rocce famose per la potenza del dio Epidauro e le rupi Scironiche famose per il loro delitto e la terra che è compressa da due mari» (trad. Giardina). Una soluzione può essere quella di Axelson, accolta dallo Zw., che emenda le lezioni dei codici con *sequimur*.

oculi, hinc relucent caerula insignes nota;
opima cervix arduos tollit toros
naresque hiulcis haustibus patulae fremunt;
musco tenaci pectus ac palear viret,
1045 longum rubente spargitur fuco latus;
tum pone tergus ultima in monstrum coit
facies et ingens belua immensam trahit
squamosa partem. Talis extremo mari
pistrix citatas sorbet aut frangit rates.
1050 Tremuere terrae, fugit attonitum pecus
passim per agros, nec suos pastor sequi
meminit iuvencos; omnis e saltu fera
diffugit, omnis frigido exsanguis metu
venator horret. Solus immunis metu
1055 Hippolytus artis continet frenis equos
pavidosque notae vocis hortatu ciet.
Est alta ad Argos collibus ruptis via,
vicina tangens spatia suppositi maris;
hic se illa moles acuit atque iras parat.
1060 Ut cepit animos seque praetemptans satis
prolusit irae, praepeti cursu evolat,
summam citato vix gradu tangens humum,
et torva currus ante trepidantes stetit.
Contra feroci natus insurgens minax
1065 vultu nec ora mutat et magnum intonat:
'haud frangit animum vanus hic terror meum:
nam mihi paternus vincere est tauros labor'.
Inobsequentes protinus frenis equi
rapuere currum iamque derrantes via,
1070 quacumque rabidos pavidus evexit furor,
hac ire pergunt seque per scopulos agunt.
At ille, qualis turbido rector mari
ratem retentat, ne det obliquum latus,
et arte fluctum fallit, haud aliter citos

no fiamme, dall'altra hanno lampi d'azzurro. Il collo è possente di muscoli, le larghe narici aspirano l'aria con fragore; il petto e la giogaia sono incrostati di alghe verdi, i lunghi fianchi sono chiazzati di rosso; il corpo termina in una figura mostruosa e l'enorme bestia trascina un'immensa coda di squame. Così è la balena che nei mari del nord inghiotte o spezza le navi in fuga. Tremò la terra, fuggì qua e là per i campi il bestiame atterrito, e il pastore dimenticò di seguire i suoi giovenchi; ogni selvaggina lascia in fuga le forre, ogni cacciatore ha il sangue ghiacciato dalla paura. Solo Ippolito non ha paura: tiene a freno i cavalli spaventati e li conforta col suono della nota voce. C'è una strada, tagliata tra i colli, che porta ad Argo [121] salendo dal mare: qui il mostro aguzza la sua collera. Come prese ardire ed ebbe abbastanza provato le sue forze, spiccò la corsa e si fermò minaccioso dinnanzi ai cavalli tremanti. Non meno minaccioso tuo figlio gli tiene testa, non cambia volto e urla con voce tonante: «Non sarà questo spauracchio a spezzare il mio coraggio: vincere i tori fu già impresa di mio padre». Ma di colpo i cavalli ribelli al freno trascinano il cocchio [122] fuori strada, dovunque li porta il loro folle spavento, e si gettano sulle rocce. Come un pilota in mare burrascoso trattiene la nave, perché non offra il fianco alle ondate e inganna i flutti con la sua maestria, così lui cerca di mantenere il controllo del coc-

---

[121] *Agros* (Giardina) si direbbe una banalizzazione di A rispetto ad *argos* di E (Zw.).

[122] *Currum*, del ramo più autorevole, viene sostituito dallo Zw. con *cursum* dei *recentiores*.

1075 currus gubernat: ora nunc pressis trahit
constricta frenis, terga nunc torto frequens
verbere coercet. Sequitur adsiduus comes,
nunc aequa carpens spatia, nunc contra obvius
oberrat, omni parte terrorem movens.
1080 Non licuit ultra fugere: nam toto obvius
incurrit ore corniger ponti horridus.
Tum vero pavida sonipedes mente exciti
imperia solvunt seque luctantur iugo
eripere rectique in pedes iactant onus.
1085 Praeceps in ora fusus implicuit cadens
laqueo tenaci corpus et quanto magis
pugnat, sequaces hoc magis nodos ligat.
Sensere pecudes facinus – et curru levi,
dominante nullo, qua timor iussit ruunt.
1090 Talis per auras non suum agnoscens onus
Solique falso creditum indignans diem
Phaethonta currus devio excussit polo.
Late cruentat arva et inlisum caput
scopulis resultat; auferunt dumi comas,
1095 et ora durus pulcra populatur lapis
peritque multo vulnere infelix decor.
Moribunda celeres membra pervolvunt rotae:
tandemque raptum truncus ambusta sude
medium per inguen stipite erecto tenet,
1100 paulumque domino currus affixo stetit.
Haesere biiuges vulnere – et pariter moram
dominumque rumpunt. Inde semanimem secant
virgulta, acutis asperi vepres rubis
omnisque truncus corporis partem tulit.
1105 Errant per agros funebris famuli manus,

chio impazzito: ora torce le bocche dei cavalli tirando il morso, ora ne tempesta il dorso di colpi. E l'altro sempre dietro: ora corre a pari con essi, ora gli si para davanti, il terrore è da ogni parte. Poi chiude ogni scampo, il mostro cornuto del mare, e sbarra quant'è grande la strada. Allora i cavalli imbizzarriti non ubbidiscono più ai comandi, lottano per liberarsi dal giogo e s'impennano sbalzando il carico. Lui cade a testa bassa impigliandosi nelle briglie e quanto più si dibatte tanto più annoda quei lacci tenaci. Se ne accorgono le bestie, dal cocchio alleggerito, e, privi di guida, si avventano dovunque li spinge il terrore. Così per l'aria il cocchio di Fetonte non riconobbe il suo carico: sdegnato che il giorno fosse affidato a un falso Sole, deviò dalla sua orbita[123] e sbalzò il giovane dal cielo. I campi sono tutto sangue, la testa sbatte e rimbalza sulle rocce; gli sterpi lacerano i capelli, i duri sassi devastano il bel volto: per tante piaghe se ne va la sua funesta bellezza. Le membra moribonde sono travolte nel giro vorticoso delle ruote. L'arresta infine un tronco bruciacchiato trapassandogli l'inguine[124] con uno spuntone, e il cocchio si ferma un attimo, trattenuto dal padrone così inchiodato a terra.[125] Anche i cavalli si bloccano, ma poi strappano l'ostacolo assieme al padrone. Ancora semivivo, è fatto a pezzi dai cespugli e dai rovi aguzzi di spine: non c'è tronco[126] che non si abbia una parte del suo corpo. Vagano per i campi i servi,

---

[123] Lo Zw. accetta la proposta di Axelson sostituendo *devio* dei codici con *devium*.

[124] *Eiecto* di A e *iecto* di E non danno senso. Il Giardina accetta *erecto* del Trevet mentre lo Zw. accoglie *digesto* dello *Heinsius*.

[125] Seguendo Axelson lo Zw. espunge il v. 1100.

[126] Rispetto al tràdito *truncus*, *ruscus* congetturato dal Bentley e accolto dallo Zw. ha, tuttavia, il vantaggio di una maggiore contestualità.

per illa qua distractus Hippolytus loca
longum cruenta tramitem signat nota,
maestaeque domini membra vestigant canes.
Necdum dolentum sedulus potuit labor
1110 explere corpus. Hocine est formae decus?
Qui modo paterni clarus imperii comes
et certus heres siderum fulsit modo,
passim ad supremos ille colligitur rogos
et funeri confertur.

TH.   O nimium potens,
1115 quanto parentes sanguinis vinclo tenes,
natura, quam te colimus inviti quoque:
occidere volui noxium, amissum fleo.

NUN. Haud flere honeste quisque quod voluit potest.
TH. Equidem malorum maximum hunc cumulum reor,
1120 si abominanda casus optanda efficit.
NUN. Et si odia servas, cur madent fletu genae?
TH. Quod interemi non, quod amisi fleo.
CHO. Quanti casus humana rotant!
Minor in parvis Fortuna furit
1125 leviusque ferit leviora deus;
servat placidos obscura quies
praebetque senes casa securos.

Admota aetheriis culmina sedibus
Euros excipiunt, excipiunt Notos,
1130 insani Boreae minas
imbriferumque Corum.

Raros patitur fulminis ictus
umida vallis:
tremuit telo Iovis altisoni
1135 Caucasus ingens Phrygiumque nemus
matris Cybeles: metuens caelo
Iuppiter alto vicina petit;

lugubre corteo, per la via [127] segnata da una lunga traccia di sangue, e i cani cercano dolenti le membra del padrone. Ancora la loro mesta fatica non è riuscita a ricomporre il corpo. Bellezza, dov'è la tua gloria? Chi or ora, partecipe ed erede del trono paterno, aveva il fulgore di un astro, è raccolto brano a brano per il rogo e composto per il funerale.

TÉSEO Quant'è forte il vincolo di sangue innato ai genitori, o Natura, o troppo potente! Noi ti seguiamo anche contro voglia: volevo la morte del colpevole, ora piango la perdita del figlio.

MESSO Non è giusto piangere ciò che si è voluto.

TÉSEO Per me il colmo dei mali è doversi augurare ciò che si dovrebbe deprecare.

MESSO Ma, se c'è ancora odio in te, perché bagni di lacrime le guance?

TÉSEO Piango non perché l'ho ucciso, ma perché l'ho perduto.

CORO O altalena delle cose umane![128] Ma la Fortuna [129] ha meno potere sugli umili, e la divinità colpisce meno forte i più deboli: una vita oscura e tranquilla gli assicura la pace e li porta a vecchiaia nella loro capanna.

Le cime che toccano il cielo sono esposte ai quattro venti, a Euro e a Noto, alle furenti minacce di Bòrea, agli uragani di Coro.

Rari cadono i fulmini su un'umida valle: ma allo schianto della folgore di Giove trema l'alto Caucaso e il bosco frigio della Madre Cibele. La gelosia di Giove prende di mira i luoghi prossimi al cielo; ma le grandi rivolu-

---

[127] *Qua* dei *recentiores* è sintatticamente più economico di *quae* che però ha tradizione più autorevole.
[128] Ma il suggerimento *heu magna* di Axelson, accolto nel testo dallo Zw., risponde forse meglio al contesto, in quanto si oppone al *parvis* del v. successivo.
[129] Diversa la colometria proposta dallo Zw. che segna lacuna al v. 1145.

          non capit umquam magnos motus
          humilis tecti plebeia domus.
1140   [circa regna tonat.]

          Volat ambiguis mobilis alis
          hora, nec ulli praestat velox
          Fortuna fidem. Hic qui clari

                    * * *

          sidera mundi nitidumque diem
1145   morte relicta, luget maestos
          tristis reditus ipsoque magis
          flebile Averno sedis patriae
          videt hospitium.

          Pallas Actaeae veneranda genti,
1150   quod tuus caelum superosque Theseus
          spectat et fugit Stygias paludes,
          casta nil debes patruo rapaci:
          constat inferno numerus tyranno.

          Quae vox ab altis flebilis tectis sonat
1155   strictoque vecors Phaedra quid ferro parat?

               THESEUS, PHAEDRA, CHORUS.

    TH.   Quis te dolore percitam instigat furor?
          quid ensis iste quidve vociferatio
          planctusque supra corpus invisum volunt?
    PH.   Me me, profundi saeve dominator freti,
1160   invade et in me monstra caerulei maris
          emitte, quidquid intimo Tethys sinu
          extrema gestat, quidquid Oceanus vagis
          complexus undis ultimo fluctu tegit.
          O dure Theseu semper, o numquam ad tuos

zioni non entrano nell'umile casa di una famiglia plebea: il tuono romba intorno alle regge.

Vola con ambiguo auspicio l'ora che fugge e la volubile Fortuna non è fedele a nessuno. Ecco: costui che ha rivisto le stelle del cielo e la luce del giorno, lasciandosi alle spalle la morte, ora piange il suo triste ritorno e trova nella casa paterna un'accoglienza più luttuosa dello stesso Averno.

O pura Pàllade, nume della gente attica, se il suo Téseo è tornato al mondo dei vivi sfuggendo alle paludi infernali, nulla devi a tuo zio, il rapace Plutone: tornano i conti al sovrano dei morti.

TÉSEO, FEDRA, CORO

TÉSEO Che follia eccita il tuo dolore? Che significano questa spada, questi lamenti funebri su un corpo odioso?

FEDRA Io dovrei essere il tuo bersaglio, fosco signore degli abissi azzurri: su me scatena i mostri del mare, tutti quelli che porta Teti nel suo grembo più profondo, tutti quelli che nasconde l'Oceano sotto le onde più lontane. O Téseo sempre impietoso, mai il tuo ritorno fu senza sven-

1165 tuto reverse: natus et genitor   nece
reditus tuos luere; pervertis domum
amore semper coniugum aut odio nocens.
Hippolyte, tales intuor vultus tuos
talesque feci? Membra quis saevus Sinis
1170 aur quis Procrustes sparsit   aut quis Cresius,
Daedalea   vasto claustra mugitu replens,
taurus biformis ore cornigero ferox
divulsit? Heu me, quo tuus fugit decor
oculique nostrum sidus? Exanimis iaces?
1175 Ades parumper verbaque exaudi mea.
Nil turpe loquimur: hac manu poenas tibi
solvam et nefando pectori ferrum inseram,
animaque Phaedram pariter ac scelere exuam,
et te per undas perque Tartareos lacus,
1180 per Styga, per amnes igneos amens sequar.
Placemus umbras: capitis exuvias cape
laceraeque frontis accipe abscisam comam.
Non licuit animos iungere, at certe licet
iunxisse fata. Morere, si casta es, viro;
1185 si incesta, amori. Coniugis thalamos petam
tanto impiatos facinore? Hoc derat nefas,
ut vindicato sancta fruereris toro.
O mors amoris una sedamen mali,
o mors pudoris maximum laesi decus,
1190 confugimus ad te: pande placatos sinus.
    Audite, Athenae, tuque, funesta pater

tura per i tuoi![130] Figlio e padre[131] l'hanno pagato con la morte e ha sempre portato rovina alla famiglia il tuo sentimento verso le mogli, fosse odio o amore! Ippolito, questo, che contemplo, è il tuo volto? Così l'ho ridotto? Chi ha straziato le tue membra? Quali belve umane, un Sini,[132] un Procuste?[133] O il mostro biforme di Creta, il muggente prigioniero del labirinto dal muso selvaggio di toro? Ahimè, dove se n'è andata la tua bellezza, e i tuoi occhi, che erano le mie stelle? Giaci senza vita? Vieni per un momento e ascolta le mie parole: caccerò il ferro in questo petto scellerato e con un solo colpo libererò Fedra dalla vita e dalla colpa, e ti seguirò per le onde dei laghi infernali, per lo Stige, per i fiumi di fuoco, perdutamente.[134] Plachiamo la tua ombra: prendi le spoglie del mio capo, accetta la chioma che taglio dalla mia lacera fronte. Se non fu possibile unire i nostri cuori, è possibile almeno unire le nostre morti. Muori: se sei onesta, per tuo marito; se non lo sei, per il tuo amore. Come potrei toccare il letto matrimoniale, profanato dall'incesto? Mancava solo questo ai miei delitti, godere castamente di un talamo vendicato su un innocente? O morte, solo sollievo di un amore colpevole, o morte, solo riscatto di una purezza perduta, sei tu il mio rifugio: aprimi le tue braccia e dammi pace.

Ascolta, Atene, e tu, padre peggiore di una funesta ma-

---

[130] *Ad tuos* è lezione di E, *tuis* di A.

[131] Egeo, padre di Téseo, pagò con la morte il ritorno del figlio gettandosi nel mare poiché credette morto Téseo che non si ricordò di sostituire la vela nera con quella bianca che avrebbe dovuto segnalare al padre il suo ritorno.

[132] Mitico brigante di Corinto che assaliva i viandanti e ne straziava i corpi legandoli a due pini incurvati.

[133] Altro mitico brigante, famoso per il letto su cui riponeva le proprie vittime che venivano segate o stirate, rispettivamente se troppo lunghe o troppo corte rispetto alla lunghezza del letto.

[134] I vv. 1179-1180 (*topos* dell'amante che ama anche all'«inferno» e che tanta parte avrà nella letteratura occidentale: qui, peraltro, Fedra si configura, significativamente, come anti-Didone) vengono espunti dallo Zw., ancora una volta su suggerimento di Axelson.

peior noverca: falsa memoravi et nefas,
           quod ipsa demens pectore insano hauseram,
           mentita finxi. Vana punisti pater,
1195   iuvenisque castus crimine incesto iacet,
           pudicus, insons – recipe iam mores tuos.
           Mucrone pectus impium iusto patet
           cruorque sancto solvit inferias viro.
    TH.   Quid facere rapto debeas nato parens
1200   disce a noverca: condere Acherontis plagis.

           Pallidi fauces Averni, vosque, Taenarei specus,
           unda miseris grata Lethes, vosque, torpentes lacus,
           impium rapite atque mersum premite perpetuis malis
           Nunc adeste, saeva ponti monstra, nunc vastum mar‹
1205   ultimo quodcumque Proteus   aequorum abscondit sinu
           meque ovantem scelere tanto rapite in altos gurgites.
           Tuque, semper, genitor, irae facilis assensor meae,
           morte facili dignus haud sum qui nova natum nece
           segregem sparsi per agros quique, dum falsum nefas
1210   exsequor vindex severus, incidi in verum scelus.
           Sidera et manes et undas scelere complevi meo:
           amplius sors nulla restat; regna me norunt tria.

              In hoc redimus? Patuit ad caelum via,
              bina ut viderem funera et geminam necem,
1215   caelebs et orbus funebres una face
              ut concremarem prolis ac thalami rogos?
              Donator atrae lucis, Alcide, tuum

trigna: ho detto il falso e il crimine vagheggiato dal mio folle cuore l'ho inventato io. Non esiste ciò che hai punito in tuo figlio: l'accusa d'incesto ha perduto un giovane senza macchia e senza colpa. Ti rendo, Ippolito, quello che è tuo. È giusta la spada che squarcia questo empio petto, il mio sangue è il sacrificio dovuto all'ombra di un innocente. (*Si uccide*).

TÉSEO   Quello che un padre deve al figlio ucciso, imparalo da una matrigna: sprofonda nelle plaghe d'Acheronte. Livide gole dell'Averno,[135] e voi, antri del Ténaro, onde del Lete che dai oblio al dolore, e voi, acque stagnanti, sono io l'empio, afferratemi e schiacciatemi sotto un eterno cumulo di mali. Ora venite, mostri del mare,[136] quante bestie acquatiche Pròteo[137] nasconde nei più lontani recessi, venite e mentre esulto del mio crimine trascinatemi nei gorghi profondi; e tu, padre, sempre troppo arrendevole alla mia ira, non sono degno di una morte facile, io che ho fatto uno scempio inaudito di mio figlio spargendone il corpo per i campi, io che mentre mi ergo a severo vindice di un falso delitto, sono caduto in un delitto vero. Il mio peccato ha riempito il cielo, l'inferno e le onde: non resta altro spazio, mi conoscono i tre regni.

Per questo sono tornato? Mi si è aperta una via verso la luce perché vedessi due cadaveri, una duplice morte? Perché, rimasto senza moglie e senza figlio, con una sola fiaccola accendessi i roghi di una moglie e di un figlio? Donatore di una lugubre luce, Ercole, rimanda a Dite il tuo do-

---

[135] I vv. 1201-1212 sono tetrametri trocaici catalettici e rappresentano dunque un *canticum*, la monodia di Téseo in preda al dolore (sulla funzione del *canticum*, v. *Introduzione*, p. 27 sg.).

[136] Il tràdito *vastum mare* può destare sospetti. *Vastum pecus* è la proposta del Richter, *vasti maris* quella, meno fantasiosa ma più economica, di Axelson, accolta dallo Zw.

[137] Dio marino che aveva il duplice potere di profetizzare e di assumere infinite forme.

	Diti remitte munus; ereptos mihi
	restitue manes. Impius frustra invoco
1220	mortem relictam – crudus et leti artifex,
	exitia machinatus insolita effera,
	nunc tibimet ipse iusta supplicia irroga.
	Pinus coacto vertice attingens humum
	caelo remissum findat in geminas trabes,
1225	mittarve praeceps saxa per Scironia?
	Graviora vidi, quae pati clausos iubet
	Phlegethon nocentes igneo cingens vado:
	quae poena memet maneat et sedes, scio.
	Umbrae nocentes, cedite et cervicibus
1230	his, his repositum degravet fessas manus
	saxum, seni perennis Aeolio labor;
	me ludat amnis ora vicina alluens;
	vultur relicto transvolet Tityo ferus
	meumque poenae semper accrescat iecur;
1235	et tu mei requiesce Pirithoi pater:
	haec incitatis membra turbinibus ferat
	nusquam resistens orbe revoluto rota.
	Dehisce tellus, recipe me dirum chaos,
	recipe, haec ad umbras iustior nobis via est:
1240	natum sequor – ne metue qui manes regis:
	casti venimus; recipe me aeterna domo
	non exiturum. Non movent divos preces;
	at, si rogarem scelera, quam proni forent!
CHO.	Theseu, querelis tempus aeternum manet;
1245	nunc iusta nato solve et absconde ocius
	dispersa foede membra laniatu effero.
TH.	Huc, huc reliquias vehite cari corporis
	pondusque et artus temere congestos date.
	Hippolytus hic est? Crimen agnosco meum:
1250	ego te peremi; neu nocens tantum semel

no: rendimi l'inferno che mi hai tolto. Ma un empio invoca invano la morte a cui si è sottratto. Feroce artefice di morte, inventore di torture inaudite, efferate, ora infliggi a te stesso il giusto supplizio. Un pino curvato a terra si raddrizzerà verso il cielo lacerandomi il corpo in due tronconi?[138] O mi getterò a capofitto giù dalle rocce di Scirone?[139] Ho visto pene più gravi: quelle che soffrono i prigionieri del Flegetonte,[140] chiusi in un lago di fuoco. La pena e il luogo che mi aspettano, li so già. Indietro, ombre dannate: qui, qui, sul mio collo sia posto il macigno di Sìsifo e le stanche mani del vecchio riposino dall'eterna fatica; si prenda gioco di me il fiume di Tàntalo lambendo la mia bocca assetata; il feroce avvoltoio lasci Tizio per me e il mio fegato rinasca eternamente alla pena; e tu abbi requie, padre del mio Pirìtoo:[141] travolga le mie membra il turbinio della ruota inarrestabile. Apriti, terra, accoglimi, tremendo Caos, accoglimi: adesso la mia discesa alle ombre ha un motivo più giusto: seguo mio figlio. Non temere, re dei morti: vengo con cuore puro; accoglimi nella tua dimora per sempre: mai più ne uscirò. Ma gli dei non sentono le mie preghiere. Se chiedessi delitti, come sarebbero pronti!

CORO   Téseo, ti attende un'eternità di lamenti: ora prepara il funerale a tuo figlio e seppellisci al più presto i brandelli delle membra orribilmente straziate.

TÉSEO   Qui, qui portate i resti di quel corpo amato, datemi le membra ammucchiate a caso. Ippolito è qui? Riconosco il mio crimine: ti ho ucciso io. Per non peccare da

---

[138] Allusione alle pene inflitte dal brigante Sini, ucciso dallo stesso Téseo (v. al v. 1169).
[139] Il brigante che gettava le sue vittime dalle rocce che da lui presero il nome (1023).
[140] Il fiume infuocato degli inferi.
[141] Issìone.

    solusve fierem, facinus ausurus parens
    patrem advocavi. Munere en patrio fruor.
    O triste fractis orbitas annis malum!
    Complectere artus, quodque de nato est super,
1255 miserande, maesto pectore incumbens, fove.
CHO. Disiecta, genitor, membra laceri corporis
    in ordinem dispone et errantes loco
    restitue partes: fortis hic dextrae locus,
    hic laeva frenis docta moderandis manus
1260 ponenda: laevi lateris agnosco notas.
    Quam magna lacrimis pars adhuc nostris abest!
TH. Durate trepidae lugubri officio manus,
    fletusque largos sistite, arentes genae,
    dum membra nato genitor adnumerat suo
1265 corpusque fingit. Hoc quid est forma carens
    et turpe, multo vulnere abruptum undique?
    Quae pars tui sit dubito; sed pars est tui:
    hic, hic repone, non suo, at vacuo loco.
    Haecne illa facies igne sidereo nitens,
1270 inimica flectens lumina? Huc cecidit decor?
    O dira fata, numinum o saevus favor!
    Sic ad parentem natus ex voto redit?
    En haec suprema dona genitoris cape,
    saepe efferendus; interim haec ignes ferant.
1275   Patefacite acerba caede funestam domum;
    Mopsopia claris tota lamentis sonet.
    Vos apparate regii flammam rogi;
    at vos per agros corporis partes vagas
    anquirite. Istam terra defossam premat,
1280 gravisque tellus impio capiti incubet.

solo e una sola volta, ho chiamato mio padre a complice del delitto di un padre. E ora godo del dono paterno. Triste cosa, una vecchiaia senza figli. Abbraccia queste membra, chìnati su ciò che resta di tuo figlio, disgraziato, e stringilo al petto dolente.

CORO Rimetti insieme,[142] padre, il corpo smembrato, ogni parte torni al suo posto: qui la forte destra, qui la sinistra brava a reggere le redini; riconosco i segni del fianco sinistro. Quanta parte manca ancora alle nostre lacrime!

TÉSEO Fatevi forza, mani tremanti, al funebre compito; fermate il pianto, occhi, asciugatevi, mentre il padre conta le membra del figlio e ne ricompone il corpo. Che cos'è questo pezzo di carne informe e ripugnante, tutto una piaga? Che parte sia di te, non lo so, ma è una parte di te. Mettilo qui, dove c'è un posto vuoto, anche se non è il suo posto. È questa la faccia che aveva un riflesso di cielo, capace di avvincere gli occhi più ostili? A questo si è ridotta la tua bellezza? O destino tremendo, o crudele favore degli dei: figlio, così torni al padre? Così si compiono i miei voti? Ricevi queste ultime offerte di tuo padre: ma non sarà sufficiente un solo funerale. Intanto il fuoco si abbia questi resti.

(*Ai servi*) Spalancate il palazzo funestato dall'atroce lutto: tutta l'Attica echeggi di lamenti. Voi preparate la fiamma per il rogo regale; e voi andate per i campi, in cerca dei brandelli del corpo. Lei, gettatela in una fossa: sull'empio capo gravi la terra con tutto il suo peso.

---

[142] I vv. 1256-1261 sono attribuiti al Coro dal Leo (A non ha nessuna indicazione mentre E antepone la nota *CHORUS* al v. 1256 attribuendo, inverosimilmente, al Coro l'intera clausola della tragedia).

AGGIORNAMENTO BIBLIOGRAFICO
a cura di Alex Agnesini

EDIZIONI, COMMENTI E TRADUZIONI ITALIANE

a) di tutte le tragedie

G. Viansino, testo critico, traduzione e commento, Milano 1993
F. R. Chaumartin, texte et traduction, Paris 1996-99

b) delle singole tragedie

Hercules furens

E. Rossi, *Seneca, la follia di Ercole, introduzione, traduzione e note*, Milano 1999
M. Billerbeck, *Seneca, Hercules furens, Einleitung, Text, Übersetzung und Kommentar*, Leiden-Boston 1999
M. Billerbeck–S. Guex, *Sénèque, Hercule furieux, Introduction, texte, traduction et commentaire*, Bern 2002

Troades

A. J. Boyle, *Seneca, Troades, Introduction, Text, Translation and Commentary*, Leeds 1994
A. J. Keulen, *Troades, trageedzje fan L. Annaeus Seneca*, yn oersetting fan Atze J. Keulen, Frysk en Frij 1995
F. Stok, *Seneca, le Troiane, introduzione, traduzione e note*, Milano 1999
A. J. Keulen, *Lucius Annaeus Seneca, Troades; Introduction, Text and Commentary*, Leiden-Boston-Köln 2001

Phoenissae

M. Frank, *Seneca's Phoenissae: introduction and commentary*, Leiden-New York 1995

G. Petrone, *Lucio Anneo Seneca, le Fenicie, introduzione, traduzione e note*, Milano 1997

Oedipus

G. Paduano, *Seneca, Edipo, introduzione, traduzione e note*, Milano 1991

K. Töchterle, *Lucius Annaeus Seneca, Oedipus, Kommentar mit Einleitung, Text und Übersetzung*, Heidelberg 1994

Agamemnon

G. Paduano–A. Perutelli, *Lucio Anneo Seneca, Agamennone*, introduzione di A. Perutelli, *traduzione* di G. Paduano, Milano 1995

Thyestes

F. Nenci, *Seneca, Tieste, introduzione, traduzione e note*, Milano 2002

B. Seidensticker, *Thyestes: mit Materialien zur Übersetzung und zu Leben und Werk Senecas; deutsch von* D. Grünbein, Frankfurt am Main 2002

Hercules Oetaeus

E. Rossi, *Seneca, Ercole sul monte Eta, introduzione, traduzione e note*, Milano 2000

D. Averna, *Lucio Anneo Seneca, Hercules Oetaeus, testo critico, traduzione e commento*, Roma 2002

Octavia

E. Barbera, *Lucio Anneo Seneca, Ottavia*, Lecce 2000

R. Ferri, *Octavia, a Play Attributed to Seneca, Edited with Introduction and Commentary*, Cambridge 2003

B. Conte, *Pseudo Seneca, Ottavia*, Milano 2004

STUDI

AA. VV., *Nove studi sui cori tragici di Seneca*, a cura di L. Castagna, Milano 1996

AA.VV., *Séneca dos mil años después: actas del congreso internacional conmemorativo del bimilenario de su nacimiento*,

Córdoba, 24 a 27 de septiembre de 1996, M. Rodríguez-Pantoja (ed.), Córdoba 1997

G. Aricò, *Il silenzio di Polissena*, in «Studia classica Johanni Tarditi oblata», a cura di L. Belloni, G. Milanese e A. Porro, Milano 1995, 975-985

D. Averna, *Femina nell'Hercules Oetaeus*, «QCTC» 10, 1992, 235-244

G. Barberis, *Una punizione al di là della vita e della morte: la poesia della colpa nell'Oedipus di Seneca*, «Paideia» 51, 1996, 161-170

F. Bellandi, *Tra Seneca e Sofocle: sulla scena d'apertura dell'Octavia di Ps.-Seneca*, «Paideia» 52, 1997, 31-56

J. D. Bishop, *Seneca, Thyestes 920-969. An antiphony*, «Latomus» 47, 1988, 392-412

L. Bocciolini Palagi, *Orfeo nelle tragedie di Seneca: ambivalenza e funzionalità di un mito*, «Paideia» 53, 1998, 27-48

J. Bouquet, *L'Orestis Tragoedia de Dracontius et l'Agamemnon de Sénèque*, «ALMArv» 16, 1989, 43-59

L. Braun, *Die Einheit des Ortes im Hercules Oetaeus*, «Hermes» 125 (2), 1997, 246-249

G. Brugnoli, *Seneca tragico e Silio Italico*, «Aevum(ant)» 7, 1994, 333-340

A. Casamento, *Lumina orationis: l'uso delle sententiae nelle tragedie di Seneca*, «SIFC» 3a ser. 17 (1), 1999, 123-132

L. Castagna, *Il passato letterario e la formazione della personalità della Deianira pseudo-senecana*, «Aevum(ant)» 3, 1990, 213-243

F. Caviglia, *Note al testo dell'«Oedipus» di Seneca*, «QCTC» 11, 1993, 183-192

C. Codoñer, *Hércules romano*, «Euphrosyne» 19, 1991, 27-46

F. Corsaro, *Variatio in imitando nelle Troades di Seneca: la saga di Polissena*, «SicGymn» 44, 1991, 3-34

— *Andromaca, Astianatte e Ulisse nelle Troades di Seneca: fra innovazione e conservazione*, «Orpheus» 12, 1991, 63-92

M. Davies, *The end of Sophocles' O.T. revisited*, «Prometheus» 17, 1991, 1-18

P. J. Davis, *Fate and human responsibility in Seneca's Oedipus*, «Latomus» 50, 1991, 150-163

— *The chorus in Seneca's Thyestes* «CQ» 39, 1989, 421-435

F. Decreus, *"Lumière et ténèbres" dans les tragédies de Sénèque:*

un cas opposé à la tradition chrétienne?, in «Aeuum inter utrumque: mélanges offerts à Gabriel Sanders», Sint-Pieters Abdij 1991, 41-52

R. Degl'Innocenti Pierini, *Tra Ovidio e Seneca*, Bologna 1990

— *Il tema dell'esilio nelle tragedie di Seneca: autobiografia, meditazione filosofica, modelli letterari nel «Thyestes» e nell'«Oedipus»*, «QCTC» 8, 1990, 71-85

A. Ferenczi, *Some generic problems of Senecan drama*, «AAntHung» 41 (3-4), 2001, 255-261

J. G. Fitch–S. McElduff, *Construction of the self in Senecan drama*, «Mnemosyne» Ser. 4 55 (1), 2002, 18-40

G. B. A. Fletcher, *On Seneca's Agamemnon, Thyestes and Hercules*, «LCM» 15, 1990, 69-72

M. Frank, *The rhetorical uses of family terms in Seneca's Oedipus and Phoenissae*, «Phoenix» 49 (1), 1995, 121-130

G. G. Gamba, *Seneca rivisitato: per una lettura contestuale dell'«Apocolocyntosis» e dell'«Octavia»*, Roma 2000

G. Gasparotto, *«L'orrido» in «Malombra» del Fogazzaro: riverberi di ascendenze all'«Hercules furens» di Seneca (Caronte, il «navicellaio»)*, «Maia» 50 (2) 1998, 299-308

C. F. Goffis, *Agamennone: contributo allo studio parallelo di L. Anneo Seneca e V. Alfieri*, «Paideia» 53, 1998, 173-176

C. González Vázquez, *Dos protagonistas en conflicto: análisis del Hercules furens de Séneca*, «CFC(L)» 8, 1995, 143-155

J. N. Grant, *Two "syntactic errors" in transcription: Seneca, Thyestes 33 and Lucan, B.C. 2.279*, «CQ» 44, 1994, 282-286

T. Habinek, *Seneca's renown: «gloria», «claritudo», and the replication of the Roman élite*, «ClAnt» 19 (2), 2000, 264-303

D. E. Hill, *Seneca's choruses*, «Mnemosyne» Ser. 4 53 (5), 2000, 561-587

N. Horsfall, *Vergil reads; Octavia faints: grounds for doubt*, «PVS» 24, 2001, 135-137

F. Jouan, *La parodos de l'Hercules Furens et ses sources grecques*, in «Au miroir de la culture antique: mélanges offerts au Président René Marache», Rennes 1992, 307-321

D. Konstan, *Oedipus and his parents: the biological family from Sophocles to Dryden*, «Scholia» 3, 1994, 3-23

T. Köves-Zulauf, *«Virtus» und «pietas»*, «AAntHung» 40 (1-4), 2000, 247-262

C. Kugelmeier, *Zweierlei Tod: philosophische Konzepte und ihr Verhältnis zur Handlung in Senecas «Troades»*, «Prometheus» 27 (1), 2001, 25-48

E. Lefèvre, *Die Funktion der Götter in Senecas Troades*, «QCTC» 6-7, 1988-1989, 215-222

J. Leonhardt, *Die Eingangsszenen in Senecas Hercules Furens*, in «Satura lanx: Festschrift für Werner A. Krenkel zum 70. Geburtstag», Hildesheim 1996, 203-214

G. Lieberg, *Gli atti finali dell'Eracle di Euripide e dell'Hercules furens di Seneca*, in «Scritti classici e cristiani offerti a Francesco Corsaro», a cura di C. Curti e C. Crimi, Catania 1994, II, 385-413

C. Littlewood, *Seneca's Thyestes: the tragedy with no women?*, «MD» 38, 1997, 57-86

M. Lo Piccolo, *«Exules beati» e ideologia antitirannica nel teatro di Seneca*, «Paideia» 53, 1998, 209-235

— *Figure di esuli nella riscrittura tragica senecana*, «AAPal» 5a ser. 17, 1996-1997, 45-83

G. Mader, *Fluctibus variis agor. An aspect of Seneca's Clytemnestra portrait*, «AClass» 31, 1988, 51-70

— *Form and meaning in Seneca's «Dawn Song» (H.F. 125-201)*, «AClass» 33, 1990, 1-32

— *«Duplex nefas, ferus spectator»: spectacle and spectator in act 5 of Seneca's «Troades»*, in «Studies in Latin literature and Roman history», 8, Bruxelles 1997, 319-351

— *Tyrant and tyranny in act III of Seneca's Oedipus*, «GB» 19, 1993, 103-128

— *Nec sepultis mixtus et vivis tamen / exemptus: rationale and aesthetics of the «fitting punishment» in Seneca's Oedipus*, «Hermes» 123 (3), 1995, 303-319

— *«Senum praesidia, tot iuuenes»: black wit at Seneca, Thy. 523*, «AClass» 42, 1999, 210-214

— *Levels of irony at Seneca, «Thyestes» 929-933*, «Hermes» 130 (2), 2002, 242-245

B. Maier, *Furcht und Hoffnung der Besiegten (Seneca, Troades 371-408)*, «Anregung» 42 (4), 1996, 238-241

S. Mamone, *Il terzo Seneca e l'Ercole rapito*, in «Atti dei convegni "Il mondo scenico di Plauto" e "Seneca e i volti del potere", Bocca di Magra, 26-27 ottobre 1992; 10-11 dicembre 1993», Genova 1995, 171-200

G. Manuwald, *Der «Fürstenspiegel» in Senecas «De clementia» und in der «Octavia»*, «MH» 59 (2), 2002, 107-126

S. Marcucci, *Modelli tragici e modelli epici nell'Agamemnon di L. A. Seneca*, prefazione di A. La Penna, Milano 1996

— *Analisi e interpretazione dell'Hercules Oetaeus*, Pisa 1997

R. Marino, *Osservazioni sul coro in Seneca tragico: il «Thyestes»*, «QCTC» 10, 1992, 217-233

— *Sui vv. 336-38 del Thyestes di Seneca*, «SCO» 44, 1994, 179-190

S. Marruzino, *Giocasta e Polinice davanti a Tebe (Seneca Phoenissae 571-574)*, «Orpheus» 15 (1), 1994, 106-118

— *Seneca, Hercules Oetaeus 817-822: il supplicio di Lica*, «Orpheus» 14, 1993, 1-17

G. Mazzoli, *Ultra Mycenas: "lysis" e "katastrophé" dei valori nell'epilogo dell'Agamemnon di Seneca*, «QCTC» 6-7, 1988-1989, 279-286

— *Cassandra fra tre mondi: l'«Agamemnon» di Seneca come teorema tragico*, «QCTC» 11, 1993, 193-214

— *Giocasta in prima linea*, in «Atti del seminario internazionale "i Sette a Tebe: dal mito alla letteratura", Torino, 21-22 febbraio 2001», a cura di A. Aloni, Bologna 2002, 155-168

G. Meltzer, *Dark wit and black humor in Seneca's Thyestes*, «TAPhA» 118, 1988, 309-330

V. Messina, *L'Atreus di Accio e l'atto secondo del Thyestes di Seneca*, «Maia» 41, 1989, 99-108

C. Monteleone, *La pagina e la sapienza. Memoria sulle «antilabài» nei manoscritti senechiani*, Fasano 1989

C. M. Monti–F. Pasut, *Episodi della fortuna di Seneca tragico nel Trecento*, «Aevum» 73 (2), 1999, 513-547

M. P. O. Morford, *Walking tall: the final entrance of Atreus in Seneca's «Thyestes»*, «SyllClass» 11, 2000, 162-177

A. L. Motto–J. R. Clark, *The monster in Seneca's Hercules furens 926-939*, «CPh» 89, 1994, 269-272

R. G. M. Nisbet, *The dating of Seneca's tragedies: with special reference to Thyestes*, in «Papers of the Leeds international Latin seminar, sixth volume, 1990: Roman poetry and drama, Greek epic, comedy, rhetoric», edited by C. Francis and H. Malcolm, Leeds 1990, 95-114

G. Paduano, *Tipologie dell'apoteosi in Seneca tragico*, in «Atti del Convegno internazionale "Seneca e il suo tempo", Roma-Cassino 11-14 novembre 1998», a cura di P. Parroni, Roma 2000, 417-431

E. Paratore, *La scena finale dell'Agamemnon di Seneca*, «Stud Urb» (Ser. B) 61 N° 3, 1988, 327-332

L. Pérez Gómez, *La semiótica del furor regni: el Thyestes de Sénéca*, «Florllib» 1, 1990, 341-357

G. Petrone, *Potere e parentela nelle Phoenissae di Seneca*, «QCTC» 6-7, 1988-1989, 243-258

— *Seneca, Troad. 922: ignosce Paridi: una perduta «acutezza» senecana*, «QUCC» 48 N. S., 1994, 131-139

— *Edipo e i figli: una nota tra Sofocle e Seneca*, «Paideia» 54, 1999, 3-8

V. Raimondi, *L'ambiguità dell'eroe tragico: alcune osservazioni sulla figura di Edipo*, «ARF» 4, 2002, 125-139

I. Ramelli, *La Chiesa di Roma e la cultura pagana: echi cristiani nell'«Hercules Oetaeus»?*, «RSCI» 52 (1), 1998, 11-31

M. Rivoltella, *Il motivo della colpa ereditaria nelle tragedie senecane: una ciclicità in crescendo*, «Aevum» 67 (1), 1993, 113-128

T. G. Rosenmeyer, *Seneca's Oedipus and performance: the Manto scene*, in «Theater and society in the classical world», edited by R. Scodel, Ann Arbor, Michigan 1993, 235-244.

A. Ruiz de Elvira, *Sobre el «Hercules furens» de Séneca (a propósito de una nueva edición comentada)*, «Emerita» 68 (1), 2000, 19-30

B. Scherer, *Zur Funktion des zweiten Chorlieds der «Troades» des Seneca*, «Mnemosyne» Ser. 4 52 (5), 1999, 572-578

A. Schiesaro, *Forms of Senecan intertextuality*, «Vergilius» 38, 1992, 56-63

— *Seneca's Thyestes and the morality of tragic furor*, in «Reflections of Nero: culture, history, and representation», edited by J. Elsner and J. Masters, Chapel Hill, North Carolina 1994, 196-210

E. A. Schmidt, *Aparte: das dramatische Verfahren und Senecas Technik*, «RhM» 143 (3-4), 2000, 400-429

S. Schröder, *Beiträge zur Kritik und Interpretation von Senecas Oedipus*, «Hermes» 128 (1), 2000, 65-90

D. R. Shackleton Bailey, *Homoeoteleuton in non-dactylic Latin verse*, «RFIC» 120, 1992, 67-71

J. J. L. Smolenaars, *The Vergilian background of Seneca's Thyestes 641-682*, «Vergilius» 44, 1998, 51-65

J. A. Stevens, *Seneca and Horace: allegorical technique in two odes to Bacchus (Hor. Carm. 2.19 and Sen. Oed. 403-508)*, «Phoenix» 53 (3-4), 1999, 281-307

F. Stok, *Modelli delle Troades di Seneca: Ovidio*, «QCTC» 6-7, 1988-1989, 225-241

C. Szekeres, *Die Schuld des Oedipus (über Senecas Tragödie «Oedipus»)*, «ACD» 36, 2000, 99-111

H. Takahashi, *On the second choral ode of Seneca's Troades*, «ClassStud» 11, 1994, 151-184

R. J. Tarrant, *Chaos in Ovid's «Metamorphoses» and its Neronian influence*, «Arethusa» 35 (3), 2002, 349-360

A. Theodorakis, *Die Agamemnon-Tragödien des Aischylos und Senecas: ein Vergleich*, Athina 2001

S. Timpanaro, *Su alcuni passi dell'«Hercules Furens» di Seneca*, «Prometheus» 26 (2), 2000, 143-158

R. Trombino, *Il nostos nel teatro di Seneca: la struttura dell'inversione*, «QCTC» 6-7, 1988-1989, 135-144

H. J. Tschiedel, *Agrippina-ultrix Erinys: zur Bedeutung ihres Auftretens in der Praetexta Octavia*, «ZAnt» 45 (1-2) 1995, 403-414

M. Vielberg, *Necessitas in Senecas Troades*, «Philologus» 138 (2), 1994, 315-334

C. Walde, *Herculeus labor: Studien zum pseudo-senecanischen Hercules Oetaeus*, Frankfurt am Main 1992

W. S. Watt, *Notes on Seneca's tragedies and the Octavia*, «MH» 53 (3), 1996, 248-255

MEDEA

Edizioni e studi

AA.VV., *Atti delle giornate di studio su Medea*, Torino 23-24 ottobre 1995, a cura di R. Uglione, Torino 1997

AA.VV., *Medea: essays on Medea in myth, literature, philosophy, and art*, edited by James J. Clauss and S. I. Johnson, Princeton 1997

AA.VV., *Medea nella letteratura e nell'arte*, a cura di B. Gentili e F. Perusino, Venezia 2000

L. Baldini Moscadi, *I volti di Medea: la maga e la «virgo» nella «Medea» di Seneca*, «Paideia» 53, 1998, 9-25

L. Berdsenischwili, *Entwicklung der antiken Personenkonzep-*

tion in den Tragödien von Seneca (Medea), in «Prinzipat und Kultur im 1. und 2. Jahrhundert: wissenschaftliche Tagung der Friedrich-Schiller-Universität Jena und der Iwane-Dshawachischwili-Universität Tblissi, 27.-30. Oktober 1992 in Jena», Bonn 1995, 186-191

C. Bernal Laveso, *Medea en la tragedia de Séneca*, in «El teatre clàssic al marc de la cultura grega i la seua pervivència dins la cultura occidental. 2, El teatre, eina política: homenatge de la Universitat de València a Bertolt Brecht amb motiu del centenari del seu naixemente, 6-9 de Maig del 1998», a cura de K. Andresen, J. Vicente Bañuls Oller i F. De Martino, Bari 1999, 51-79

J. Blänsdorf, *Stoici a teatro? La Medea di Seneca nell'ambito della teoria della tragedia*, «RIL» 130, 1996, 217-236

A. Christoph, *Dramatik der Grammatik: Medea als Programm bei Seneca*, «AU» 40 (4-5), 1997, 67-74

J. G. Fitch, *Seneca, Hercules, Trojan women, Phoenician women, Medea, Phaedra*, edited and translated by J. G. Fitch, Cambridge (Mass.)-London 2002

H. M. Hine, *Seneca, Medea*, with an Introduction, Text, Translation and Commentary by H. M. Hine, Warminster 2000

B. W. Häuptli, *L. Annaeus Seneca, Medea*, übersetzt und herausgegeben von B. W. Häuptli, Stuttgart 1993

A. Németi, *Lucio Anneo Seneca Medea*, introduzione, traduzione e commento di A. Németi, con un saggio di G. Paduano, Pisa 2003

L. Pérez Gómez, *La Medea de Séneca: naturaleza frente a cultura (análisis narratológico)*, «Faventia» 11 N° 1, 1989, 59-82

— *Estructura formal de la trama en las tragedias de Séneca: Medea*, «FlorIlib» 6, 1995, 383-416

A. Perutelli, *Il primo coro della Medea di Seneca*, «MD» 23, 1989, 99-117

G. Picone, *La Medea di Seneca còme fabula dell'inversione*, «Pan» 9, 1989, 53-63

E. Rodríguez Cidre, *«Ira, qua ducis, sequor»: la cólera en la «Medea» de Séneca*, «FlorIlib» 11 2000, 227-255

J. U. Schmidt, *Im Banne der Verbrechen: Überlegungen zu aktuellen Einflüssen auf Senecas Konzeption der Medea*, «GB» 22, 1998 145-175

FEDRA

Edizioni e studi

A. J. Boyle, *Seneca's Phaedra*, Introduction, Text, Translation and Notes by A. J. Boyle, Leeds 1992 (=1987)

M. Coffey-R. Mayer, *Phaedra*, Cambridge 1990

C. de Meo, *Phaedra*, Bologna 1990

J. G. Fitch, *Seneca, Hercules, Trojan women, Phoenician women, Medea, Phaedra*, edited and translated by J. G. Fitch, Cambridge (Mass.)-London 2002

D. E. Hill, *Seneca's choruses*, «Mnemosyne» Ser. 4 53 (5), 2000, 561-587

C. Kugelmeier, *Chorische Reflexion und dramatische Handlung bei Seneca: einige Beobachtungen zur Phaedra*, in «Der Chor im antiken und modernen Drama: Beiträge zum antiken Drama und seiner Rezeption», Stuttgart 1998, 139-169

E. Lefèvre, *Die politische Bedeutung von Senecas Phaedra*, «WS» 103, 1990, 109-122

G. Lieberg, *Die Struktur von Phaedras und Theseus' Schlussreden in Senecas Phaedra*, «RPL» 12, 1989, 85-103

A. M. Morelli, *Le preghiere di Fedra: modelli della seduzione nella «Phaedra» senecana*, «MD» 35, 1995, 77-89

E. A. Schmidt, *Der dramatische Raum der Tragödien Senecas: Untersuchungsprogramm und Illustrationen zu Raumregie und Raumsemantik*, «WS» 114, 2001, 341-360

J. U. Schmidt, *Phaedra und der Einfluss ihrer Amme: zum Sieg des mythischen Weltbildes über die Philosophie in Senecas Phaedra*, «Philologus» 139 (2), 1995, 274-323

F. Tealdo, *Personaggi e funzioni nella Phaedra di Seneca*, «Aufidus» 16, 1992, 77-121

F. Zoccali, *Il prologo «allegorico» della «Phaedra» di Seneca*, «BStudLat» 27 (2), 1997, 433-453

SOMMARIO

- 5 Premessa
- 7 Cronologia
- 11 Le tragedie
- 23 La tragedia congestionata
- 35 *Tragoedia, ethos* (ed *epos*) nell'umanesimo senecano
- 70 Bibliografia
- 85 Nota del traduttore

- 87 MEDEA

- 167 FEDRA

- 257 Aggiornamento bibliografico *a cura di Alex Agnesini*

Lucio Anneo Seneca in BUR

Agamennone
Introduzione di Alessandro Perutelli
Traduzione di Guido Paduano

L'assassinio del re Agamennone al suo ritorno da Troia a opera della moglie Clitemnestra e dell'amante Egisto.

Classici greci e latini - Pagine 146

ISBN 1717067

◆

Apocolocyntosis
A cura di Rossana Mugellesi

Operetta satirica che racconta come l'imperatore Claudio, asceso all'Olimpo, finisca schiavo del liberto Menandro.

Classici greci e latini - Pagine 128

ISBN 1717072

◆

L'arte di vivere
A cura di Anna Maria Rindi

Una selezione dalle celeberrime *Lettere a Lucilio*, dal filosofo che volle insegnare a Nerone l'arte di vivere.

Pillole - Pagine 144

ISBN 1715370

◆

La brevità della vita
A cura di Alfonso Traina

Un'esortazione alla saggezza e alla vita contemplativa. Dialogo filosofico di un Seneca disilluso di rientro dall'esilio o sul punto di ritirarsi dalla vita pubblica

Classici greci e latini - Pagine 112

ISBN 1716940

Le consolazioni
A cura di Alfonso Traina

La consapevolezza della brevità del tempo, della fugacità della vita e dell'ineluttabilità della morte come panacea alla perdita dei propri cari.

Classici greci e latini - Pagine 256

ISBN 1716607

◆

Edipo
A cura di Guido Paduano

Parricida e incestuoso senza saperlo, il re di Tebe si dibatte tra un oscuro senso di colpa e il funesto presentimento di una minccia incombente, fino a scoprire la terribile verità che lo riguarda.

Classici greci e latini - Pagine 128

ISBN 1716925

◆

Epigrammi
Introduzione, traduzione di Luca Canali
Note di Luigi Galasso

Settantadue componimenti anonimii in distici elegiaci. Di gusto tipicamente senecano la dominante orrida e l'attrazione per il miracoloso.

Classici greci e latini - Pagine 118

ISBN 1716960

◆

Ercole sul monte Eta
A cura di Elena Rossi

La folle gelosia di Deianira che per riconquistare Ercole gli invia una tunica imbevuta del sangue del centauro Nesso.

Classici greci e latini - Pagine 208

ISBN 1786588

Le Fenicie

A cura di Giovanna Petrone

La lotta tra Eteocle e Polinice ingenerata dalle colpe delittuose del padre si fa metafora della guerra civile.

Classici greci e latini - Pagine 112

ISBN 1700960

❖

La fermezza del saggio
La vita ritirata

A cura di Nicola Lanzarone

La difesa dell'imperturbabilità del saggio e un elogio dell'*otium*, pratica privata della virtù in contrapposizione all'impegno civico.

Classici greci e latini - Pagine 160

ISBN 1786630

❖

La follia di Ercole

A cura di Elena Rossi

Cancellata l'impotenza di fronte all'imperscrutabile intervento divino, Seneca indaga la personalità di Ercole alla ricerca delle ragioni della sua pazzia.

Classici greci e latini - Pagine 180

ISBN 1717285

❖

L'ira

A cura di Costantino Ricci

Una ricognizione delle passioni umane, un prontuario filosofico sui meccanismi dell'ira e modi di dominarla.

Classici greci e latini - Pagine 256

ISBN 1717208

Lettere a Lucilio
(Cof. 2 voll.)

Introduzione di Luca Canali
Traduzione, note di Giuseppe Monti

Opera principale della produzione tarda di Seneca. Un prontuario spirituale e morale.

Classici greci e latini - Pagine 544

ISBN 1712013

❖

La provvidenza

Con un saggio di Ivano Dionigi
A cura di Alfonso Traina

Un tentativo dello stoico Seneca di risolvere la contraddizione tra il disegno provvidenziale che regola i destini umani e l'infelice sorte degli onesti.

Classici greci e latini - Pagine 144

ISBN 1717173

❖

Questioni naturali

A cura di Rossana Mugellesi

I fenomeni celesti e atmosferici in un vasto lavoro di compilazione, basato su fonti fondamentalmente stoiche.

Classici greci e latini - Pagine 600

ISBN 1700218

❖

Sulla felicità

Introduzione di Alessandro Schiesaro
Traduzione, note di Donatella Agonigi

In un trattato di tono autobiografico Seneca fronteggia le accuse di incoerenza tra i principi professati e l'agiata vita alla corte di Nerone.

Classici greci e latini - Pagine 112

ISBN 1716994

Tieste

A cura di Francesca Nenci

Vistosi sottrarre la sposa dal fratello, Atreo consuma la sua vendetta imbandendo a Tieste le carni dei figli.

Classici greci e latini - Pagine 222

ISBN 1712766

◇

La tranquillità dell'animo

Introduzione di Gianfranco Lotito
Traduzione, note di Caterina Lazzarini

La partecipazione del saggio alla vita politica: un'irrisolta mediazione tra i due estremi della vita solitaria e dell'impegno civile.

Classici greci e latini - Pagine 160

ISBN 1717113

◇

Le Troiane

A cura di Fabio Stok

La sorte delle vedove troiane e una condanna della guerra attraverso la rilettura del suo archetipo mitologico, la guerra di Troia.

Classici greci e latini - Pagine 176

ISBN 1717240

La vita felice

Il filosofo si difende da quanti lo rimproverano di aver accumulato ricchezze, grazie al favore di Nerone.

Pillole - Pagine 128

ISBN 1700520

◇

Vizi e virtù dell'animo umano

I sette dialoghi di un filosofo sorprendentemente vicino alla sensibilità moderna.

Pillole - Pagine 220

ISBN 1700294

Finito di stampare nel dicembre 2010 presso
Grafica Veneta - via Malcanton, 2 - Trebaseleghe PD
Printed in Italy

RCS Libri

ISBN 978-88-17-16690-4